Fjodor Michailowitsch Dostojewski, geboren am 11. Oktober 1821 in Moskau, ist am 9. Februar 1881 in Petersburg gestorben.

Was wäre die Welt ohne Dostojewski? Welcher bedeutende Schriftsteller unserer Zeit hätte ihn nicht gelesen, sich nicht über ihn geäußert? Welchen Leser hätten die von ihm dargestellten Probleme nicht aufgewühlt?

Fjodor Dostojewskis literarisches Werk, vor gut hundert Jahren abgeschlossen, hat unverändert starke Wirkung und liegt auch in vielen deutschen Übersetzungen vor. Eine der großen Meisterleistungen des Insel Verlages zu Beginn der zwanziger Jahre war die Veröffentlichung sämtlicher Romane und Novellen des großen Russen in der Übersetzung von Hermann Röhl – einer so sorgfältigen und klug durchdachten Übersetzung, daß sie ohne Überarbeitung heutigen Kriterien voll standhält. Die Übertragung des Spätwerks »Die Brüder Karamasow« hatte mit gleichem Erfolg Karl Nötzel übernommen.

Es gibt in der Welt Dostojewski-Anhänger und Tolstoi-Anhänger, es wechseln im Leben eines Menschen Dostojewski-Phasen mit Tolstoi-Phasen. So gibt es auch Dostojewski-Phasen in der Geschichte, und wir stehen in einer solchen Phase des verstärkten Blickes auf diesen Dichter. Die Vielschichtigkeit seines Werkes mit seiner religiösen Grundhaltung, dem psychologischen Durchdringen, dem ethischen Anliegen und der ständigen Aufforderung an den Leser, selbst zu entscheiden, zieht junge und alte Menschen, Leser im Westen und in der Sowjetunion heute besonders stark in ihren Bann. Bei den besten russischen Autoren der Gegenwart verbindet sich Achtung vor Dostojewski mit unmittelbarem Einfluß auf ihr schriftstellerisches Schaffen.

»Der Spieler«, »Schuld und Sühne«, »Der Idiot«, »Die Teufel«, »Die Brüder Karamasow« sind nur ein Teil des Schaffens dieses außergewöhnlichen Genius. Erzählungen und romanartige Aufzeichnungen ergänzen das Werk. Sie verdienen dieselbe Beachtung. Vor uns steht ein Bild des Menschen in seiner Widersprüchlichkeit und Vielfalt. Es entstehen Teufel und Engel von Menschen. Es zeigt sich das Teuflische und Engelhafte im einzelnen.

In 16 Bände aufgeteilt, legt der Insel Verlag die zuverlässige und empfehlenswerte Übersetzung in Einzelausgaben vor, die viele Menschen wieder zu Dostojewskis Werk führen sollte.

insel taschenbuch 971

Dostojewski

Der lebenslängliche

Ehemann

Dostojewski
Sämtliche Romane und Erzählungen

BAND 11

Dostojewski
Der lebenslängliche Ehemann

ERZÄHLUNG
AUS DEM RUSSISCHEN VON
HERMANN RÖHL

INSEL VERLAG

Umschlagabbildung von Theodor Eberle
»Der lebenslängliche Ehemann«
(auch unter dem Titel »Der ewige Gatte« bekannt)
Originaltitel: Večnyj muž. Rasskaz
Geschrieben 1869. Erstveröffentlichung: 1870
Der Text folgt der Ausgabe:
F. M. Dostojewski, Sämtliche Romane und Novellen.
Insel Verlag Leipzig 1921

insel taschenbuch 971
Erste Auflage 1986
Insel Verlag Frankfurt am Main

Vertrieb durch den Suhrkamp Taschenbuch Verlag
Umschlag nach Entwürfen von Willy Fleckhaus
Satz: Fotosatz Otto Gutfreund, Darmstadt
Druck: Ebner Ulm · Printed in Germany

1 2 3 4 5 6 - 91 90 89 88 87 86

DER LEBENSLÄNGLICHE EHEMANN

Erzählung

I

Weltschaninow

Der Sommer war herangekommen, und Weltschaninow war gegen alle Erwartung in Petersburg geblieben. Aus seiner Reise nach Südrußland war nichts geworden, und von seinem Prozesse war noch immer kein Ende abzusehen. Dieser Prozeß, bei dem es sich um Vermögensangelegenheiten handelte, hatte eine sehr üble Wendung genommen. Noch vor drei Monaten hatte es so ausgesehen, als wenn die Sache höchst einfach läge und gar kein Streit darüber möglich wäre; aber plötzlich hatte alles eine andere Gestalt angenommen. »Es verändert sich jetzt überhaupt alles zum Schlechteren!« Diese Redensart hatte Weltschaninow angefangen mit einer Art von Schadenfreude häufig im stillen für sich zu wiederholen. Er hatte einen geschickten, teuren, renommierten Rechtsanwalt angenommen und ließ sich das Geld nicht leid sein; aber in seiner Ungeduld und in seinem Mißtrauen hatte er es sich angewöhnt, sich auch selbst mit seinem Prozesse zu beschäftigen: Er las Akten und verfaßte selbst Schriftsätze, die sein Rechtsanwalt sämtlich in den Papierkorb warf, lief bei den Gerichtsbehörden umher, stellte Nachforschungen an und störte dadurch wahrscheinlich nur den ganzen Gang der Sache; wenigstens beklagte sich der Rechtsanwalt über ihn und wollte ihn mit Gewalt in die Sommerfrische treiben. Aber nicht einmal in die Sommerfrische zu ziehen konnte er sich entschließen. Staub, drückende Schwüle und die den Nerven so schädlichen hellen Nächte, das waren in Petersburg die Genüsse, in denen er schwelgte. Er hatte irgendwo in der Nähe des Großen Theaters eine Wohnung inne, die er erst kürzlich gemietet hatte; aber auch damit hatte er Pech gehabt; es glückte ihm eben nichts, wie er sagte. Seine Hypochondrie wuchs von Tag zu Tage; zur Hypochondrie hatte er aber von jeher inkliniert.

Er war ein Mensch, der bisher sein Leben gründlich genossen hatte und nun nicht mehr der jugendlichste war: Er mochte achtunddreißig oder gar neununddreißig Jahre zählen, und dieses ganze »Greisenalter«, wie er selbst sich ausdrückte, war ihm »fast ganz unerwartet« über den Hals gekommen; aber er war sich selbst darüber klar, daß er nicht sowohl durch die Zahl als sozusagen durch die Qualität seiner Jahre gealtert war, und daß, wenn sich schon mancherlei Schwächen eingestellt hatten, dies mehr innerliche als äußerliche Schwächen waren. Wenn man ihn so ansah, machte er immer noch den Eindruck eines kräftigen Mannes. Er war hochgewachsen und breitschulterig, hatte hellblondes, dichtes Haar und noch keine Spur von Grau auf dem Kopfe und in dem langen, beinah bis auf die halbe Brust hinabreichenden blonden Barte; auf den ersten Blick schien er einem etwas plump und schlaff zu sein; sah man aber genauer zu, so erkannte man in ihm sogleich einen Herrn, der einmal eine vorzügliche Kinderstube und eine durchaus weltmännische Erziehung genossen hatte. Weltschaninows Manieren waren auch jetzt ungezwungen, sicher und sogar anmutig, trotz des mürrischen, schwerfälligen Wesens, das er angenommen hatte. Er war sogar immer noch von einem unerschütterlichen, weltmännisch dreisten Selbstvertrauen erfüllt, vielleicht ohne daß er sich der ganzen Größe desselben recht bewußt gewesen wäre, obwohl er nicht nur ein kluger, sondern manchmal sogar ein scharfblickender, beinah ein gebildeter und zweifellos ein wohlbegabter Mensch war. Ehemals hatte sich die Farbe seines offenen, frischen Gesichtes durch eine weibliche Zartheit ausgezeichnet und die Aufmerksamkeit der Frauen auf sich gezogen, und auch jetzt noch sagte mancher, der ihn ansah: »Ist das mal ein kerngesunder Mensch; wie Milch und Blut!« Und doch wurde dieser »kerngesunde« Mensch in grausamer Weise von Hypochondrie geplagt. Seine großen, blauen Augen hatten vor zehn Jahren so etwas Sieghaftes gehabt; sie waren so glänzend, so heiter und so sorglos gewesen, daß sie unwillkürlich auf einen jeden, mit dem er in Berührung kam, eine starke Anziehungskraft ausübten. Jetzt, nahe an den Vierzigern, war die frühere Klarheit und Gutmütigkeit fast ganz aus diesen Augen verschwunden, die sich bereits mit kleinen Runzeln umgeben hatten, und es sprach aus ihnen vielmehr der Zynismus eines nicht ganz moralischen, müde gewordenen Menschen, ferner Schlauheit, besonders häufig Spottlust und noch ein neues Gefühl, das früher nicht vorhanden gewesen war: Traurigkeit und Schmerz, eine Art von zerstreuter, gleichsam gegenstandsloser, aber doch starker Traurigkeit. Diese Traurigkeit machte sich namentlich dann geltend, wenn er allein war. Und seltsam: Dieser Mensch, der noch vor zwei Jahren so munter, vergnügt und lustig gewesen war und so komische Geschichten in so prächtiger Weise erzählt hatte, der hatte jetzt nichts so gern, als wenn er vollständig allein sein konnte. Er hatte absichtlich eine Menge von Bekanntschaften aufgegeben, die er auch jetzt noch trotz seiner vollständig zerrütteten Finanzen hätte festhalten können. Allerdings wirkte hierbei auch sein Ehrgefühl mit: Bei seinem Mißtrauen und bei seinem Ehrgefühl war eine Fortsetzung der früheren Bekanntschaften unmöglich. Aber auch sein Ehrgefühl erlitt allmählich in der Vereinsamung eine Veränderung. Es wurde nicht geringer, ganz im Gegenteil; aber es entartete zu einer besonderen Sorte von Ehrgefühl, die er früher nicht besessen hatte: Es litt jetzt manchmal aus ganz anderen Ursachen als früher gewöhnlich, – aus überraschenden, früher ganz undenkbaren Ursachen, aus »höheren« Ursachen, als es die früheren gewesen waren, »wenn man sich überhaupt so ausdrücken kann und es tatsächlich höhere und niedrigere Ursachen gibt«. Dies pflegte er selbst hinzuzufügen.

Ja, so weit war es mit ihm gekommen; er quälte sich jetzt mit irgendwelchen »höheren« Motiven herum, an die er früher mit keinem Gedanken gedacht hatte. Höhere nannte er aufgrund seiner Einsicht und seines Gewissens all diejenigen »Motive«, über die er (zu seiner eigenen Verwunderung) schlechterdings nicht imstande war, im stillen für sich zu spotten (etwas, was ihm bis dahin noch nicht vorgekommen war), selbstverständlich im stillen für sich; denn in Gesellschaft, oh, da war es eine andere Sache! Er wußte recht wohl, daß er, wenn die richtigen Umstände zusammentrafen, auch jetzt noch trotz aller geheimen, frommen Mahnungen seines Gewissens mit aller Seelenruhe alle diese »höheren Motive« laut leugnen und selbst der erste sein würde, der sie lächerlich machte, selbstverständlich ohne seine neuere Anschauung zu gestehen. Und das war tatsächlich so, trotz einer gewissen sogar recht beträchtlichen Portion von Selbständigkeit des Denkens, die er sich in der letzten Zeit hinsichtlich der »niedrigeren Motive« erworben hatte, von denen er sich bis dahin hatte beherrschen lassen. Und wie oft hatte er selbst, wenn er sich am Morgen vom Bette erhob, sich der Gedanken und Gefühle geschämt, die ihn in der schlaflosen Nacht erfüllt hatten! (Er litt nämlich in der ganzen letzten Zeit häufig an Schlaflosigkeit.) Er hatte schon längst bemerkt, daß er in jeder Hinsicht, mochte es sich nun um Wichtiges oder um Kleinigkeiten handeln, außerordentlich mißtrauisch geworden war, und hatte sich daher vorgenommen, auch sich selbst möglichst wenig zu trauen. Indessen gab es doch Tatsachen, die man schlechterdings als existierend anerkennen mußte. In der letzten Zeit hatten seine Gedanken und Gefühle mitunter nachts sich im Vergleich mit den sonst immer vorhandenen fast vollständig geändert und ähnelten großenteils in keiner Weise denjenigen, die ihm in der ersten Hälfte des Tages kamen. Das befremdete ihn, und er befragte sogar einen berühmten Arzt, allerdings einen Bekannten von sich, und selbstverständlich redete er mit ihm in scherzendem Tone. Er erhielt zur Antwort, eine solche Veränderung und sogar Zweiteilung der Gedanken und Gefühle des Nachts bei Schlaflosigkeit, und überhaupt des Nachts, sei bei Menschen »mit starker Denk- und Gefühlstätigkeit« nichts Seltenes; die Anschauungen des ganzen bisherigen Lebens erführen mitunter ganz plötzlich durch die melancholische Einwirkung der Nacht und der Schlaflosigkeit eine Umgestaltung; es würden auf einmal ohne erkennbaren Grund die verhängnisvollsten Entschlüsse gefaßt; aber alles habe natürlich eine bestimmte Grenze, und wenn schließlich das betreffende Individuum diese Zweiteilung so stark empfinde, daß es wirklich darunter leide, so sei das unstreitig ein Symptom dafür, daß sich eine Krankheit herausbilde, und dann müsse man unverzüglich etwas dagegen unternehmen. Das beste sei eine radikale Veränderung der ganzen Lebensweise, eine Veränderung der Diät oder auch eine Reise. Auch ein Abführmittel sei natürlich nützlich.

Weltschaninow mochte nichts weiter hören; aber die Krankheit erschien ihm als vollständig erwiesen.

»Also ist das alles nur Krankheit; all dieses ›Höhere‹ ist nur Krankheit und weiter nichts!« rief er manchmal giftig im stillen für sich aus. Es widerstrebte ihm doch, dem zuzustimmen.

Bald begann sich übrigens auch vormittags dasselbe zu wiederholen, was sich bis dahin ausschließlich in den Stunden der Nacht zugetragen hatte, nur daß es dann mit mehr Erbitterung verbunden war und Bosheit an die Stelle der Reue, Spott an die Stelle der Rührung trat. Im wesentlichen waren es allerlei Vorgänge aus seinem vergangenen, längst vergangenen Leben, die ihm immer öfter »plötzlich und Gott weiß woher« ins Gedächtnis kamen, und zwar in einer ganz merkwürdigen Weise. Weltschaninow klagte nämlich schon lange über das Schwinden seines Erinnerungsvermögens: Er vergaß die Gesichter von Bekannten, die ihm das dann bei Begegnungen übelnahmen; ein Buch, das er vor einem halben Jahr gelesen hatte, vergaß er innerhalb dieses Zeitraumes manchmal vollständig. Und sollte man es glauben: Trotz dieser augenscheinlichen, täglichen Abnahme des Gedächtnisses (über die er sich stark beunruhigte) fiel ihm jetzt manchmal plötzlich allerlei ein, was einer längst vergangenen Zeit angehörte, allerlei, was er schon zehn, fünfzehn Jahre lang vollständig vergessen gehabt hatte; und zwar kam ihm das alles mit einer so erstaunlichen Genauigkeit der Eindrücke und der einzelnen Umstände ins Gedächtnis, daß er es gleichsam noch einmal zu erleben glaubte. Manche der ihm wieder einfallenden

Tatsachen hatte er dermaßen vergessen gehabt, daß ihm schon allein der Umstand als ein Wunder erschien, daß sie ihm hatten wieder ins Gedächtnis kommen können. Aber das war noch nicht alles; wer, der ein flottes Leben geführt hat, hätte nicht seine eigenartigen Erinnerungen? Aber die Sache war die, daß ihm alle diese wiederkehrenden Erinnerungen sozusagen unter einem ganz neuen, überraschenden, vorher ganz undenkbaren Gesichtswinkel erschienen, gerade als wenn ihn jemand jetzt auf einen anderen Standpunkt versetzt hätte. Warum erschienen ihm manche Erinnerungen jetzt geradezu als Verbrechen? Und es handelte sich dabei nicht nur um Urteile, die sein Verstand fällte: Seinem umdüsterten, vereinsamten, kranken Verstande würde er nicht geglaubt haben; aber es kam bei ihm zu Selbstverwünschungen und beinah zu Tränen, wenn nicht zu äußerlichen, so doch zu innerlichen. Ja, noch vor zwei Jahren würde er es nicht geglaubt haben, wenn man ihm gesagt hätte, er würde einmal Tränen vergießen! Übrigens gehörten anfangs diese Erinnerungen vorwiegend nicht dem Gebiete der Empfindsamkeit, sondern des Ärgers an: Es kamen ihm einige Mißerfolge und Demütigungen im gesellschaftlichen Leben ins Gedächtnis; er erinnerte sich zum Beispiel daran, wie ihn »ein Intrigant verleumdet hatte«, weswegen man in einem vornehmen Hause aufgehört hatte ihn zu empfangen; ferner, wie er (und das war gar nicht einmal so lange her) in einer eklatanten Weise öffentlich beleidigt worden war und den Beleidiger nicht gefordert hatte; wie er einmal in einem Kreise sehr hübscher Frauen durch ein witziges Epigramm abgetrumpft worden war und keine Antwort darauf hatte finden können. Es fielen ihm sogar zwei oder drei unbezahlte Schuldposten ein; sie beliefen sich allerdings nur auf geringe Summen, aber es waren Ehrenschulden an Leute, mit denen er aufgehört hatte zu verkehren, und von denen er schon Übles sprach. Auch quälte ihn (jedoch nur in den schlimmsten Augenblicken) die Erinnerung an zwei auf die dümmste Art und Weise vergeudete Vermögen, von denen ein jedes recht bedeutend gewesen war. Aber bald kamen ihm auch Dinge aus der »höheren« Gattung ins Gedächtnis.

So erinnerte er sich zum Beispiel plötzlich »ganz aus heiler Haut« der von ihm vergessenen, im höchsten Grade vergessenen Gestalt eines gutherzigen alten Beamten, eines grauhaarigen, komischen Männchens, den er einmal vor langer, langer Zeit öffentlich ungestraft beleidigt hatte, und zwar einzig und allein aus törichter Prahlsucht: Nur um ein komisches, wohlgelungenes Witzwort nicht unausgesprochen zu lassen, das ihm Ruhm eintrug und viel kolportiert wurde. Er hatte die Geschichte so vergessen gehabt, daß er sich nicht einmal an den Familiennamen dieses alten Mannes erinnern konnte, wiewohl ihm jetzt alle Umstände des Vorganges mit unbegreiflicher Klarheit vor Augen standen. Er erinnerte sich deutlich, daß der alte Mann damals für die Ehre seiner Tochter eingetreten war, einer alten Jungfer, die mit ihm zusammen lebte, und über die in der Stadt gewisse Gerüchte im Umlauf waren. Der Alte hatte auf das Witzwort eine zornige Antwort geben wollen, hatte aber auf einmal vor der ganzen Gesellschaft zu weinen und zu schluchzen angefangen, was sogar einigen Eindruck gemacht hatte. Die Sache hatte damals damit geendet, daß man dem alten Manne zum Spaß gehörig Champagner zu trinken gegeben und sich dann doppelt über ihn lustig gemacht hatte. Und als Weltschaninow sich jetzt »ganz aus heiler Haut« daran erinnerte, wie das alte Männchen damals wie ein Kind geschluchzt und sein Gesicht mit den Händen bedeckt hatte, da kam es ihm auf einmal so vor, als hätte er es niemals vergessen gehabt. Und seltsam: Damals war ihm das alles sehr komisch vorgekommen; jetzt aber erregte es bei ihm die entgegengesetzte Empfindung, namentlich manche Einzelheiten wie das Bedecken des Gesichtes mit den Händen. Ferner erinnerte er sich, wie er lediglich zum Scherz die sehr schöne Frau eines Schullehrers verleumdet hatte und die Verleumdung dem Manne zu Ohren gekommen war. Weltschaninow hatte jenes Städtchen bald darauf verlassen und wußte nicht, welche Folgen seine Verleumdung damals gehabt hatte; aber jetzt malte er sich diese Folgen auf einmal aus, und Gott weiß, wohin seine Einbildunskraft dabei noch gelangt wäre, wenn ihm nicht auf einmal eine ihn noch weit näher angehende Erinnerung gekommen wäre, die Erinnerung an ein Mädchen aus dem einfachen Bürgerstande, das ihm nicht einmal gefallen, ja, dessen er sich, die Wahrheit zu sagen, sogar geschämt hatte, mit dem er aber doch, ohne selbst recht zu wissen warum, ein Kind gehabt hatte; dann aber hatte er bei seiner Abreise von Petersburg das Mädchen mitsamt dem Kinde im Stich gelassen, ohne auch nur Lebewohl zu sagen (er hatte allerdings auch keine Zeit gehabt). Nach diesem Mädchen suchte er nun ein ganzes Jahr lang, konnte es aber absolut nicht finden. Übrigens tauchten solche Erinnerungen beinahe zu Hunderten auf, und eine jede schien ein Dutzend andere hinter sich herzuziehen. Allmählich fing auch sein Ehrgefühl dabei an zu leiden.

Wir haben bereits gesagt, daß sein Ehrgefühl nach einer besonderen Richtung hin entartet war. Dies war ganz zutreffend. Zuzeiten (diese Zeiten waren freilich nur selten) ging er in der Nichtachtung seiner eigenen Person so weit, daß er sich nicht einmal schämte, keine eigene Equipage zu besitzen, zu Fuß bei den Gerichtsbehörden umherzuwandern und sich etwas nachlässig zu kleiden; und wenn es vorgekommen wäre, daß ihn einer seiner alten Bekannten deswegen auf der Straße mit einem spöttischen Blicke gemessen hätte oder ihn einfach nicht hätte kennen wollen, so wäre er wirklich stolz genug gewesen, ein völlig gleichmütiges Gesicht zu bewahren. Und zwar hätte er das in allem Ernst getan, nicht etwa nur um des Aussehens willen. Selbstverständlich kam diese Stimmung nur selten vor; es waren nur vereinzelte Augenblicke der eigenen Nichtachtung; aber doch entfernte sich sein Ehrgefühl allmählich von den Gegenständen, auf die es früher gerichtet gewesen war und konzentrierte sich auf eine einzige Frage, die ihm nicht aus dem Sinn kam.

»Nun sieh mal an«, begann er manchmal sein stilles Selbstgespräch in satirischem Tone (wenn er über sich selbst nachdachte, geriet er fast immer in den satirischen Ton hinein), »nun sieh mal an, da gibt sich jemand Mühe, meine Moralität zu bessern, und sendet mir diese verdammten

Erinnerungen und diese ›Tränen der Reue‹. Na, meinetwegen; helfen wird es nichts! Es sind ja doch alles nur blinde Schreckschüsse! Als ob ich nicht sicher wüßte, sicherer als sicher wüßte, daß ich trotz dieser Reuetränen und der Selbstverurteilung keine Spur von Festigkeit besitze, trotz meiner dummen vierzig Jahre! Es braucht nur gleich morgen eine ebensolche Versuchung an mich heranzutreten, es brauchen sich zum Beispiel die Umstände nur so zu fügen, daß es mir vorteilhaft ist, ein Gerücht in Umlauf zu setzen, als ob die Lehrerfrau von mir Geschenke genommen habe, und ich werde mit aller Sicherheit ein solches Gerücht ohne zu zucken verbreiten, und die Sache wird noch häßlicher sein als das erstemal, weil es eben schon das zweitemal und nicht das erste sein wird. Na, und sollte mich jetzt gleich wieder dieser junge Fürst, der einzige Sohn seiner Mutter, beleidigen, dem ich vor elf Jahren das Bein zerschossen habe, so werde ich ihn sofort fordern und ihm wieder zu einem Stelzfuße verhelfen. Na, sind das also nicht leere, bedeutungslose Schreckschüsse? Was haben also alle diese Erinnerungen für Zweck, wenn ich es doch nicht verstehe, mich auch nur einigermaßen in anständiger Weise von mir selbst loszumachen!«

Und obgleich sich die Geschichte mit der Lehrerfrau nicht wiederholte, und obgleich er niemanden wieder zu einem Stelzfuß verhalf, so quälte ihn doch schon der bloße Gedanke, daß sich alles mit Sicherheit ebenso abspielen würde, wenn die Umstände sich so fügten; wenigstens quälte er ihn bisweilen. Immer braucht man sich ja allerdings nicht mit Erinnerungen selbst zu peinigen; man darf sich doch auch erholen und amüsieren, sozusagen in den Zwischenakten.

So handelte Weltschaninow denn auch: Er gönnte sich in den Zwischenakten ein Amüsement; aber doch wurde ihm der Aufenthalt in Petersburg, je länger er dauerte, um so unangenehmer. Schon war der Juli herangekommen. Manchmal ging ihm der Gedanke durch den Kopf, alles stehen und liegen zu lassen, auch den Prozeß, und ohne weiteres ganz plötzlich irgendwohin zu fahren, beispielsweise etwa nach der Krim. Aber eine Stunde darauf verwarf er diesen Gedanken gewöhnlich schon wieder und lachte über ihn: »Diese dummen Gedanken wird mir, da sie sich nun einmal eingestellt haben, auch ein Aufenthalt im Süden nicht austreiben, wenn ich ein wenigstens halbwegs anständiger Mensch bin; folglich ist es zwecklos, vor ihnen zu flüchten, und es ist ja auch kein Grund dazu vorhanden. »Und wozu sollte ich auch davongehen?« fuhr er trübselig zu philosophieren fort; »hier ist es so staubig und schwül, in diesem Hause und in diesen Gerichtsbureaus, in denen ich mich herumtreibe, ist alles so schmutzig, alle diese Geschäftsleute zeigen eine so mäusehafte Betriebsamkeit, eine so kleinliche Sorglichkeit, all diesen Leuten, die in der Stadt geblieben sind und vom Morgen bis zum Abend an einem vorüberhuschen, steht ihre ganze Selbstsucht, ihre ganze harmlose Frechheit, die ganze Feigheit ihrer Seelen, die ganze Hühnerhaftigkeit ihrer Herzen mit so naiver Offenheit auf dem Gesichte geschrieben, daß hier wirklich ein wahres Paradies für einen Hypochonder ist, ganz im Ernste gesagt! Alles ist unverhüllt und offen; kein Mensch hält es für nötig, sich zu maskieren, wie das unsere Damen in der Sommerfrische und in den ausländischen Badeorten tun, – und folglich verdient alles schon allein für diese Offenheit und Ehrlichkeit die vollste Hochachtung! . . . Ich reise nicht weg! Und wenn ich hier krepieren sollte, ich reise nicht weg!«

II

Der Herr mit dem Trauerflor am Hute

Es war der dritte Juli. Die Schwüle und die Hitze waren unerträglich. Dieser Tag war für Weltschaninow vollständig mit Geschäften ausgefüllt: Den ganzen Vormittag über hatte er in der Stadt herumlaufen und herumfahren müssen, und für den Abend stand ihm noch als unumgänglich notwendig in Aussicht, einen Besuch bei einem für ihn sehr wichtigen Herrn zu machen, bei einem Staatsrate, einem tüchtigen

Juristen; dieser wohnte zur Zeit in der Sommerfrische irgendwo am Schwarzen Bache, und Weltschaninow beabsichtigte, ihn unerwartet zu Hause zu überfallen. Zwischen fünf und sechs Uhr trat Weltschaninow endlich in ein Restaurant (es war zwar von etwas zweifelhaftem Charakter, aber französisch) am Newski-Prospekte bei der Polizejski-Brücke, setzte sich in seine gewöhnliche Ecke an sein Tischchen und bestellte sich sein gewöhnliches Mittagessen.

Er speiste täglich für einen Rubel zu Mittag (Wein extra), was er als ein Opfer betrachtete, das er verständigerweise seinen derangierten Verhältnissen brachte. Obwohl er sich jedesmal darüber wunderte, wie man so schlechte Kost überhaupt nur genießen könne, vertilgte er doch immer alles bis auf den letzten Bissen, und jedesmal mit einem solchen Appetit, als ob er vorher drei Tage lang nichts gegessen hätte. »Das ist etwas Krankhaftes«, murmelte er vor sich hin, wenn er manchmal seines Appetites inne wurde. Aber diesmal ließ er sich an seinem Tischchen in sehr übler Laune nieder, schleuderte seinen Hut ärgerlich irgendwohin beiseite, stützte sich mit den Ellbogen auf den Tisch und versank in Gedanken. Hätte jetzt ein anderer in seiner Nähe speisender Mittagsgast sich irgendwie bemerklich gemacht oder hätte der ihn bedienende Kellner einen Auftrag nicht gleich beim erstenmal richtig verstanden, so hätte er, der es doch so gut verstand, höflich zu sein und nötigenfalls eine hochmütige, unbewegliche Miene zu machen, sicherlich einen Lärm gemacht wie ein Fähnrich und womöglich einen Skandal herbeigeführt.

Es wurde ihm die Suppe gebracht, und er nahm den Löffel in die Hand; aber bevor er ihn gefüllt hatte, warf er ihn plötzlich wieder auf den Tisch und sprang beinah vom Stuhle auf. Ein überraschender Gedanke war auf einmal in seinem Kopfe aufgeblitzt: In diesem Augenblicke war ihm (Gott weiß durch welche Ideenassoziation) plötzlich die Ursache seiner Verstimmung vollkommen klar geworden, dieser besonderen eigentümlichen Verstimmung, die ihn schon mehrere Tage hintereinander, die ganze letzte Zeit über gequält hatte, ihn Gott weiß wie angeflogen war und Gott weiß warum nicht wieder hatte von ihm weichen wollen; jetzt aber durchschaute er auf einmal alles und begriff die Sache vollständig.

»Das ist einzig und allein dieser Hut!« murmelte er, als wenn ihn eine Inspiration überkommen hätte. »Nur er, nur dieser verdammte Zylinderhut mit dem abscheulichen Trauerflor, ist an allem schuld!«

Er fing an nachzudenken, und je länger er nachdachte, um so ingrimmiger wurde er, und um so wunderbarer erschien ihm »diese ganze Begebenheit«.

»Aber . . . aber was liegt denn hier überhaupt für eine Begebenheit vor?« wollte er opponieren, da er sich selbst mißtraute. »Hat denn hier etwas stattgefunden, was auch nur eine entfernte Ähnlichkeit mit einer Begebenheit hätte?«

Die ganze Sache verhielt sich folgendermaßen. Es mochte schon fast vierzehn Tage her sein (genau erinnerte er sich eigentlich nicht; aber so lange, meinte er, war es her), da war er zum erstenmal auf der Straße, an der Ecke der Podjatscheskaja- und der Meschtschanskaja-Straße, einem Herrn mit einem Trauerflor am Hute begegnet. Der Herr sah so aus wie alle Leute, hatte nichts Besonderes an sich, ging schnell vorbei, sah aber Weltschaninow sehr scharf an und zog dadurch sofort dessen Aufmerksamkeit in hohem Grade auf sich. Wenigstens war ihm das Gesicht des Herrn bekannt vorgekommen. Er mußte ihm offenbar schon irgendwann und irgendwo begegnet sein. »Aber wieviel tausend Gesichter habe ich in meinem Leben zu sehen bekommen; die kann ich unmöglich alle behalten!« sagte er sich. Als er zwanzig Schritte weitergegangen war, hatte er die Begegnung anscheinend bereits vergessen, trotz des starken Eindrucks, den sie zuerst auf ihn gemacht hatte. Aber doch hielt sich der Eindruck den ganzen Tag über, und zwar war es ein recht eigenartiger Eindruck, in Gestalt eines besonderen, grundlosen Ärgers. Er erinnerte sich jetzt, vierzehn Tage nachher, deutlich an alles dies; er erinnerte sich auch, daß er damals durchaus nicht begriffen hatte, woher dieser sein Ärger stammte, es so wenig begriffen hatte, daß er die Verstimmung, in der er sich jenen ganzen Abend über befand, keinen Augenblick mit der Begegnung am Vormittag in Zusammenhang gebracht hatte. Aber der Herr beeilte sich selbst, sich wieder in Erinnerung zu bringen: Er traf am andern Tage wieder mit Weltschaninow auf dem Newski-Prospekte zusammen und sah in wieder in einer sonderbaren Weise an. Weltschaninow spuckte aus; aber nachdem er das getan hatte, wunderte er sich sofort selbst über sein Verhalten. Es gibt allerdings Gesichter, die gleich von vornherein einen starken Widerwillen erregen, ohne daß man einen Grund dafür anzugeben vermöchte. »Ja, ich bin ihm tatsächlich schon irgendwo begegnet«, murmelte er nachdenklich, als seit der Begegnung bereits eine halbe Stunde vergangen war. Dann verbrachte er wieder den ganzen Abend in der verdrießlichen Stimmung; er hatte in der Nacht sogar einen häßlichen Traum, und dennoch kam ihm der Gedanke nicht in den Kopf, daß die ganze Ursache dieser seine neuen, eigenartigen Hypochondrie nur der soeben wiedergesehene Herr mit dem Trauerflor war, obgleich er sich an diesem Abende mehrmals an ihn erinnert hatte. Er ärgerte sich sogar flüchtig darüber, daß »so ein Quark« sich unterstand, so lange in seinem Gedächtnisse zu haften; aber seine ganze Aufregung auf ihn zurückzuführen, das hätte er sicherlich geradezu für unwürdig gehalten, wenn ihm ein solcher Gedanke überhaupt in den Sinn gekommen wäre. Zwei Tage darauf begegneten sie einander wieder, im Gedränge beim Aussteigen aus einem Newadampfer. Bei diesem dritten Male hätte Weltschaninow darauf schwören mögen, daß der Herr mit dem Trauerflor ihn erkannt hatte und zu ihm hinstrebte, aber durch die Menge davongetragen und fortgedrängt wurde; anscheinend »erdreistete« er sich sogar ihm die Hand entgegenzustrecken; vielleicht schrie er sogar auf und rief ihn beim Namen. Letzteres hörte Weltschaninow übrigens nicht deutlich; aber »wer ist denn eigentlich diese Kanaille, und warum kommt er nicht zu mir heran, wenn er mich wirklich erkennt und ihm soviel daran liegt, mit mir in Beziehung zu treten?« dachte er ärgerlich, als er sich in eine Droschke setzte und nach dem Smolny-Kloster fuhr. Eine halbe Stunde darauf war er bereits in lautem Streit mit seinem Rechtsanwalt begriffen; aber am Abend und in der Nacht quälte er sich wieder mit ganz abscheulichen und phantastischen hypochondrischen Gedanken herum. »Ob am Ende ein starker Gallenerguß stattfindet?« fragte er sich argwöhnisch, indem er in den Spiegel blickte.

Das war die dritte Begegnung. Darauf begegnete ihm fünf Tage hintereinander absolut »niemand«, und von der »Kanaille« war nichts zu sehen und zu hören. Aber trotzdem mußte er ab und zu an den Herrn mit dem Trauerflor denken. Mit einem gewissen Erstaunen ertappte sich Weltschaninow auf diesem Gedanken. »Was ist mir denn nur?« fragte er sich. »Sehne ich mich etwa nach ihm? Hm!. . . Er muß wohl auch viele Geschäfte in Petersburg haben, . . . und um wen trägt er nur den Flor? Offenbar hat er mich erkannt, während ich ihn nicht erkenne. Warum diese Menschen nur einen Trauerflor anlegen? Das steht ihnen gar nicht gut . . . Ich glaube, wenn ich ihn näher ansähe, würde ich ihn erkennen . . .«

Und da begann sich etwas in seinem Gedächtnisse zu regen, wie wenn man ein Wort, das man recht wohl kennt, auf einmal vergessen hat und sich nun aus aller Kraft bemüht, sich daran zu erinnern; man kennt es sehr gut und weiß, daß man es kennt; man weiß, was es bedeutet, und geht nun immer drum herum; aber das Wort will einem absolut nicht einfallen, und wenn man sich auch noch so sehr mit ihm abquält!

»Das war . . . Das war vor langer Zeit . . . und es war irgendwo . . . da war es . . . da war es . . . na, hol es der Teufel, was das war und nicht war! . . .« rief er auf einmal ärgerlich. »Lohnt es sich wohl, daß ich mich um diese Kanaille so abquäle und erniedrige? . . .«

Er war furchtbar aufgebracht; als ihm aber am Abend auf einmal einfiel, daß er kurz vorher aufgebracht gewesen sei, »furchtbar« aufgebracht, da war ihm das doch höchst unangenehm; es war ihm, als hätte ihm jemand bei etwas ertappt. Er wurde verlegen und wunderte sich: »Es muß also

doch ein Grund vorhanden sein, weshalb ich mich um nichts und wieder nichts so ärgere ... bei der bloßen Erinnerung ...« Er beendete den Satz in Gedanken nicht.
Aber am andern Tage ärgerte er sich noch mehr; diesmal jedoch glaubte er allen Grund dazu zu haben und vollkommen im Rechte zu sein; »es war eine unerhörte Dreistigkeit«: Die Sache war nämlich die, daß eine vierte Begegnung stattgefunden hatte. Der Herr mit dem Trauerflor war wieder erschienen, wie wenn er aus der Erde aufgestiegen wäre. Eben hatte Weltschaninow auf der Straße jenen für ihn so wichtigen Staatsrat erwischt, auf den er auch jetzt Jagd machte, indem er ihn wenigstens in der Sommerfrische unversehens zu überfallen gedachte (denn dieser Beamte, der mit Weltschaninow kaum bekannt war, aber auf den Gang des Prozesses großen Einfluß hatte, ließ sich auch damals, ebenso wie jetzt, nicht so leicht attrappieren und hielt sich offenbar, so gut er nur konnte, versteckt, da er seinerseits eine Begegnung mit Weltschaninow zu vermeiden wünschte); erfreut darüber, daß er endlich mit ihm zusammengetroffen war, ging Weltschaninow eilig neben ihm her, sah ihm in die Augen und machte die größten Anstrengungen, um den grauhaarigen Schlaukopf auf ein bestimmtes Gesprächsthema hinzuleiten, in der Hoffnung, dieser werde sich dabei vielleicht verplappern und ein Wörtchen fallen lassen, auf das er, Weltschaninow, schon lange sehnsüchtig wartete; aber der grauhaarige Schlaukopf war ebenfalls auf seiner Hut und zog sich durch Lachen und Schweigen aus der Schlinge, – und gerade in diesem Augenblick angestrengter Bemühung traf Weltschaninows Blick plötzlich auf dem gegenüberliegenden Trottoir den Herrn mit dem Trauerflor. Er stand da und schaute unverwandt von dort nach ihnen herüber; er beobachtete sie, das war offenbar; und es schien sogar, daß er spöttisch lachte.
»Hol ihn der Teufel!« erboste sich Weltschaninow, der, als er es endlich aufgegeben hatte, den Beamten länger zu begleiten, seinen ganzen Mißerfolg bei ihm auf das plötzliche Erscheinen dieses »Unverschämten« zurückführte. »Hol ihn der Teufel! Er spioniert mir ja nach! Er verfolgt mich

offenbar! Er scheint von jemand dazu angestellt zu sein, und ... und ... und, weiß Gott, der Kerl hat spöttisch gelacht! So wahr ich lebe, ich werde ihn durchprügeln ... Nur schade, daß ich keinen Stock bei mir habe! Ich werde mir einen Stock kaufen! Das lasse ich mir nicht gefallen! Wer ist es denn? Ich will unbedingt wissen, wer er ist!«

Endlich, drei Tage nach dieser (vierten) Begegnung, finden wir Weltschaninow in seinem Restaurant, so wie wir ihn geschildert haben: bereits ganz ernstlich aufgeregt und sogar einigermaßen verstört. Das mußte er sich trotz all seines Stolzes selbst eingestehen. Und wenn er schließlich alle Umstände zusammenhielt, so sah er sich zu der Vermutung genötigt, daß an seiner ganzen Hypochondrie, an diesem seinem ganzen besonderen Kummer und an seiner ganzen nun schon zwei Wochen dauernden Aufregung kein andrer schuld war als eben dieser Herr mit dem Trauerflor, »trotz all seiner Wertlosigkeit«.

»Mag ich auch ein Hypochonder sein«, dachte Weltschaninow, »und infolgedessen dazu neigen, aus einer Mücke einen Elefanten zu machen, aber wird mir etwa deswegen leichter zumute, weil das alles vielleicht nur Einbildung von mir ist? Wenn jeder derartige Racker imstande ist, einen Menschen vollständig aus dem Gleichgewichte zu bringen, dann ist das ja ... dann ist das ja ...«

In der Tat hatte sich bei dieser heutigen (fünften) Begegnung, durch die Weltschaninow in eine solche Aufregung versetzt worden war, der Elefant fast ganz als eine Mücke herausgestellt; jener Herr war wie früher vorbeigehuscht, hatte aber diesmal Weltschaninow nicht einmal angesehen und nicht wie früher merken lassen, daß er ihn erkenne; er hatte vielmehr die Augen niedergeschlagen und anscheinend selbst lebhaft gewünscht, nicht bemerkt zu werden. Weltschaninow hatte sich umgedreht und ihm aus voller Kehle zugerufen:

»He! Sie mit dem Trauerflor! Warum verstecken Sie sich jetzt? Bleiben Sie mal stehen: Wer sind Sie?«

Die Frage (und der ganze Anruf) war recht sinnlos gewesen. Aber Weltschaninow war zu dieser Einsicht erst gekommen, als er bereits gerufen hatte. Auf diesen Ruf hatte sich der Herr umgedreht, war einen Augenblick stehen geblieben, verlegen geworden, hatte gelächelt, etwas sagen und tun wollen, war ein Weilchen offenbar in peinlicher Unentschlossenheit befangen gewesen, hatte aber dann auf einmal kehrtgemacht und war, ohne sich wieder umzudrehen, davongelaufen. Weltschaninow hatte ihm erstaunt nachgeblickt.

»Was stellt das vor?« hatte er gedacht. »Wie, wenn in Wirklichkeit nicht er hinter mir her ist, sondern ich hinter ihm und darin der ganze Spuk besteht?«

Nachdem er gespeist hatte, begab er sich so schnell wie möglich zu dem Beamten nach dem Landhause. Er traf ihn nicht an, und es wurde ihm mitgeteilt, der Herr sei, seit er am Vormittage weggegangen sei, nicht zurückgekehrt und werde heute kaum vor drei oder vier Uhr nachts zurückkehren, da er in der Stadt an der Feier eines Namenstages teilnehme. Das war für Weltschaninow so »beleidigend«, daß er in der ersten Wut beschloß, sich selbst zu dieser Feier zu begeben, und sogar tatsächlich eine Droschke nahm; aber während der Fahrt sagte er sich, daß das doch etwas zu weit gehe, lohnte den Kutscher auf dem halben Wege ab und schleppte sich zu Fuß nach seiner Wohnung beim Großen Theater. Er fühlte das Bedürfnis, sich Bewegung zu machen. Um seine aufgeregten Nerven zu beruhigen, mußte er, trotz seiner jetzigen Neigung zur Schlaflosigkeit, unter allen Umständen eine Nacht ordentlich durchschlafen; und um das zu können, mußte er sich wenigstens müde machen. Auf diese Weise gelangte er erst um halb elf zu sich nach Hause; denn der Weg war recht weit, – und er war tatsächlich müde geworden.

Die Wohnung, die er im März gemietet hatte, und über die er mit einer Art von Schadenfreude räsonierte und schimpfte, wobei er sich vor sich selbst damit entschuldigte, daß sie nur ein zeitweiliger Notbehelf sei, da er unversehens durch diesen »verdammten Prozeß« in Petersburg festgehalten werde – diese Wohnung war überhaupt nicht so schlecht und unanständig, wie er selbst es von ihr sagte. Der Zugang vom Tore her war allerdings etwas dunkel und unsauber; aber die im zweiten Stock gelegene Wohnung selbst bestand aus zwei großen, hellen, hohen Zimmern, die voneinander durch ein dunkles Vorzimmer getrennt waren, und von denen in dieser Weise das eine nach der Straße und das andere nach dem Hofe zu lag. Neben demjenigen, dessen Fenster nach dem Hofe hinausgingen, befand sich ein kleines Kabinett, das eigentlich als Schlafzimmer bestimmt war; aber bei Weltschaninow lagen darin eine Menge Bücher und Papiere unordentlich aufgehäuft; deshalb schlief er in einem der großen Zimmer, und zwar in dem, dessen Fenster nach der Straße zu lagen. Das Bett wurde ihm auf dem Sofa zurechtgemacht. Seine Möbel waren anständig, wiewohl etwas abgenutzt, und es befanden sich sogar einige wertvolle Stücke darunter, Reste früheren Wohlstandes: kleine Porzellan- und Bronzegegenstände und große, echte Teppiche aus Buchara; sogar zwei gute Ölgemälde hatten sich erhalten; aber alles war in sichtlicher Unordnung und sogar verstaubt, seit sein Dienstmädchen Pelageja nach Nowgorod gefahren war, um ihe Angehörigen zu besuchen, und ihn allein gelassen hatte. Dieser sonderbare Zustand, daß ein unverheirateter Mann aus der besseren Gesellschaft, der immer noch Anspruch darauf erhob, ein Gentleman zu sein, sich nur eine einzige weibliche Person zur Bedienung hielt, dieser Umstand brachte Weltschaninow fast zum Erröten, obgleich er mit dieser Pelageja sehr zufrieden war. Sie war von einer mit ihm bekannten Familie, die ins Ausland gereist war, zu ihm in Dienst gekommen, als er diese Wohnung im Frühjahr gemietet hatte, und hatte bei ihm alles in guter Ordnung gehalten. Nach ihrer Abreise hatte er kein anderes Dienstmädchen mieten mögen; einen Diener aber anzunehmen lohnte nicht für die kurze Zeit, und er konnte auch Diener überhaupt nicht recht leiden. So hatte er denn die Einrichtung getroffen, daß die Schwester des Hausknechts, Mawra, jeden Morgen kam, um die Zimmer aufzuräumen, und ihr übergab er auch den Schlüssel, wenn er ausging; aber sie tat so gut wie nichts, nahm ihr Geld hin und bestahl ihn auch noch, wie es schien. Aber ihm war das alles gleichgültig geworden, und er war sogar ganz zufrieden damit, daß er jetzt in seiner Wohnung völlig allein war. Aber es hatte doch alles seine bestimmte Grenze, und seine Nerven weigerten sich manchmal, in Zeiten besonderer Mißstimmung, auf das entschiedenste, diese ganze »Schmutzerei« zu ertragen, und wenn er zu sich nach Hause zurückkehrte, betrat er seine Zimmer fast jedesmal mit einem Gefühle des Ekels.

Aber diesmal ließ er sich kaum Zeit, sich ganz auszuziehen, warf sich auf das Bett und nahm sich in gereizter Stimmung vor, an nichts zu denken und unter allen Umständen »sofort« einzuschlafen. Und sonderbar: Er schlief wirklich ein, sowie nur sein Kopf das Kissen berührt hatte; das war bei ihm fast seit einem Monat nicht vorgekommen.

Er schlief etwa vier Stunden lang, aber unruhig, und hatte dabei seltsame Träume, wie sie sonst bei Fieberkranken vorkommen. Es handelte sich dabei um ein Verbrechen, das er angeblich begangen hatte und nun zu verbergen suchte; dieses Verbrechens beschuldigten ihn einstimmig viele Menschen, die ununterbrochen von irgendwoher zu ihm hereinkamen. Es hatte sich schon eine furchtbar große Menge gesammelt; aber immer noch mehr Menschen strömten herein, so daß die Tür nicht mehr zuging, sondern sperrangelweit offen stand. Aber das ganze Interesse konzentrierte sich schließlich auf einen sonderbaren Menschen, der früher einmal ein sehr guter Bekannter von ihm gewesen, aber bereits gestorben und jetzt aus irgendwelchem Grunde plötzlich ebenfalls zu ihm hereingekommen war. Am meisten quälte es Weltschaninow, daß er nicht wußte, was das für ein Mensch war, daß er seinen Namen vergessen hatte und sich schlechterdings nicht darauf besinnen konnte; er wußte nur, daß er ihn einstmals sehr gern gehabt hatte. Von diesem Menschen schienen alle übrigen Leute, die hereingekommen waren, das entscheidende Wort zu erwarten, das heißt Weltschaninows Verurteilung oder Freisprechung, und alle bekundeten eine starke Ungeduld. Aber er saß ohne sich zu rühren am Tische, schwieg und wollte nicht reden. Der Lärm verstummte nicht, die Erregung wuchs, und auf einmal versetzte Weltschaninow in seiner Wut diesem Menschen einen Schlag dafür, daß er nicht reden wollte, und empfand davon einen seltsamen Genuß. Das Herz erstarrte ihm vor Schrecken und Schmerz über seine Tat; aber gerade in diesem Erstarren lag ein Genuß. Geradezu rasend geworden schlug er ihn ein zweites und ein drittes Mal, und in einer Art von Wut- und Angstrausche, der an Wahnsinn streifte, aber zugleich einen unendlichen Genuß in sich schloß, zählte er seine Schläge nicht mehr, sondern schlug ohne Aufhören weiter. Er wollte alles, »alles dies« vernichten. Auf einmal geschah etwas: Alle schrien fuchtbar auf und wandten sich erwartungsvoll nach der Tür hin, und in diesem Augenblicke erscholl die Türklingel dreimal mit hellem Tone; es wurde aber mit solcher Kraft daran gezogen, als ob sie jemand von der Tür abreißen wolle. Weltschaninow erwachte, kam in einem Augenblicke zur Besinnung, sprang Hals über Kopf vom Bette und stürzte zur Tür hin; er war fest davon überzeugt, daß das Klingeln kein Traum gewesen sei, und daß wirklich jemand in diesem Augenblikke bei ihm geschellt habe. »Es wäre doch zu unnatürlich«, dachte er, »wenn mir so helle, wirkliche, ordentlich greifbare Töne nur geträumt haben sollten.«

Aber zu seinem Erstaunen stellte sich auch der Schall der Türklingel nur als Traum heraus. Er öffnete die Tür und trat auf den Flur hinaus; er blickte sogar auf die Treppe – es war kein Mensch da. Die Glocke hing da, ohne sich zu rühren. Verwundert, aber erfreut kehrte er in das Zimmer zurück. Während er eine Kerze anzündete, fiel ihm ein, daß er die Tür nur zugeklinkt, aber nicht zugeschlossen und zugehakt hatte. Auch früher hatte er oft, wenn er nach Hause zurückkehrte, vergessen, die Tür zur Nacht zuzuschließen, da er der Sache keine besondere Bedeutung beimaß. Pelageja hatte ihm einige Male deswegen Vorhaltungen gemacht. Er kehrte in das Vorzimmer zurück, um die Tür zuzuschließen, öffnete sie noch einmal und blickte auf den Flur hinaus und legte von innen nur den Haken vor; aber den Schlüssel in der Tür umzudrehen, war er doch zu träge. Die Uhr schlug halb drei; er hatte vier Stunden geschlafen.

Der Traum hatte ihn dermaßen aufgeregt, daß er sich nicht sogleich wieder hinlegen mochte und eine halbe Stunde im Zimmer auf und ab zu gehen beschloß: Bis er eine Zigarre würde zu Ende geraucht haben. Nachdem er sich eilig angekleidet hatte, trat er an das Fenster, zog die dicke Stoffgardine zur Seite und dahinter das weiße Rouleau in die Höhe. Auf der Straße war es schon ganz hell geworden. Die hellen Petersburger Sommernächte hatten immer die Wirkung gehabt, seine Nerven zu reizen, und hatten in der letzten Zeit seine Schlaflosigkeit nur noch gesteigert, so daß er vor etwa vierzehn Tagen an seinen Fenstern expreß diese dicken Stoffgardinen hatte anbringen lassen, die kein Licht hereinließen, wenn er sie ganz zuzog. Nachdem er so Licht hereingelassen hatte, wobei er die auf dem Tische brennende Kerze auszulöschen vergaß, fing er an, immer noch von einer peinlichen, krankhaften Empfindung beherrscht, hin und her zu gehen. Der Eindruck des Traumes wirkte noch nach. Das ernsthafte Bedauern darüber, daß er sich hatte dazu hinreißen lassen, die Hand gegen diesen Menschen zu erheben, dauerte fort.
»Aber dieser Mensch existiert ja gar nicht und hat nie existiert; es ist ja alles nur ein Traum; warum gräme ich mich denn?«
Ingrimmig, und als ob alle seine Sorgen sich in diesem einen Punkte konzentrierten, begann er daran zu denken, daß er entschieden krank werde, »ein kranker Mensch« werde.
Das Bewußtsein, daß er altere oder kränkele, hatte von jeher für ihn etwas Bedrückendes gehabt, und mit einer Art von Bosheit übertrieb er in bösen Augenblicken sowohl das eine wie das andere absichtlich, um sich selbst zu reizen.
»Das ist das Alter! Ich werde ganz alt«, murmelte er beim Auf- und Abgehen; »ich verliere das Gedächtnis, habe Visionen und Träume, höre die Türklingel läuten . . . Hol's der Teufel! Ich weiß aus Erfahrung, daß solche Träume immer bedeuten, daß ein Fieber in mir steckt . . . Ich bin überzeugt, daß auch diese ganze Geschichte mit dem Trauerflor ebenfalls vielleicht nur ein Traum ist. Was ich gestern dachte, war entschieden richtig: Ich bin hinter ihm her,

nicht er hinter mir. Ich habe eine Märchengestalt aus ihm gemacht und bin selbst vor Angst unter den Tisch gekrochen. Und warum nenne ich ihn eine Kanaille? Er ist vielleicht ein ganz ordentlicher Mensch. Sein Gesicht hat allerdings etwas Unangenehmes, wiewohl nichts daran besonders unschön ist; gekleidet ist er wie alle Menschen. Nur sein Blick ist so eigentümlich ... Da bin ich wieder auf mein gewohntes Thema gekommen! Wieder beschäftige ich mich mit ihm!! Was, zum Teufel, geht mich sein Blick an? Kann ich denn wirklich nicht leben ohne diesen ... Taugenichts?«

Unter anderen Gedanken, die ihm durch den Kopf gingen, war auch einer, der ihn ebenfalls schmerzlich verwundete: Er gelangte auf einmal zu der Überzeugung, daß dieser Herr mit dem Trauerflor früher einmal mit ihm befreundet gewesen sei und jetzt bei den Begegnungen mit ihm sich über ihn lustig mache, weil er irgendein wichtiges Geheimnis aus seiner Vergangenheit wisse und ihn jetzt in so unwürdiger Lage sehe. Mechanisch trat er an das Fenster, um es zu öffnen und die Nachtluft einzuatmen, und ... und zuckte plötzlich mit dem ganzen Leibe zusammen: Es schien ihm, daß da vor ihm plötzlich etwas ganz Absonderliches, Unerhörtes geschehe.

Er hatte das Fenster noch nicht geöffnet, schlüpfte jetzt so schnell wie möglich hinter die Mauer neben dem Fenster und versteckte sich dort: Auf dem leeren gegenüberliegenden Trottoir erblickte er plötzlich gerade vor dem Hause den Herrn mit dem Trauerflor. Dieser stand auf dem Trottoir mit dem Gesicht nach seinen Fenstern zu, offenbar aber ohne ihn zu bemerken, und betrachtete das Haus prüfend, wie wenn er etwas überlegte. Dann schien er zu einem Entschlusse zu kommen: Er hob die Hand in die Höhe und hielt den Zeigefinger an die Stirn. Endlich hatte er seinen Entschluß gefaßt: Er warf einen eiligen Blick um sich herum und überschritt, auf den Zehen schleichend, schnell die Straße. Richtig: Er ging in das Tor des Hauses hinein, in welchem Weltschaninow wohnte, durch das Pförtchen, das im Sommer manchmal bis drei Uhr nicht zugeriegelt wurde.

»Er kommt zu mir!« fuhr es Weltschaninow schnell durch den Kopf, und plötzlich lief er eilig ebenfalls auf den Zehen in das Vorzimmer zur Tür hin und blieb still an ihr stehen. Starr vor Erwartung, die zitternde rechte Hand auf dem Haken, den er kurz vorher vorgelegt hatte, horchte er angestrengt auf das Geräusch der erwarteten Schritte auf der Treppe.

Sein Herz schlug so heftig, daß er fürchtete, es zu überhören, wenn der Unbekannte auf den Zehen heraufkäme. Er begriff das Geschehende nicht; aber er nahm alles mit einer verzehnfachten Schärfe der Sinne wahr. Der Traum von vorhin schien mit der Wirklichkeit zusammenzufließen. Weltschaninow war von Natur mutig. Er liebte es manchmal, seine Furchtlosigkeit vor der Gefahr bis zur Prahlerei zu steigern, selbst wenn ihn niemand beobachtete, lediglich in einer Art von Selbstbewunderung. Aber jetzt kam noch etwas anderes hinzu. Der Hypochonder und ängstliche Patient von vorhin hatte sich vollständig verwandelt; es war jetzt gar nicht mehr derselbe Mensch. Ein nervöses, unhörbares Lachen brach aus seiner Brust hervor. Hinter der geschlossenen Tür erriet er jede Bewegung des Unbekannten.

»Ah! Da kommt er herauf; er ist oben; er sieht sich um; er horcht die Treppe hinunter; er atmet kaum; er schleicht umher . . . ah! Er hat die Klinke gefaßt; er drückt darauf und probiert, ob die Tür aufgeht! Er hat darauf gerechnet, daß bei mir nicht zugeschlossen sein würde! Also hat er gewußt, daß ich manchmal vergesse zuzuschließen! Er drückt wieder auf die Klinke; na, denkt er denn, daß der Haken aufspringen wird? Es tut ihm leid, so wieder abzuziehen; er möchte nicht gern unverrichteter Sache davongehen!«

Und in der Tat trug sich alles zweifellos so zu, wie er sich das vorstellte: Es stand tatsächlich jemand vor der Tür, probierte leise und unhörbar am Schlosse herum, drückte sachte auf die Klinke und »hatte selbstverständlich dabei seine Absicht«. Aber Weltschaninow war bereits entschlossen, das Rätsel zu lösen; er wartete mit einer gewissen Begeisterung

auf den richtigen Augenblick, machte sich fertig und stellte sich in Positur; es war seine feste Absicht, auf einmal den Haken aufzumachen, die Tür sperrangelweit zu öffnen und so der Schreckgestalt Auge in Auge gegenüberzustehen. »Nun, mein Herr«, wollte er sagen, »was tun Sie hier?«
So geschah es denn auch: Er paßte einen Augenblick ab, den er für geeignet hielt, machte plötzlich den Haken auf und stieß fast mit der Brust gegen den Herrn mit dem Trauerflor.

III

Pawel Pawlowitsch Trussozki

Dieser blieb sprachlos an seinem Fleck stehen. Beide standen einander an der Schwelle gegenüber, und beide blickten einander, ohne sich zu rühren, in die Augen. So vergingen mehrere Sekunden, und auf einmal erkannte Weltschaninow seinen Gast!
Gleichzeitig merkte offenbar auch der Gast, daß Weltschaninow ihn vollständig wiedererkannt hatte: Das sah man an dem Aufleuchten seines Blickes. In einem einzigen Momente zerschmolz gleichsam sein ganzes Gesicht zu einem überaus süßen Lächeln.
»Ich habe wohl das Vergnügen, mit Alexej Iwanowitsch zu sprechen?« sagte er in einem singenden, einschmeichelnden Tone, der zu der ganzen Situation in einem geradezu komischen Widerspruche stand.
»Sind Sie wirklich Pawel Pawlowitsch Trussozki?« sagte endlich auch Weltschaninow mit verdutztem Gesichte.
»Wir waren vor neun Jahren in T. miteinander bekannt und, wenn anders Sie mir gestatten, Sie daran zu erinnern, sogar befreundet.«
»Jawohl . . . freilich . . . aber jetzt ist es drei Uhr in der Nacht, und Sie haben ganze zehn Minuten lang herumprobiert, ob bei mir zugeschlossen sei oder nicht . . .«
»Drei Uhr!« rief der Gast, indem er die Uhr herauszog,

erstaunt und sogar ordentlich betrübt. »Wahrhaftig: drei Uhr! Verzeihen Sie mir, Alexej Iwanowitsch; ich hätte mir das, bevor ich hereinkam, überlegen sollen; ich schäme mich geradezu. Ich werde nächster Tage einmal herankommen, um dieses und jenes mit Ihnen zu besprechen; aber jetzt . . .«

»O, nicht doch; wenn Sie schon etwas mit mir zu reden haben, dann möchte ich Sie bitten, es jetzt gleich zu tun!« fiel ihm Weltschaninow ins Wort. »Bitte, treten Sie näher, kommen Sie ins Zimmer! Sie beabsichtigten ja doch gewiß selbst, ins Zimmer hereinzukommen, und werden sich nicht bloß deswegen bei Nacht herbegeben haben, um das Türschloß zu probieren . . .«

Er war aufgeregt und zugleich gewissermaßen verblüfft; er fühlte, daß er mit sich nicht zurecht kommen konnte. Er schämte sich sogar: Es lag gar kein Geheimnis und gar keine Gefahr vor; nichts war von dem ganzen Zauberspuk übriggeblieben; nur die dumme Gestalt so eines Pawel Pawlowitsch stand vor ihm. Indessen glaubte er keineswegs, daß die Sache so einfach liege; er war von einem undeutlichen ängstlichen Vorgefühl erfüllt. Nachdem er den Gast auf einem Lehnstuhl hatte Platz nehmen lassen, setzte er sich ungeduldig auf sein Bett, einen Schritt von dem Lehnstuhl entfernt, beugte er sich ein wenig vor, stützte sich mit den Handflächen auf die Knie und wartete in gereizter Stimmung, wann der andere anfangen würde zu reden. Er betrachtete ihn eifrig und suchte seine Erinnerungen zu beleben. Aber seltsam: Jener schwieg und schien gar kein Verständnis dafür zu haben, daß es »seine Pflicht« war, das Gespräch zu beginnen; vielmehr sah er seinen Wirt seinerseits mit einem Blicke an, als erwarte er von diesem etwas. Vielleicht war er einfach schüchtern und fühlte sich zunächst gewissermaßen unbehaglich wie die Maus in der Falle; aber Weltschaninow wurde ärgerlich:

»Was wollen Sie denn nun eigentlich?« rief er. »Sie sind ja doch, möchte ich meinen, kein Produkt meiner Phantasie und kein Traumgebilde! Sind Sie etwa hergekommen, um hier eine Leiche zu spielen? Sprechen Sie, Verehrtester!«

Der Gast bewegte sich hin und her, lächelte und begann vorsichtig:
»Soviel ich sehe, befremdet es Sie vor allem, daß ich zu solcher Stunde . . . und unter solchen besonderen Umständen gekommen bin . . . Aber in Erinnerung an alles Vergangene und an die Art unseres Abschiedes voneinander . . . Übrigens hatte ich gar nicht die Absicht, zu Ihnen heranzukommen, und wenn es doch geschehen ist, so hat es sich nur zufällig so gemacht . . .«
»Wie können Sie sagen, es hätte sich nur zufällig so gemacht? Und dabei habe ich doch durchs Fenster gesehen, wie Sie auf den Zehen über die Straße herüberliefen!«
»Ah, das haben Sie gesehen! Nun, dann wissen Sie am Ende jetzt von alledem mehr als ich selbst! Aber ich bringe Sie nur auf . . . Also die Sache ist die: Ich bin schon vor drei Wochen in einer persönlichen Angelegenheit hierhergereist . . . Ich bin ja Pawel Pawlowitsch Trussozki; Sie haben mich ja selbst erkannt. Meine Angelegenheit besteht darin, daß ich mich um meine Versetzung in ein anderes Gouvernement und in ein anderes Ressort und in eine Stelle mit erheblich höherem Gehalte bemühe . . . Indessen, von alledem wollte ich eigentlich nicht reden! . . . Die Hauptsache, wenn Sie es wissen wollen, ist, daß ich mich hier nun schon seit drei Wochen herumtreibe und, wie es scheint, meine Angelegenheit, das heißt die Sache mit meiner Versetzung, selbst absichtlich in die Länge ziehe. Und wirklich, wenn meine Versetzung erfolgen sollte, so werde ich womöglich selbst vergessen, daß sie erfolgt ist, und werde Ihr Petersburg nicht verlassen . . . in der Gemütsverfassung, in der ich mich befinde! . . .«
»Was ist denn das für eine Gemütsverfassung?« fragte Weltschaninow verdrießlich.
Der Gast blickte zu ihm auf, hob den Hut in die Höhe und wies auf den Trauerflor; sein Gesicht trug in diesem Augenblicke den Ausdruck eines würdigen Ernstes.
»Da sehen Sie, in was für einer Gemütsverfassung ich mich befinde!«
Weltschaninow blickte verständnislos bald auf den Trauer-

flor, bald in das Gesicht seines Gastes. Auf einmal ergoß sich eine schnelle Röte über seine Wangen, und er fragte in starker Aufregung:
»Doch nicht etwa Natalja Wassiljewna?«
»Allerdings, Natalja Wassiljewna! Im März dieses Jahres . . . Sie hatte die Schwindsucht, und es kam fast plötzlich, in zwei, drei Monaten! Und ich bin zurückgeblieben – wie Sie sehen!«
Nach diesen Worten breitete der Gast in starkem Affekte die Arme nach beiden Seiten auseinander, wobei er seinen Hut mit dem Trauerflor frei in der linken Hand hielt und seinen Kopf mit der Glatze tief herabhängen ließ; in dieser Haltung verharrte er mindestens zehn Sekunden lang.
Der Anblick dieser Geste wirkte auf Weltschaninow gewissermaßen abkühlend; ein spöttisches, ja höhnisches Lächeln glitt über seine Lippen, aber allerdings nur für einen Augenblick: Die Nachricht von dem Tode dieser Dame, mit der er vor so langer Zeit bekannt gewesen war, und die er schon seit so langer Zeit vergessen gehabt hatte, brachte auf ihn jetzt einen außerordentlich erschütternden Eindruck hervor.
»Ist es möglich!« murmelte er, das erste, was ihm gerade auf die Zunge kam. »Warum sind Sie denn aber nicht ohne weiteres zu mir gekommen, um es mir mitzuteilen?«
»Ich danke Ihnen für Ihre Teilnahme; ich sehe und schätze diese, trotzdem . . .«
»Trotzdem?«
»Trotzdem so viele Jahre der Trennung dazwischenliegen, haben Sie soeben eine so aufrichtige Teilnahme für meinen Schmerz und sogar für meine Person bewiesen, daß ich selbstverständlich Dankbarkeit empfinde. Nur das ist es, war ich zum Ausdruck bringen wollte. Nicht etwa als ob ich an meinen Freunden zweifelte; ich kann auch hier, sogar auf der Stelle, sehr aufrichtige Freunde finden (ich nenne zum Beispiel nur Stepan Michailowitsch Bagautow); aber seit meiner Bekanntschaft mit Ihnen, Alexej Iwanowitsch (ich könnte vielleicht sogar sagen Freundschaft; denn ich gedenke unserer Beziehungen mit großer Erkenntlichkeit), sind ja

doch schon neun Jahre verflossen, und Sie sind nie wieder zu uns gekommen, und eine Korrespondenz zwischen uns hat auch nicht stattgefunden . . .«

Der Gast sprach in so singendem Tone, als ob er ein Notenblatt vor sich hätte, blickte aber die ganze Zeit über, während er redete, zu Boden, allerdings in der Weise, daß er dazwischen häufig kurz aufsah. Aber auch der Wirt hatte bereits einigermaßen seine Fassung wiedergewonnen.

Mit einer ganz eigentümlichen Empfindung, die sich immer mehr steigerte, betrachtete er Pawel Pawlowitsch und hörte ihm zu, und auf einmal kamen ihm, als dieser innehielt, die buntesten Gedanken unerwarteterweise in den Kopf.

»Wie ist es nur zugegangen, daß ich Sie bisher nicht erkannt habe?« rief er lebhaft. »Wir sind ja doch etwa fünfmal auf der Straße zusammengetroffen!«

»Ja, auch ich erinnere mich; Sie tauchten ein paarmal vor mir auf, zweimal oder vielleicht auch dreimal . . .«

»Das heißt, Sie waren es, der vor mir auftauchte, nicht ich vor Ihnen!«

Weltschaninow stand auf und fing auf einmal in überraschender Weise an laut zu lachen. Pawel Pawlowitsch schwieg ein Weilchen, sah den anderen aufmerksam an, fuhr dann aber sogleich wieder fort:

»Daß Sie mich nicht erkannten, ist ja ganz natürlich; erstens konnten Sie mein Gesicht in so langer Zeit sowieso vergessen, und dann habe ich auch seitdem die Pocken gehabt, und die haben einige Spuren in meinem Gesicht zurückgelassen.«

»Die Pocken? Hat er wahrhaftig auch noch die Pocken gehabt! Nein, wie Ihnen das . . .«

»In die Bude geregnet hat? Ja, was passiert nicht alles auf der Welt, Alexej Iwanowitsch! Manchmal regnet's einem auch in die Bude!«

»Es ist nur furchtbar komisch. Na, fahren Sie fort, fahren Sie fort, lieber Freund!«

»Obwohl ich Ihnen begegnet bin . . .«

»Warten Sie mal! Warum sagten Sie soeben: ›in die Bude regnen‹? Ich wollte mich weit höflicher ausdrücken. Na, fahren Sie fort, fahren Sie fort!«
Er wurde merkwürdigerweise immer heiterer. Der erschütternde Eindruck war von einem anderen Gefühle ganz und gar abgelöst worden.
Mit schnellen Schritten ging er im Zimmer auf und ab.
»Obwohl ich Ihnen begegnet bin und sogar bei meiner Reise hierher, nach Petersburg, die Absicht hatte, Sie jedenfalls hier aufzusuchen, so befinde ich mich doch, wie ich wiederhole, jetzt in einer solchen Gemütsverfassung . . . und bin seit dem März seelisch so zerschlagen . . .«
»Ach ja! Sie sind seit dem März seelisch zerschlagen . . . Warten Sie mal, rauchen Sie nicht?«
»Sie wissen ja, daß ich zu Natalja Wassiljewnas Lebzeiten . . .«
»Na ja, na ja; aber seit dem März?«
»Höchstens eine Zigarette.«
»Da ist eine Zigarette; zünden Sie sie sich an, und . . . fahren Sie fort! Fahren Sie fort; Ihre Mitteilungen interessieren mich außerordentlich!«
Weltschaninow zündete sich eine Zigarette an und setzte sich schnell wieder auf das Bett. Pawel Pawlowitsch schwieg eine kleine Weile,.
»Aber in was für einer Aufregung befinden Sie sich denn selbst? Sind Sie auch nicht krank?« fragte er.
»Ach, was schert uns hier meine Gesundheit!« rief Weltschaninow ärgerlich. »Fahren Sie fort!«
Seinerseits wurde der Gast, als er die Aufregung des Wirtes wahrnahm, immer zufriedener und selbstbewußter.
»Ja, was soll ich noch weiter erzählen?« begann er von neuem. »Stellen Sie sich, Alexej Iwanowitsch, erstens einen niedergeschlagenen Menschen vor, das heißt nicht so im gewöhnlichen Sinne niedergeschlagen, sondern sozusagen vollständig niedergeschmettert; einen Menschen, der nach zwanzigjähriger Ehe seine ganze Lebensweise ändert und sich auf den staubigen Straßen ohne rechtes Ziel umhertreibt, wie wenn er sich in der öden Steppe befände, beinah

selbstvergessen und in dieser Selbstvergessenheit sogar einen gewissen Genuß findend. Unter diesen Umständen ist es nur natürlich, daß, wenn ich manchmal einem Bekannten oder selbst einem aufrichtigen Freunde begegne, ich ihn absichtlich vermeide, um nicht in einem solchen Augenblikke mit ihm ins Gespräch zu kommen, ich meine in einem Augenblicke der Selbstvergessenheit. Aber dann hat man wieder andere Augenblicke, in denen man sich so lebhaft an alles erinnert und so danach dürstet, wenigstens einen Zeugen und Teilnehmer der noch nicht so weit zurückliegenden, aber unwiederbringlich verlorenen Vergangenheit zu sehen, und das Herz klopft einem dabei so heftig, daß man nicht nur bei Tage, sondern auch bei Nacht sich in die Arme eines Freundes werfen möchte, müßte man ihn auch zu diesem Zwecke expreß um drei Uhr nachts aufwecken. Ich habe mich nur in der Zeit geirrt, sehen Sie, aber nicht in der Freundschaft; denn in diesem Augenblicke bin ich völlig belohnt worden. Was aber die Zeit anlangt, so habe ich wirklich gedacht, es wäre noch nicht zwölf, eine Folge meiner Gemütsverfassung. Man trinkt seinen eigenen Gram und betrinkt sich gleichsam an ihm. Und was mich quält, ist nicht einmal der Kummer, sondern eigentlich der neue Zustand . . .«

»Wie Sie sich nur ausdrücken!« bemerkte Weltschaninow düster; er war auf einmal wieder sehr ernst geworden.

»Ja, ich drücke mich wirklich sonderbar aus . . .«

»Und Sie . . . treiben keinen Scherz?«

»Scherz treiben!« rief Pawel Pawlowitsch trübe und erstaunt. »Und in demselben Augenblicke, in dem ich Ihnen mitteile . . .«

»Ach, schweigen Sie doch davon; ich bitte Sie!«

Weltschaninow stand auf und begann wieder im Zimmer umherzugehen.

So vergingen etwa fünf Minuten. Der Gast machte Miene, sich ebenfalls zu erheben; aber Weltschaninow rief:

»Bleiben Sie sitzen, bleiben Sie sitzen!« und dieser sank sofort wieder gehorsam in den Sessel zurück.

»Aber wie Sie sich verändert haben!« begann wieder Weltschaninow, indem er, wie wenn er von diesem Gedanken plötzlich überrascht worden wäre, unerwartet vor ihm stehen blieb. »Ganz gewaltig haben Sie sich verändert! Außerordentlich! Sie sind ein ganz anderer Mensch geworden!«

»Kein Wunder: die neun Jahre!«

»Nein, nein, nein, die Jahre haben das nicht gemacht! Äußerlich haben Sie sich noch nicht einmal so übermäßig verändert; die Veränderung steckt in etwas anderem!«

»Auch das haben vielleicht die neun Jahre bewirkt.«

»Oder die Veränderung schreibt sich vielleicht vom März her!«

»He-he!« lächelte Pawel Pawlowitsch schlau; »Sie haben dabei irgendeinen scherzhaften Hintergedanken ... Aber wenn ich mir die Frage erlauben darf: Worin besteht denn eigentlich die Veränderung?«

»Ja, was soll ich da sagen? Früher war da so ein gesetzter, anständiger Pawel Pawlowitsch, so ein netter, artiger Pawel Pawlowitsch; aber jetzt ist dieser Pawel Pawlowitsch ein rechter vaurien!«

Seine Gereiztheit war bis zu jenem Grade gestiegen, bei dem sogar Leute, die für gewöhnlich sich gut zu beherrschen verstehen, manchmal anfangen Ungehörigkeiten zu reden.

»Ein vaurien! Finden Sie das? Und nicht mehr so nett und artig?« fragte Pawel Pawlowitsch, vor Vergnügen kichernd.

»Ach was, nett und artig! Jetzt scheinen Sie sehr klug und verständig geworden zu sein.« Und bei sich dachte Weltschaninow: »Ich bin unverschämt; aber diese Kanaille ist noch unverschämter! Was mag der Kerl nur im Schilde führen?«

»Ach, liebster Freund, ach, teuerster Alexej Iwanowitsch!« begann der Gast auf einmal in gefühlvollem Tone und drehte sich dabei auf seinem Sessel hin und her. »Was machen wir denn nur? Wir befinden uns ja doch jetzt nicht unter andern Leuten, nicht in einer vornehmen, glänzenden Gesellschaft! Wir sind zwei ehemalige aufrichtige, alte

Freunde und sind sozusagen in vollster Aufrichtigkeit zusammengekommen und gedenken beide jenes herrlichen Freundschaftsverhältnisses, in welchem die Verstorbene ein so wertvolles Bindeglied bildete!«

Er schien von seinen entzückten Empfindungen so hingerissen zu sein, daß er wieder wie vorher den Kopf neigte; das Gesicht verdeckte er diesmal mit dem Hute. Weltschaninow betrachtete ihn voller Widerwillen und Unruhe.

»Ob er nicht am Ende einfach ein Narr ist?« ging es ihm durch den Kopf. »Aber n-nein, n-nein! Betrunken scheint er nicht zu sein – übrigens ist er vielleicht auch betrunken: Er hat ein rotes Gesicht. Aber mag er auch betrunken sein, das kommt alles auf eins heraus. Worauf steuert er nur hin? Was will diese Kanaille?«

»Denken Sie wohl noch, denken Sie wohl noch«, rief Pawel Pawlowitsch, der allmählich den Hut vom Gesichte fortzog und anscheinend immer mehr in den Bann seiner Erinnerungen geriet, »denken Sie wohl noch an unsere Landpartien, an unsere größeren und kleineren Abendgesellschaften mit Tanz und unschuldigen Spielen bei Seiner Exzellenz dem gastfreundlichen Semjon Semjonowitsch? Und an unsere Leseabende zu dreien? Und an meine erste Bekanntschaft mit Ihnen, wie Sie eines Morgens zu mir kamen, um in Ihrer Prozeßangelegenheit Erkundigungen einzuziehen, und sogar ordentlich heftig wurden und auf einmal Natalja Wassiljewna hereintrat und Sie in Zeit von zehn Minuten bereits unser intimster Hausfreund für ein ganzes Jahr wurden – genau so wie in Herrn Turgenjews Lustspiel ›Die Provinzlerin‹? . . .«

Weltschaninow ging langsam auf und ab, blickte auf den Fußboden und hörte voller Ungeduld und Widerwillen, aber sehr aufmerksam zu.

»Ich habe nie an die ›Provinzlerin‹ gedacht«, unterbrach er ihn etwas verlegen, »und Sie haben früher nie in einem so weinerlichen Tone und in einem so . . . gekünstelten Stile gesprochen. Wozu das alles?«

»Ich habe allerdings früher mehr geschwiegen, das heißt, ich war schweigsamer«, erwiderte Pawel Pawlowitsch eilfertig. »Sie wissen, ich liebte es früher mehr, zuzuhören, wenn die Verstorbene sprach. Sie erinnern sich wohl noch, wie geistreich sie eine Unterhaltung zu führen verstand . . . Was aber die ›Provinzlerin‹ und speziell Stupendjew anlangt, so haben Sie auch darin recht; denn wir, die teure Entschlafene und ich, haben erst später, als Sie bereits abgereist waren, wenn wir uns in stillen Stunden Ihrer erinnerten, Ihr erstes Eintreten bei uns mit diesem Theaterstück verglichen . . . da ja die Ähnlichkeit wirklich eine recht große ist. Und was speziell Stupendjew betrifft . . .«

»Hol's der Teufel, was ist das für ein Stupendjew?« rief Weltschaninow und stampfte sogar mit dem Fuße; denn infolge einer beunruhigenden Erinnerung, die ihm bei dem Worte Stupendjew durch den Kopf ging, war er in starke Aufregung geraten.

»Stupendjew, das ist eine Rolle, eine Theaterrolle, die Rolle des Ehemannes in dem Lustspiele ›Die Provinzlerin‹«, erwiderte Pawel Pawlowitsch im süßesten singenden Tone. »Aber das gehört schon in eine andere Reihe unserer schönen, teuren Erinnerungen hinein, schon nach Ihrer Abreise, als Stepan Michailowitsch Bagautow uns mit seiner Freundschaft beehrte, ganz so wie Sie, und zwar ganze fünf Jahre lang.«

»Bagautow? Wer ist das? Was für ein Bagautow?« fragte Weltschaninow, indem er auf einmal wie angenagelt stehen blieb.

»Bagautow, Stepan Michailowitsch Bagautow, der uns gerade ein Jahr nach Ihnen mit seiner Freundschaft beehrte und . . . ebenso wie Sie.«

»Ach, mein Gott, den kenne ich ja!« rief Weltschaninow, der endlich seine Gedanken gesammelt hatte. »Bagautow! Ja, der ist ja in Ihrer Stadt angestellt gewesen . . .«

»Gewiß, gewiß! Beim Gouverneur! Aus Petersburg, ein sehr eleganter, der besten Gesellschaft angehöriger junger Mann!« rief Pawel Pawlowitsch geradezu entzückt.

»Ja, ja, ja! Wie konnte ich nur erst noch fragen! Also der auch . . .«

»Ja, der auch, der auch!« wiederholte Pawel Pawlowitsch

immer noch in demselben Tone des Entzückens, indem er das unvorsichtige Wort des Wirtes aufgriff; »der auch! Sehen Sie, wir führten die ›Provinzlerin‹ auf der Hausbühne bei Seiner Exzellenz dem gastfreundlichen Semjon Semjonowitsch auf; Stepan Michailowitsch spielte den Grafen, ich den Ehemann und die Verstorbene die Provinzlerin; nur wurde die Rolle des Ehemannes mir auf den dringenden Wunsch der Verstorbenen wieder abgenommen, weil ich dazu unfähig sei; so habe ich denn schließlich den Ehemann nicht gespielt . . .«

»Aber zum Teufel, Sie sind doch auch kein Stupendjew! Sie sind vor allen Dingen Pawel Pawlowitsch Trussozki, und nicht Stupendjew«, rief Weltschaninow grob und ungeniert; er zitterte beinahe vor Erregung. »Aber erlauben Sie: Dieser Bagautow ist doch hier, in Petersburg; ich habe ihn selbst gesehen, im Frühjahr habe ich ihn gesehen! Warum gehen Sie denn nicht auch zu ihm?«

»Alle Tage gehe ich hin, alle Tage, schon drei Wochen lang. Aber er empfängt mich nicht! Er ist krank und kann niemanden empfangen! Und denken Sie sich, ich habe aus bester Quelle erfahren, daß er wirklich sehr gefährlich krank ist! So ein guter Freund, mit dem man fünf Jahre lang zusammengelebt hat! Ach, Alexej Iwanowitsch, ich kann Ihnen nur wiederholen: Ich befinde mich manchmal in einer solchen Gemütsverfassung, daß ich in die Erde versinken möchte, wahrhaftig; und ein andermal möchte ich am liebsten ohne weiteres einen Menschen umarmen, und besonders einen jener früheren sozusagen Augenzeugen und Teilnehmer, einzig und allein, um mich auszuweinen, das heißt zu keinem andern Zwecke, als um mich auszuweinen! . . .«

»Na, aber für heute sind Sie ja wohl lange genug hier gewesen, nicht wahr?« fragte Weltschaninow in scharfem Tone.

»Sehr genug, sehr genug!« erwiderte Pawel Pawlowitsch und erhob sich sogleich von seinem Platze. »Es ist vier Uhr, und was die Hauptsache ist, ich habe Sie in so selbstischer Weise belästigt . . .«

»Hören Sie mal, ich werde selbst zu Ihnen kommen, ganz bestimmt, und dann hoffe ich ... Sagen Sie mir offen und ehrlich: Sind Sie heute nicht betrunken?«
»Betrunken? Keine Spur ...«
»Haben Sie nicht, bevor Sie herkamen, etwas getrunken, oder auch schon früher?«
»Wissen Sie, Alexej Iwanowitsch, Sie haben ein richtiges Fieber.«
»Gleich morgen werde ich zu Ihnen kommen, am Vormittag, jedenfalls vor ein Uhr ...«
»Ich habe schon lange bemerkt, daß Sie wie im Fieber reden«, unterbrach ihn Pawel Pawlowitsch, der mit besonderem Genusse auf diesen Punkt zurückkam. »Ich schäme mich wirklich, daß ich durch meinen unschicklichen Besuch ... aber ich gehe, ich gehe! Sie aber sollten sich hinlegen und sich ausschlafen!«
»Aber Sie haben mir ja gar nicht gesagt, wo Sie wohnen!« rief Weltschaninow, dem das plötzlich einfiel, ihm nach.
»Habe ich es nicht gesagt? In dem Gasthofe bei der Kirche zu Mariä Fürbitte.«
»Wo ist das?«
»Dicht bei der Kirche zu Mariä Fürbitte, da in einer Seitenstraße – ich habe vergessen, wie sie heißt, und auch die Nummer habe ich vergessen; aber es ist ganz nahe bei der Kirche ...«
»Ich werde schon hinfinden.«
»Sie werden mir sehr willkommen sein.«
Er war schon auf die Treppe hinausgegangen.
»Halt!« rief Weltschaninow wieder. »Sie werden doch nicht ausreißen?«
»Wie meinen Sie das, ›ausreißen‹?« fragte Pawel Pawlowitsch. Er drehte sich von der dritten Treppenstufe noch einmal um, riß die Augen weit auf und lächelte.
Statt einer Antwort schlug Weltschaninow geräuschvoll die Tür zu, verschloß sie sorgfältig und legte den Haken in die Öse. In das Zimmer zurückgekehrt, spuckte er aus, wie wenn er sich an etwas beschmutzt hätte.
Etwa fünf Minuten lang stand er ohne sich zu rühren mitten

im Zimmer; dann warf er sich mit den Kleidern auf das Bett und war im nächsten Augenblick eingeschlafen. Die Kerze, die er vergessen hatte, brannte auf dem Tische vollständig herunter.

IV

Die Frau, der Ehemann und der Liebhaber

Er schlief sehr fest und erwachte erst um halb zehn; Er richtete sich sogleich auf, setzte sich auf dem Bette hin und begann über den Tod »dieser Frau« nachzudenken.

Der erschütternde Eindruck, den die plötzliche Nachricht von diesem Todesfalle in der Nacht auf ihn gemacht hatte, hatte bei ihm eine Art von Verwirrung, ja von Schmerz zurückgelassen. Diese Verwirrung und dieser Schmerz waren bei ihm in der Nacht beim Zusammensein mit Pawel Pawlowitsch nur für einige Zeit durch einen sonderbaren Gedanken betäubt worden; aber jetzt beim Erwachen trat ihm alles, was vor neun Jahren gewesen war, plötzlich mit außerordentlicher Deutlichkeit vor die Augen.

Diese Frau, die verstorbene Natalja Wassiljewna, die Gattin dieses Trussozki, hatte er geliebt und war ihr Liebhaber gewesen, als er aus Anlaß eines Prozesses (es war ebenfalls ein Erbschaftsprozeß gewesen) sich ein ganzes Jahr lang in T. aufgehalten hatte, obgleich der Prozeß eigentlich keine so lange Dauer seiner Anwesenheit verlangte; die wahre Ursache war diese Liaison gewesen. Diese Liaison und diese Liebe beherrschten ihn damals in einem solchen Maße, daß er geradezu Natalja Wassiljewnas Sklave war und sich mit Sicherheit ohne weiteres zu irgendwelcher ganz erstaunlichen, sinnlosen Tat entschlossen haben würde, wenn das auch nur die geringste Laune dieser Frau verlangt hätte. Weder vorher noch nachher war ihm jemals etwas Ähnliches widerfahren. Am Ende des Jahres, als die Trennung unvermeidlich geworden war, befand sich Weltschaninow beim Herannahen des verhängnisvollen Augenblickes in solcher

Verzweiflung (obwohl damals nur eine Trennung auf ganz kurze Zeit in Aussicht genommen war), daß er Natalja Wassiljewna den Vorschlag machte, sie zu entführen, sie ihrem Manne wegzunehmen; er wolle alles im Stich lassen und mit ihr für immer ins Ausland gehn. Nur die Spöttereien und die feste Standhaftigkeit dieser Dame (die anfangs ihre volle Billigung dieses Planes ausgesprochen hatte, aber nur aus Langerweile, oder um sich darüber lustig zu machen) konnte ihn davon zurückhalten und ihn zwingen, allein abzureisen. Und was geschah? Es waren noch nicht zwei Monate nach der Trennung vergangen, als er sich in Petersburg bereits jene Frage vorlegte, die für ihn immer ein ungelöstes Rätsel blieb: Ob er diese Frau tatsächlich geliebt habe oder das alles nur ein »Sinnenrausch« gewesen sei. Und diese Frage erhob sich bei ihm ganz und gar nicht infolge von Leichtsinn oder unter dem Einflusse einer neuen, beginnenden Leidenschaft: In diesen beiden ersten Monaten in Petersburg befand er sich in einer Art von Bewußtlosigkeit und beachtete kaum eine Frau, obgleich er sogleich wieder in seinen früheren Gesellschaftskreis eintrat und Hunderte von Frauen zu sehen bekam. Übrigens wußte er sehr wohl, daß, wenn er sofort wieder nach T. hinkäme, er unverzüglich von neuem in den drückenden Zauberbann dieser Frau hineingeraten würde, trotz alles Ankämpfens dagegen. Sogar fünf Jahre darauf war er noch derselben Überzeugung, gestand es sich aber nur mit einer gewissen Entrüstung und erinnerte sich an »diese Frau« sogar mit Haß. Er schämte sich des in T. verlebten Jahres; er konnte nicht einmal begreifen, wie es möglich gewesen war, daß ein Mann wie er sich von einer so »dummen« Leidenschaft hatte hinreißen lassen! Alle Erinnerungen an diese Leidenschaft hatten sich für ihn in eine Schande verwandelt; er errötete bis zu Tränen und quälte sich mit Gewissensbissen. Nach noch einigen weiteren Jahren indessen hatte er sich bereits einigermaßen beruhigt; er bemühte sich, die ganze Sache zu vergessen, und das gelang ihm auch beinah. Und nun auf einmal, nach neun Jahren, mußte das alles so plötzlich und in so seltsamer Weise wieder vor seinem

geistigen Blicke auferstehen, da er in der Nacht die Nachricht von Natalja Wassiljewnas Tode erhalten hatte.
Jetzt, wo er auf seinem Bette saß und trübe Gedanken sich unordentlich in seinem Kopfe herumdrängten, hatte er nur von der einen Tatsache ein klares Gefühl und Bewußtsein, daß trotz des »erschütternden Eindrucks«, den diese Nachricht in der Nacht auf ihn gemacht hatte, er doch in bezug auf ihren Tod sehr ruhig war. »Bedaure ich sie denn wirklich nicht einmal?« fragte er sich. Allerdings empfand er jetzt keinen Haß mehr gegen sie und vermochte leidenschaftsloser und gerechter über sie zu urteilen. Nach seiner Meinung, die er sich übrigens schon längst im Laufe dieser neunjährigen Trennung zurechtgelegt hatte, war Natalja Wassiljewna eine der ganz gewöhnlichen Provinzlerinnen aus der »guten« Gesellschaft der Provinz gewesen; »wer weiß«, dachte er, »vielleicht war es wirklich so, und nur ich habe mir aus ihr ein solches Phantasiebild geschaffen.« Übrigens hatte er dennoch immer geargwöhnt, daß in dieser Meinung möglicherweise ein Fehler stecke; dieses Gefühl hatte er auch jetzt. Ja, auch Tatsachen sprachen gegen diese Meinung: Dieser Bagautow hatte ebenfalls mehrere Jahre lang eine Liaison mit ihr gehabt und hatte, wie es schien, ebenfalls ganz »in ihrem Zauberbann« gestanden. Bagautow war tatsächlich ein junger Mann aus der besten Petersburger Gesellschaft, und da er ein »hohler Kopf« war (so urteilte Weltschaninow über ihn), so konnte er nur in Petersburg Karriere machen. Nun hatte er aber doch Petersburg den Rücken gekehrt, das heißt auf seinen größten Vorteil verzichtet und fünf Jahre in T. verloren, lediglich um dieser Frau willen! Und wenn er schließlich nach Petersburg zurückgekehrt war, so hatte er das vielleicht nur deshalb getan, weil sie auch ihn, »wie einen alten abgenutzten Schuh« beseite geworfen hatte. Also mußte doch in dieser Frau etwas Ungewöhnliches gesteckt haben, eine Gabe, Männer anzuziehen, zu ihren Sklaven zu machen und zu beherrschen!
Und dabei hätte man meinen können, daß sie gar nicht einmal die Mittel dazu besaß, einen Mann anzuziehen und zu ihrem Sklaven zu machen; »in ihrer äußeren Erscheinung

war sie nicht einmal schön, sondern vielleicht sogar geradezu unschön.« Als Weltschaninow sie kennen lernte, war sie schon achtundzwanzig Jahre alt. Ihr keineswegs hübsches Gesicht konnte sich manchmal in angenehmer Weise beleben; aber ihre Augen waren unschön: Es lag in ihrem Blicke eine übermäßige Festigkeit. Sie war sehr mager. Mit ihrer geistigen Bildung war es nur schwach bestellt; sie besaß unstreitig einen scharfen Verstand, der sich aber fast immer nur einseitig betätigte. Sie hatte die Manieren einer besseren Provinzdame und außerdem allerdings viel Taktgefühl; auch besaß sie einen feinen Geschmack, bekundete ihn aber vorzugsweise nur in der Art, wie sie sich kleidete. Ihr Charakter war ein entschiedener, herrschsüchtiger; Kompromisse mit ihr waren ein Ding der Unmöglichkeit; bei ihr hieß es: entweder alles oder nichts. In schwierigen Lagen bewies sie eine erstaunliche Festigkeit und Beharrlichkeit. Es fehlte ihr nicht an Großherzigkeit; aber damit war fast immer eine maßlose Ungerechtigkeit verbunden. Mit dieser Dame zu disputieren war unmöglich: Den Satz, daß zweimal zwei vier sei, erkannte sie nicht als richtig an. Nie und in keinem Punkte gab sie zu, daß sie im Unrecht gewesen sei oder irgendwelche Schuld trage. Dadurch, daß sie ihren Gatten fortwährend und unzählige Male betrog, fühlte sie sich in ihrem Gewissen nicht im geringsten beschwert. Weltschaninow selbst verglich sie mit einer verzückten Geißlerin, die felsenfest davon überzeugt ist, daß sie tatsächlich die Mutter Gottes sei; so glaubte auch Natalja Wassiljewna unerschütterlich an die Rechtmäßigkeit aller ihrer Handlungen. Dem Liebhaber war sie treu, jedoch nur so lange, bis sie seiner überdrüssig wurde. Sie quälte den Liebhaber gern; aber sie liebte es auch, ihn zu belohnen. Leidenschaftlichkeit, Grausamkeit und Sinnlichkeit waren bei ihr hervorstechende Charakterzüge. Sie haßte die Immoralität, verurteilte sie mit unglaublicher Strenge und – war selbst unmoralisch. Keine Tatsachen hätten sie jemals zu der Erkenntnis ihrer eigenen Immoralität bringen können. »Sie weiß offenbar wirklich nichts davon«, so urteilte Weltschaninow über sie, als er noch in T. war (beiläufig bemerkt: Er selbst beteiligte sich an ihrer Immoralität). »Sie ist eine von den Frauen«, dachte er, »die gewissermaßen dazu geboren werden, treulose Gattinnen zu sein. Diese Frauen kommen niemals in ihrer Mädchenzeit zu Fall; es ist ein in ihrer Natur liegendes Gesetz, daß sie dazu verheiratet sein müssen. Der Ehemann ist ihr erster Liebhaber, aber erst nach der Hochzeit. Kein Mädchen kommt geschickter und leichter unter die Haube als sie. An dem ersten Liebhaber trägt immer der Ehemann die Schuld. Und alles vollzieht sich mit der im höchsten Grade aufrichtigen Überzeugung, daß es so ganz in der Ordnung sei; sie haben bis zum Schlusse durchaus die Empfindung, vollkommen im Rechte und selbstverständlich vollkommen schuldlos zu sein.«

Weltschaninow war davon überzeugt, daß es tatsächlich einen solchen Typus von Ehefrauen gebe; aber andererseits war er auch von der Existenz eines diesen Ehefrauen entsprechenden Typus von Ehemännern überzeugt, deren einziger Beruf nur darin besteht, diesem Typus von Ehefrauen zu entsprechen. Seiner Meinung nach bestand das Wesen dieser Ehemänner darin, sozusagen »lebenslängliche Ehemänner« zu sein oder, besser gesagt, immer nur Ehemänner zu sein und weiter nichts. »Ein solcher Mensch«, reflektierte Weltschaninow, »wird geboren und wächst heran einzig und allein, um zu heiraten und nach der Verheiratung sofort ein Anhängsel seiner Frau zu werden, sogar im Falle, daß er zufällig einen eigenen, ausgesprochenen Charakter besitzt. Das Hauptkennzeichen eines solchen Ehemannes ist der bekannte Kopfschmuck. Er kann nicht anders als Hörner tragen, ebenso wie die Sonne nicht anders kann als leuchten; aber er weiß das nicht nur niemals, sondern kann es einem Naturgesetze zufolge sogar niemals wissen.« Weltschaninow glaubte mit aller Bestimmtheit daran, daß es diese beide Typen gebe, und daß Pawel Pawlowitsch Trussozki in T. der echte Repräsentant des einen derselben sei. Derjenige Pawel Pawlowitsch, der jetzt in der Nacht zu ihm gekommen war, war selbstverständlich nicht jener Pawel Pawlowitsch, den er in T. kennengelernt hatte. Er fand, daß er sich in einer unglaublichen Weise verändert hatte; aber Weltschaninow wußte, daß diese Veränderung etwas ganz Natürliches und schlechthin Notwendiges war; Herr Trussozki konnte alles das, was er früher gewesen war, nur bei Lebzeiten seiner Frau sein; jetzt aber war er nur ein plötzlich freigelassener Teil eines Ganzen, das heißt etwas Wunderliches und ganz Absonderliches.

Was aber Pawel Pawlowitsch anlangte, wie er früher in T. gewesen war, so hatte ihn Weltschaninow jetzt folgendermaßen in der Erinnerung:

Pawel Pawlowitsch war in T. allerdings nur Ehemann gewesen und weiter nichts. Wenn er zum Beispiel außerdem auch noch Beamter war, so war er das nur, weil für ihn auch der Dienst sich sozusagen in eine seiner ehelichen Pflichten verwandelte; er bekleidete sein Amt um seiner Frau willen, um ihr eine gesellschaftliche Position in T. zu schaffen, wiewohl er auch an und für sich ein sehr eifriger Beamter war. Er stand damals im Alter von fünfunddreißig Jahren und besaß einiges Vermögen, das sogar nicht ganz klein war. Im Dienste legte er keine besonderen Fähigkeiten an den Tag, zeigte aber auch keine besonderen Mängel. Er hatte mit den angesehensten Einwohnern der Gouvernementsstadt Verkehr und stand sich dem Vernehmen nach mit allen vortrefflich. Natalja Wassiljewna erfreute sich in T. allgemeiner Achtung; sie legte übrigens darauf keinen großen Wert, sondern nahm es wie einen schuldigen Tribut entgegen; aber in ihrem eigenen Hause Gäste aufzunehmen verstand sie vorzüglich und hatte auch ihren Mann so geschult, daß er sich auch beim Empfange der höchsten Spitzen des Gouvernements vortrefflich zu benehmen wußte. Vielleicht (so meinte Weltschaninow) besaß er auch Verstand; aber da Natalja Wassiljewna es nicht gern sah, wenn ihr Mann viel redete, so war sein Verstand nicht sehr zu bemerken. Vielleicht besaß er auch sonst noch viele angeborene gute und schlechte Eigenschaften. Aber seine guten Eigenschaften steckten gleichsam in Möbelüberzügen, und seine schlechten Eigenschaften waren fast vollständig erstickt worden. Weltschaninow erinnerte sich zum

Beispiel, daß Herr Trussozki mitunter die Neigung gezeigt hatte, sich über seinen Nächsten lustig zu machen; aber das war ihm streng verboten. Auch liebte er es, manchmal eine Erzählung vorzutragen; aber auch das wurde überwacht: Nur unbedeutende, kurze Geschichtchen zu erzählen war ihm gestattet. Er neigte zu freundschaftlichen Zusammenkünften außerhalb des Hauses und trank sogar gern einmal mit einem Freunde ein Glas Wein; aber die letztere Neigung war sogar mit Stumpf und Stiel ausgerottet worden. Aber dabei war etwas Eigentümliches: Kein Außenstehender hätte sagen können, daß dieser Ehemann unter dem Pantoffel stehe; Natalja Wassiljewna machte durchaus den Eindruck einer gehorsamen Gattin und war sogar vielleicht selbst davon überzeugt, daß sie eine solche sei. Möglich, daß Pawel Pawlowitsch seine Frau sinnlos liebte; aber wahrnehmen konnte das niemand, und diese Unmöglichkeit beruhte wahrscheinlich ebenfalls auf einer eigenen Anordnung Natalja Wassiljewnas. Mehrere Male im Laufe seines Aufenthaltes in T. fragte sich Weltschaninow, ob dieser Ehemann nicht doch eine leise Ahnung von seinen Beziehungen zu Natalja Wassiljewna habe. Mehrere Male fragte er die letztere ernsthaft danach und erhielt immer die in etwas ärgerlichem Tone gegebene Antwort, ihr Mann wisse nichts und könne nie etwas davon erfahren; die ganze Sache gehe diesen gar nichts an. Noch ein charakeristischer Zug von ihrer Seite: Sie machte sich über Pawel Pawlowitsch niemals lustig, fand ihn in keiner Hinsicht lächerlich oder schlecht und hätte ihn sogar verteidigt, wenn jemand gewagt hätte, sich gegen ihn respektlos zu benehmen. Da sie keine Kinder hatte, so mußte sie sich natürlich vorwiegend in eine Salondame verwandeln; aber auch ihre Häuslichkeit war ihr unentbehrlich. Die gesellschaftlichen Vergnügungen nahmen sie nie vollständig in Beschlag, und sie liebte es sehr, sich zu Hause mit der Wirtschaft und mit Handarbeiten zu beschäftigen. Pawel Pawlowitsch hatte in der Nacht die Leseabende erwähnt, die sie in T. zu dreien veranstaltet hatten; dabei war es so zugegangen: Es las bald Weltschaninow, bald Pawel Pawlowitsch vor, wobei der letztere sich zu

Weltschaninows Erstaunen als ein sehr guter Vorleser erwies. Natalja Wassiljewna war dabei mit einer Stickerei beschäftigt und hörte dem Vorlesen immer ruhig und gleichmütig zu. Sie lasen Dickenssche Romane, dies und das aus russischen Journalen, manchmal auch etwas »Ernsteres«. Natalja Wassiljewna schätzte Weltschaninows Bildung hoch, machte aber darüber keine Worte, sondern behandelte es als eine abgemachte, feststehende Tatsache, über die nicht weiter zu reden sei; im allgemeinen verhielt sie sich gegen alles Bücherwesen und gelehrte Wissen gleichgültig wie gegen etwas vollständig Nebensächliches, wenn auch vielleicht Nützliches, Pawel Pawlowitsch dagegen schwärmte manchmal geradezu dafür.

Die Liaison in T. wurde ganz plötzlich abgebrochen, als sie auf Weltschaninows Seite bis zum höchsten Grade, ja beinah bis zum Wahnsinn gelangt war. Natalja Wassiljewna jagte ihn ganz einfach auf einmal fort, obgleich alles so arrangiert wurde, daß er abreiste, ohne überhaupt zu ahnen, daß er bereits »wie ein alter abgenutzter Schuh« beiseite geworfen war. Dort in T. war etwa anderthalb Monate vor seiner Abreise ein junger, soeben erst aus dem Kadettenkorps entlassener Artillerieoffizier erschienen und hatte bei Trussozkis zu verkehren angefangen; aus dem Dreiblatt war so ein Vierblatt geworden. Natalja Wassiljewna empfing den jungen Menschen wohlwollend, behandelte ihn aber wie einen Knaben. Weltschaninow schöpfte nicht den geringsten Verdacht, und es kam ihm selbst da nichts Schlimmes in den Sinn, als ihm Natalja Wassiljewna auf einmal erklärte, sich von ihm trennen zu müssen. Einer der hundert Gründe, die sie für die unbedingte Notwendigkeit seiner schleunigen Abreise vorbrachte, war auch der: Sie glaube schwanger zu sein; daher müsse er natürlich sofort wenigstens auf drei oder vier Monate verschwinden, damit es nach neun Monaten für ihren Mann schwerer wäre, etwas zu argwöhnen, wenn nachher wirklich ein Klatsch entstehen sollte. Das Argument war sehr gekünstelt. Weltschaninow machte ihr zunächst den stürmischen Vorschlag, sie solle mit ihm nach Paris oder nach Amerika entfliehen, und fuhr dann allein nach Petersburg, »natürlich nur auf ganz kurze Zeit«, das heißt auf nicht mehr als drei Monate; sonst wäre er um keinen Preis weggefahren, trotz aller Gründe und Argumente. Zwei Monate darauf empfing er in Petersburg von Natalja Wassiljewna einen Brief, in welchem sie ihn ersuchte, nie wiederzukommen, da sie bereits einen andern liebe; in betreff ihrer Schwangerschaft teilte sie ihm mit, daß sie sich geirrt habe. Diese Mitteilung über den Irrtum erschien ihm überflüssig; es war ihm so schon alles klar: Er erinnerte sich an den jungen Offizier. Damit war die Sache für immer zu Ende. Er hörte dann später, erst eine ganze Reihe von Jahren darauf, daß Bagautow sich dort volle fünf Jahre aufgehalten habe. Eine so auffallend lange Dauer dieser Liaison erklärte er sich unter anderem damit, daß Natalja Wassiljewna gewiß schon stark gealtert und dadurch zugleich anhänglicher geworden sei.

Er hatte fast eine Stunde lang auf seinem Bette gesessen; endlich raffte er sich auf und klingelte, damit Mawra ihm den Kaffe brächte. Nachdem er diesen schnell getrunken hatte, zog er sich an und begab sich um elf Uhr nach der Kirche zu Mariä Fürbitte, um den betreffenden Gasthof zu suchen. Über diesen Besuch im Gasthofe hatte er sich jetzt am Morgen eine besondere Anschauung zurechtgemacht. Unter anderem schämte er sich sogar einigermaßen über die Art, wie er Pawel Pawlowitsch in der Nacht behandelt hatte, und wollte das wieder gutmachen.

Die ganze seltsame nächtliche Geschichte mit dem Türschloß erklärte er sich durch eine Zufälligkeit, durch Pawel Pawlowitschs Betrunkenheit und vielleicht sonst noch durch dies und das; im Grunde aber wußte er gar nicht, warum er jetzt eigentlich hinging, um irgendwelche neuen Beziehungen mit dem früheren Ehemanne anzuknüpfen, nachdem doch zwischen ihnen alles in so natürlicher Weise ganz von selbst sein Ende genommen hatte. Aber es zog ihn etwas hin; er hatte so eine besondere Empfindung, und infolge dieser Empfindung zog es ihn hin . . .

V

Lisa

Pawel Pawlowitsch hatte gar nicht daran gedacht, »auszureißen«, und Gott mochte wissen, warum Weltschaninow diese Frage an ihn gerichtet hatte; gewiß war er selbst dabei nicht klar im Kopfe gewesen. Auf die erste Erkundigung in einem Kramladen in der Nähe der Kirche wies man ihm das betreffende Gasthaus nach: Es lag wenige Schritte davon in einer Seitenstraße. In dem Gasthause wurde ihm mitgeteilt, Herr Trussozki wohne jetzt auf demselben Grundstück in einem Hinterhause bei der Zimmervermieterin Marja Syssojewna. Als er auf der schmalen, sehr schmutzigen, mit Spülicht begossenen Steintreppe dieses Gebäudes zum zweiten Stockwerk hinaufstieg, wo sich die möblierten Zimmer befanden, hörte er plötzlich ein Weinen. Es schien von einem etwa sieben- oder achtjährigen Kinde herzurühren; es war ein heftiges Weinen; man hörte ein unterdrücktes, aber doch hervorbrechendes Schluchzen und zugleich damit ein Fußstampfen und das ebenfalls unterdrückte, aber wütende Schreien einer heiseren Fistelstimme, die einem schon erwachsenen Menschen angehörte. Dieser Erwachsene schien das Kind zum Schweigen bringen zu wollen und nicht zu wünschen, daß das Weinen gehört werde; aber er war dabei lauter als das Kind. Er schrie das Kind erbarmungslos an; dieses aber schien ihn um Verzeihung zu bitten. Weltschaninow betrat einen kleinen Flur, auf dessen beiden Seiten sich je zwei Türen befanden; dort begegnete er einer sehr dicken, großen Frau mit noch ungekämmtem Haar und fragte sie nach Pawel Pawlowitsch. Sie wies mit dem Finger nach der Tür, hinter der das Weinen zu hören war. Das dicke, rote Gesicht dieser etwa vierzigjährigen Frau trug den Ausdruck einer starken Entrüstung.

»Na ja, da macht er sich wieder sein gewöhnliches Vergnügen!« sagte sie halblaut mit tiefer Stimme und ging auf die Treppe hinaus.

Weltschaninow wollte zuerst anklopfen, besann sich dann aber eines anderen und machte die Tür zu Pawel Pawlowitsch ohne weiteres auf. In der Mitte eines kleinen Zimmers, das mit hinreichend vielen, aber ordinären, einfach angestrichenen Möbeln ausgestattet war, stand Pawel Pawlowitsch, nur halb angekleidet, ohne Rock und ohne Weste, und suchte mit zornrotem Gesichte ein kleines, etwa achtjähriges Mädchen durch Anschreien, Armbewegungen und vielleicht (so schien es dem Eintretenden) auch durch Kneifen zum Schweigen zu bringen; die Kleine war ärmlich, wiewohl in der Tracht der besseren Stände gekleidet: Sie trug ein kurzes, schwarzes Wollkleidchen. Sie schien einen richtigen Weinkrampf zu haben, schluchzte jämmerlich und streckte die Arme nach Pawel Pawlowitsch aus, als ob sie ihn um den Hals fassen, ihn anflehen und ihn um etwas bitten wollte. Aber mit einem Schlage änderte sich die ganze Szene: Beim Anblicke des Besuchers schrie das Mädchen auf und schoß wie ein Pfeil in ein winziges Nebenstübchen; Pawel Pawlowitsch aber, der einen Augenblick lang ganz verblüfft gewesen war, verzog sogleich das ganze Gesicht zu einem süßen Lächeln, genau wie in der letzten Nacht, als Weltschaninow auf einmal die Entreetür vor ihm aufgerissen hatte.
»Alexej Iwanowitsch!« rief er höchst erstaunt. »Das hatte ich in keiner Weise erwartet! . . . Aber bitte hierher, hierher! Hier auf das Sofa, oder hier auf den Lehnstuhl, und ich will sofort . . .«
Er beeilte sich, den Rock anzuziehen, vergaß aber dabei die Weste.
»Machen Sie keine Umstände; bleiben Sie doch so, wie Sie sind!«
Weltschaninow setzte sich auf einen Stuhl.
»Nein, Sie müssen mir schon erlauben, mich ein bißchen zurechtzumachen; so, jetzt sehe ich doch etwas anständiger aus. Aber warum haben Sie sich denn so in eine Ecke gesetzt? Bitte, setzen Sie sich doch hierher, auf den Lehnstuhl, an den Tisch! . . . Na, das hatte ich nicht erwartet, das hatte ich nicht erwartet!«

Er setzte sich ebenfalls hin, auf den Rand eines Rohrstuhles, und drehte den Stuhl so, daß er dem »unerwarteten« Gaste gegenüber saß.
»Warum haben Sie das denn nicht erwartet? Ich habe Ihnen doch in der Nacht ausdrücklich gesagt, ich würde um diese Zeit zu Ihnen kommen.«
»Ich glaubte, Sie würden nicht kommen; und als ich vorhin aufwachte und mir alle Vorgänge der Nacht vergegenwärtigte, da gab ich entschieden die Hoffnung auf, Sie wiederzusehen, Sie überhaupt jemals wiederzusehen.«
Unterdessen hatte sich Weltschaninow im Zimmer umgesehen. Das Zimmer war in Unordnung, das Bett nicht gemacht, Kleidungsstücke lagen umher; auf dem Tische standen Gläser, aus denen Kaffee getrunken war; Brotkrümel waren verstreut; auch stand ebendort eine halb ausgetrunkene Flasche Champagner, ohne Pfropfen, und daneben ein Glas. Er schielte nach dem Nachbarzimmer hin; aber dort war alles still; das kleine Mädchen hatte sich versteckt und war verstummt.
»Trinken Sie denn das wirklich um diese Tageszeit?« fragte Weltschaninow, indem er auf den Champagner wies.
»Nur ein Restchen . . .« versetzte Pawel Pawlowitsch verlegen.
»Na, haben Sie sich aber mal verändert!«
»Ja, es ist eine schlechte Angewohnheit, die sich ganz plötzlich eingefunden hat. Wahrhaftig, erst seit jener Zeit, ungelogen! Ich kann mich nicht beherrschen. Aber jetzt können Sie ganz beruhigt sein, Alexej Iwanowitsch; ich bin jetzt nicht betrunken und werde keinen solchen Unsinn schwatzen wie in der Nacht bei Ihnen; aber ich sage Ihnen der Wahrheit gemäß: Das ist alles erst seit jener Zeit! Und hätte mir jemand noch vor einem halben Jahre gesagt, daß ich auf einmal so in Unordnung kommen würde wie jetzt, und hätte er mir damals mich selbst in einem Spiegel gezeigt – ich würde es nicht geglaubt haben!«
»Also waren Sie heute nacht doch betrunken?«
»Ja, das war ich«, gestand Pawel Pawlowitsch und schlug verlegen die Augen nieder. »Oder, sehen Sie, eigentlich

betrunken war ich nicht mehr; ich befand mich in einem etwas späteren Stadium. Ich möchte das deswegen bemerken, weil gerade dieses spätere Stadium bei mir das schlimmste ist: Von dem Rausche selbst ist nicht mehr viel vorhanden, aber eine Art von Ingrimm und Unbesonnenheit ist zurückgeblieben, und auch den Kummer empfinde ich dann besonders stark. Der Kummer ist vielleicht auch der Grund, aus dem ich trinke. Dann bin ich imstande, tolle Streiche zu begehen, und bringe es sogar fertig, jemand in ganz dummer Weise zu beleidigen. Gewiß habe ich mich heute nacht bei Ihnen recht sonderbar benommen?«

»Haben Sie denn keine Erinnerung mehr dafür?«

»Wie sollte ich keine Erinnerung dafür haben; an alles erinnere ich mich . . .«

»Sehen Sie, Pawel Pawlowitsch, ganz ebenso habe ich mir die Sache auch gedacht und mir dadurch alles erklärt«, sagte Weltschaninow in versöhnlichem Tone. »Überdies habe ich mich selbst heute nacht mit einer gewissen Gereiztheit und . . . unangemessenen Heftigkeit gegen Sie benommen, was ich gern eingestehe. Ich fühle mich mitunter nicht recht wohl, und Ihr plötzlicher Besuch in der Nacht . . .«

»Ja, ja, in der Nacht, in der Nacht!« sagte Pawel Pawlowitsch kopfschüttelnd, wie wenn er über sein Benehmen selbst erstaunt wäre und es unschicklich fände. »Wie ich nur auf einen solchen Einfall gekommen bin! Ich wäre übrigens sicherlich nicht zu Ihnen hereingekommen, wenn Sie mir nicht selbst geöffnet hätten; ich wäre von der Tür wieder weggegangen. Ich war schon eine Woche vorher einmal zu Ihnen herangekommen, Alexej Iwanowitsch, hatte Sie aber nicht zu Hause getroffen; später wäre ich aber vielleicht überhaupt nie wieder zu Ihnen gegangen. Ich bin doch auch ein klein wenig stolz, Alexej Iwanowitsch, obgleich ich mich selbst kenne . . . in solchem Zustande. Wir sind einander auch auf der Straße begegnet, und ich dachte immer: ›Wie, wenn er dich nicht kennen will? Wenn er dir den Rücken kehrt? Neun Jahre, das ist keine Kleinigkeit!‹ und ich wagte nicht, an Sie heranzutreten. Heute nacht aber kam ich müde und matt von weither, von der Peterburgskaja, und hatte ganz vergessen, was die Uhr war. Das kommt alles davon« (er zeigte auf die Flasche) »und von den Gefühlen. Dumm! Sehr dumm! Und wenn Sie nicht ein so guter Mensch wären, daß Sie sogar nach meinem nächtlichen Benehmen in Erinnerung an alte Zeiten zu mir kommen, so würde ich alle Hoffnung auf eine Erneuerung unserer Bekanntschaft aufgeben!«

Weltschaninow hörte aufmerksam zu. Dieser Mensch redete, wie es schien, aufrichtig und sogar mit einer gewissen Würde; aber doch glaubte er, gleich von dem Augenblicke an, wo er zu ihm hereingekommen war, ihm kein Wort.

»Sagen Sie mal, Pawel Pawlowitsch, Sie wohnen also hier nicht allein? Wem gehört denn das kleine Mädchen, das ich vorhin bei Ihnen vorfand?«

Pawel Pawlowitsch zog vor Erstaunen die Augenbrauen in die Höhe, sah aber Weltschaninow mit klarem, freundlichem Blicke an.

»Welche Frage! Das ist ja Lisa!« erwiderte er höflich lächelnd.

»Was für eine Lisa?« murmelte Weltschaninow und verspürte innerlich ein Zucken. Es war eine ganz plötzliche Empfindung. Als er vorhin hereingekommen war und Lisa gesehen hatte, da hatte er sich zwar gewundert, aber dabei nicht die geringste Ahnung gehabt und nichts Besonderes gedacht.

»Nun, unsere Lisa, unsere Tochter Lisa!« erwiderte Pawel Pawlowitsch lächelnd.

»Wie denn, Ihre Tochter? Haben Sie denn mit Natalja ... mit der verstorbenen Natalja Wassiljewna Kinder gehabt?« fragte Weltschaninow ungläubig und schüchtern; er sagte das mit eigentümlich leiser Stimme.

»Aber gewiß doch! Ach, mein Gott, aber wirklich, woher sollten Sie es denn aber auch wissen? Was mache ich nur! Dieses Kind hat uns Gott ja erst nach Ihrer Zeit geschenkt!«

Pawel Pawlowitsch sprang sogar in einer gewissen Erregung ein wenig von seinem Stuhle in die Höhe; übrigens schien diese Erregung ebenfalls freundlicher Art zu sein.

»Ich habe nichts davon gehört«, sagte Weltschaninow, der ganz blaß geworden war.

»In der Tat, in der Tat, von wem hätten Sie es denn auch erfahren können?« sagte Pawel Pawlowitsch noch einmal mit einer vor Rührung schwachen Stimme. »Ich und die Verstorbene hatten ja schon alle Hoffnung aufgegeben (Sie erinnern sich wohl selbst), und da auf einmal segnete uns Gott; was ich damals empfand, das weiß nur Er allein! Ich glaube, es war gerade ein Jahr nach Ihrer Abreise! Oder nein, nicht ein Jahr danach, lange nicht soviel, warten Sie mal: Sie fuhren ja von uns damals, wenn mich mein Gedächtnis nicht täuscht, im Oktober oder gar erst im November fort?«

»Ich bin von T. Anfang September abgereist, am zwölften September; ich erinnere mich genau . . .«

»Wirklich im September? Hm! . . . was mache ich nur!« erwiderte Pawel Pawlowitsch höchlichst erstaunt. »Nun, wenn es so ist, dann erlauben Sie mal: Sie sind am zwölften September abgereist, und Lisa ist am achten Mai geboren; das ist also, September, Oktober, November, Dezember, Januar, Februar, März, April, das ist also nicht ganz acht Monate nachher; so kommt es heraus! Und wenn Sie nur wüßten, wie die Verstorbene . . .«

»Lassen Sie sie mich sehen . . . rufen Sie sie her . . .« stammelte Weltschaninow mit fast versagender Stimme.

»Gewiß!« versetzte Pawel Pawlowitsch eifrig und schnitt damit sogleich das, was der andere etwa noch sagen wollte, als ganz unnötig ab. »Sofort werde ich sie Ihnen vorstellen, sofort!«

Und er begab sich eilig zu Lisa in das kleine Zimmerchen.

Es vergingen vielleicht volle drei oder vier Minuten; in dem Zimmerchen wurde schnell und eifrig geflüstert, und dazwischen waren Laute von Lisas Stimme ganz schwach vernehmbar. »Sie bittet ihn, er möchte sie nicht herbringen«, dachte Weltschaninow. Endlich traten sie beide herein.

»Da ist sie; sie ist ganz verlegen«, sagte Pawel Pawlowitsch. »Sie ist so verschämt und so stolz . . . sie artet ganz nach der Verstorbenen!«

Lisa weinte nicht mehr, als sie hereintrat, hielt aber die Augen niedergeschlagen; der Vater führte sie an der Hand. Sie war ein ziemlich hochgewachsenes, schlankes, sehr hübsches Mädchen. Sie hob ihre großen, blauen Augen schnell zu dem Gaste in die Höhe, musterte ihn mit einem forschenden, aber finsteren Blicke und schlug die Augen gleich wieder zu Boden. In ihrem Blicke lag jener kindliche Ernst, den Kinder zu zeigen pflegen, wenn sie mit einem Unbekannten allein geblieben sind, in eine Ecke gehen und von dort aus den neuen, noch nie gesehenen Gast mißtrauisch betrachten; aber es lag vielleicht auch noch ein anderer, anscheinend nicht mehr kindlicher Gedanke darin; so schien es wenigstens Weltschaninow. Der Vater führte sie ganz nahe zu ihm heran.

»Hier, dieser Onkel hat Mama früher gekannt; er war unser Freund; fürchte dich nicht vor ihm; gib ihm die Hand!«

Das Kind machte eine leichte Verbeugung und streckte ihm schüchtern die Hand hin.

»Natalja Wassiljewna hat sie, ihrem Geschmacke entsprechend, gelehrt, bei der Begrüßung nicht einen Knicks, sondern so in englischer Manier eine leichte Verbeugung zu machen und dem Gaste die Hand zu reichen«, fügte er zur Erklärung für Weltschaninow hinzu, indem er diesen unverwandt beobachtete.

Weltschaninow wußte, daß er beobachtet wurde, gab sich aber gar keine Mühe mehr, seine Aufregung zu verbergen; er saß ohne sich zu rühren auf seinem Stuhle, hielt Lisas Hand in der seinigen und schaute das Kind prüfend an. Aber Lisa schien von irgendwelcher großen Sorge erfüllt zu sein; sie hatte ganz vergessen, daß ihre Hand in der des Gastes lag, und verwandte kein Auge von ihrem Vater. Sie horchte ängstlich auf alles, was er sagte. Weltschaninow erkannte sofort diese großen, blauen Augen; aber am meisten frappierten ihn ihr erstaunlich zarter, weißer Teint und ihre Haarfarbe; diese Merkmale erschienen ihm überaus bedeutsam. Dagegen erinnerte ihn die äußere Form des Gesichtes und der Schnitt des Mundes entschieden an Natalja Wassiljewna. Pawel Pawlowitsch hatte unterdes schon lange angefangen, etwas zu erzählen, wie es schien, mit großer Wärme und Empfindung; aber Weltschaninow hörte gar nicht danach hin. Nur die letzten Sätze kamen ihm zum Verständnis.

»... so daß Sie, Alexej Iwanowitsch, sich unsere Freude über diese Gabe Gottes gar nicht vorstellen können! Dieses Kind bildete mein ganzes Glück, und ich habe oft gedacht: Wenn ich nach Gottes Ratschluß einmal meine liebe Frau verlieren sollte, dann wird mir doch Lisa bleiben; sehen Sie, wenigstens das wußte ich bestimmt!«

»Und Natalja Wassiljewna?« fragte Weltschaninow.

»Natalja Wassiljewna?« erwiderte Pawel Pawlowitsch, den Mund schief ziehend. »Sie haben sie ja gekannt und erinnern sich: Sie liebte es nicht, viel von Gefühlen zu sprechen; aber doch, wie nahm sie von ihr auf dem Totenbette Abschied! Da sprach sie alles aus, was sie innerlich bewegte! Ich brauchte soeben den Ausdruck ›auf dem Totenbette‹; aber noch einen Tag vor dem Tode regte sie sich auf und wurde ganz ärgerlich und sagte, wir wollten sie mit Arzneien zu Tode bringen; sie habe nur ein gewöhnliches Fieber, und unsere beiden Ärzte verständen nichts, und wenn nur erst Koch zurückgekehrt wäre (Sie erinnern sich: unser alter Stabsarzt), dann werde sie in vierzehn Tagen das Bett verlassen können! Ja noch mehr: Noch fünf Stunden vor ihrem Hinscheiden sagte sie, in drei Wochen wolle sie jedenfalls ihrer Tante, Lisas Patin, auf deren Gute einen Besuch machen, um ihr zum Namenstage Glück zu wünschen ...«

Weltschaninow stand auf einmal von seinem Stuhle auf, immer noch ohne Lisas Händchen loszulassen. Es schien ihm unter anderen, daß in dem heißen Blicke der Kleinen, den sie auf ihren Vater gerichtet hielt, ein gewisser Vorwurf lag.

»Sie ist doch nicht krank?« fragte er hastig in eigentümlichem Tone.

»Ich glaube, nicht; aber ... unsere Verhältnisse haben sich hier so ungünstig gestaltet«, versetzte Pawel Pawlowitsch betrübt und sorgenvoll; »sie ist auch so schon ein sonderbares Kind, sehr nervös; nach dem Tode der Mutter ist sie zwei Wochen lang krank gewesen; sie ist hysterisch. Wie hat sie vorhin geweint, als Sie gerade hereinkamen (hörst du wohl, Lisa, hörst du wohl?). Und was war der Grund? Einzig und allein, daß ich manchmal fortgehe und sie allein lasse; sie sagt, ich hätte sie nicht mehr so lieb wie zu Mamas Lebzeiten; das ist's, was sie mir vorwirft. Wie kann nur einem so kleinen Kinde, das sich nur mit seinem Spielzeuge abgeben sollte, ein so verdrehter Gedanke in den Kopf kommen? Aber sie hat hier auch niemand, mit dem sie spielen könnte.«

»Wie können Sie denn . . . hausen Sie denn hier ganz allein mit ihr?«

»Ganz allein; es kommt höchstens die Magd her, einmal am Tage.«

»Und wenn Sie fortgehen, dann lassen Sie sie so ganz allein?«

»Allerdings. Als ich gestern fortging, habe ich sie sogar eingeschlossen, dort in jenem Zimmerchen; darum weinte sie auch vorhin so. Aber sagen Sie selbst: Was sollte ich machen? Vorgestern ging sie in meiner Abwesenheit nach unten, und ein Junge warf ihr auf der Straße einen Stein an den Kopf. Oder sie fängt auch an zu weinen und fragt alle Leute auf der Straße, wo ich hingegangen sei. Und das ist doch nicht schön. Ich bin freilich auch der Richtige: Ich gehe auf eine Stunde weg und komme erst am Morgen des folgenden Tages wieder, wie es auch heute früh der Fall war. Es war noch gut, daß die Wirtin ihr aufgemacht hat; sie hat den Schlosser gerufen und das Schloß öffnen lassen; es ist geradezu eine Schande; ich komme mir wirklich selbst wie ein Ungeheuer vor. Das kommt alles von meiner geistigen Verdunkelung her. Ja, davon kommt das alles her . . .«

»Papachen!« flüsterte das Mädchen schüchtern und unruhig.

»Na, fängst du schon wieder an? Immer wieder die alte Geschichte! Was habe ich dir vorhin gesagt?«

»Ich werde es nicht wieder tun, ich werde es nicht wieder tun!« sagte Lisa eilig und faltete vor ihm die Hände.

»So kann das bei Ihnen nicht weitergehen, mit einer solchen Wirtschaft!« erklärte Weltschaninow auf einmal ungeduldig in gebieterischem Tone. »Sie sind ja doch ... Sie sind ja doch ein vermögender Mann; wie können Sie nur so hausen, erstens in diesem Hinterhause und zweitens mit einer solchen Wirtschaft?«

»Im Hinterhause? Aber wir werden vielleicht schon in einer Woche wieder abreisen, und Geld haben wir sowieso schon eine Menge ausgegeben, wenn ich auch ein ›vermögender Mann‹ bin ...«

»Nun genug, genug!« unterbrach ihn Weltschaninow mit immer stärker werdender Ungeduld; er sagte gewissermaßen deutlich: »Sie brauchen gar nichts weiter zu sagen; ich weiß alles, was Sie sagen wollen, und weiß, in welcher Absicht Sie reden!« »Hören Sie, ich will Ihnen einen Vorschlag machen: Sie sagten soeben, Sie würden noch eine Woche hier bleiben; nun, am Ende bleiben Sie auch zwei. Ich kenne hier eine Familie, in der ich ganz wie zu Hause bin, schon seit zwanzig Jahren. Es ist die Familie Pogorelzew. Der Hausherr, Alexander Pawlowitsch Pogorelzew, ist Geheimrat; er kann Ihnen vielleicht sogar in Ihrer Stellenangelegenheit nützlich sein. Die Familie ist jetzt in der Sommerfrische; sie haben eine eigene, prächtige Villa. Klawdija Petrowna Pogorelzewa ist mir so freundlich gesinnt wie eine Schwester oder wie eine Mutter. Sie haben acht Kinder. Wenn es Ihnen recht ist, will ich Lisa sofort zu ihnen hinbringen ... ich möchte es sofort tun, damit keine Zeit verloren geht. Man wird sie mit Freuden für die ganze Zeit aufnehmen und sie hegen und pflegen wie ein eigenes Kind, ja, wie ein eigenes Kind!«

Er befand sich in starker Erregung und verbarg das nicht.

»Das dürfte doch wohl nicht möglich sein«, erwiderte Pawel Pawlowitsch mit einer Grimasse und blickte seinem Gaste, wie es diesem vorkam, listig in die Augen.

»Warum? Warum soll es unmöglich sein?«

»Aber wie kann ich denn das Kind so von mir geben, und so plötzlich ... allerdings mit einem so aufrichtigen Freunde wie Sie, darüber sage ich nichts, aber doch in ein unbekanntes Haus, zu Leuten aus den höchsten Gesellschaftskreisen, und ich weiß doch noch nicht, wie sie sie aufnehmen werden.«

»Aber ich habe Ihnen ja schon gesagt, daß ich da wie ein Glied der Familie bin!« rief Weltschaninow beinah zornig. »Wenn ich nur ein Wort sage, wird Klawdija Petrowna sich glücklich schätzen, mir einen Gefallen tun zu können. Als wenn Lisa meine Tochter wäre ... Aber hol's der Teufel. Sie wissen ja selbst, daß Sie nur reden, um zu reden ... was ist da noch weiter zu sagen!«

Es stampfte sogar mit dem Fuße auf den Boden.

»Ich meine nur: Wird es nicht doch recht sonderbar herauskommen? Ich müßte mich doch auch ein- oder ein paarmal nach Lisa umsehen; so ganz ohne den Vater geht das denn doch nicht. He-he ... und noch dazu in ein so vornehmes Haus soll sie!«

»Aber es ist ein ganz einfaches Haus, durchaus nicht vornehm!« rief Weltschaninow. »Ich sage Ihnen, es sind viele Kinder da. Sie wird da wieder aufleben; das ist der Zweck ... Und was Sie anlangt, so will ich selbst Sie gleich morgen vorstellen, wenn Sie wollen. Und es wird ja auch unbedingt nötig sein, daß Sie hinfahren, um sich zu bedanken; wir können alle Tage hinfahren, wenn Sie wollen ...«

»Es ist doch alles so eigentümlich ...«

»Unsinn! Und vor allen Dingen wissen Sie selbst, daß es Unsinn ist! Hören Sie mal, kommen Sie heute abend zu mir, und übernachten Sie meinetwegen bei mir; dann wollen wir morgen recht früh abfahren, damit wir um zwölf Uhr da sind.«

»Sie sind mein Wohltäter! Sogar übernachten soll ich bei Ihnen ...« erwiderte Pawel Pawlowitsch, das Anerbieten gerührt annehmend. »Sie erweisen mir wirklich eine Wohltat ... Aber wo liegt denn das Landhaus der Herrschaften?«

»Das Landhaus liegt in Lesnoje.«

»Aber wie sollen wir es denn mit Lisas Garderobe machen? Denn wenn sie in ein so vornehmes Haus kommt, und noch dazu in der Sommerfrische, da werden Sie sich selbst sagen . . . Das Vaterherz . . .«

»Was reden Sie denn von Garderobe? Sie trägt doch Trauer. Kann sie dann etwa noch andere Kleider tragen? Das ist die anständigste Tracht, die man sich nur denken kann! Nur sollte die Wäsche sauberer sein; das Halstüchelchen . . .«

Das Halstüchelchen, und was von der Wäsche hervorschaute, war tatsächlich sehr schmutzig.

»Sie soll sofort reine Wäsche anziehen, unbedingt«, versetzte Pawel Pawlowitsch eifrig; »und die übrige notwendige Wäsche wollen wir ebenfalls sofort für sie einpacken; Marja Syssojewna hat sie zum Waschen.«

»Dann könnten wir also eine Droschke holen lassen«, unterbrach ihn Weltschaninow, »und wenn es möglich ist, recht schnell.«

Aber es stellte sich ein Hindernis heraus: Lisa widersetzte sich entschieden: Die ganze Zeit über hatte sie voller Angst zugehört, und wenn Weltschaninow, der damit zu tun hatte, Pawel Pawlowitsch zu überreden, Zeit gehabt hätte, sie aufmerksam anzusehen, so würde er auf ihrem Gesichtchen den Ausdruck vollständiger Verzweiflung wahrgenommen haben.

»Ich fahre nicht weg!« sagte sie leise, aber mit fester Stimme.

»Da sehen Sie es, da sehen Sie es, sie ist ganz wie die Mama!«

»Ich bin nicht wie die Mama, ich bin nicht wie die Mama!« rief Lisa und rang verzweifelt die kleinen Hände, als wolle sie sich vor ihrem Vater gegen den schrecklichen Vorwurf wehren, daß sie ganz wie die Mama sei. »Papachen, Papachen, wenn Sie mich verlassen . . .«

Plötzlich stürzte sie auf den erschrockenen Weltschaninow zu.

»Wenn Sie mich mitnehmen, dann werde ich . . .«

Aber sie konnte nicht zu Ende sprechen; denn Pawel Pawlowitsch packte sie am Arme, ja fast am Kragen, und zog sie mit unverhohlenem Ärger in das kleine Zimmerchen. Dort wurde nun wieder mehrere Minuten lang geflüstert;

man hörte unterdrücktes Weinen. Weltschaninow wollte schon selbst hineingehen; aber in diesem Augenblicke kam Pawel Pawlowitsch wieder zu ihm heraus und teilte ihm mit einem schiefen Lächeln mit, sie werde sofort kommen. Weltschaninow gab sich Mühe, ihn nicht anzusehen, und blickte zur Seite.

Auch Marja Syssojewna erschien, eben jene Frau, die er kurz vorher, als er kam, auf dem Flur getroffen hatte, und packte Lisas Wäsche, die sie mitbrachte, in eine kleine hübsche Reisetasche, die dieser gehörte.

»Sie wollen das Mädchen fortbringen, lieber Herr?« wandte sie sich an Weltschaninow. »Sie haben wohl selbst Familie? Da tun Sie ein gutes Werk, lieber Herr; es ist ein artiges Kind; bringen Sie es aus dieser unanständigen Wirtschaft heraus!«

»Aber Marja Syssojewna, Marja Syssojewna . . .« murmelte Pawel Pawlowitsch.

»Ach was, ›Marja Syssojewna‹! So nennen mich alle Leute. Ist etwa bei Ihnen nicht eine unanständige Wirtschaft? Schickt sich das, daß ein Kind, das doch schon Verständnis hat, solche Schande mit ansieht? Ein Wagen ist für Sie geholt worden, lieber Herr; Sie wollen nach Lesnoje, nicht wahr?«

»Ja, ja.«

»Nun, dann fahren Sie mit Gott!«

Lisa kam herein, blaß und mit niedergeschlagenen Augen, und nahm ihre Reisetasche. Keinen Blick warf sie nach Weltschaninow hin; sie bezwang sich und eilte auch nicht auf den Vater zu, wie kurz vorher, um ihn zu umarmen, selbst nicht beim Abschiede; sie vermied es sogar offenbar, ihn anzusehen. Der Vater küßte sie mit Anstand auf den Kopf und strich ihr über das Haar; dabei verzogen sich ihre Lippen, und das Kinn fing ihr an zu zittern; aber sie schlug die Augen doch nicht zum Vater auf. Pawel Pawlowitsch schien blaß zu sein, und die Hände zitterten ihm; das bemerkte Weltschaninow deutlich, obgleich er sich die größte Mühe gab, ihn nicht anzusehen. Er wollte nur eins: so schnell wie möglich wegfahren.

»Was trage ich dabei für Schuld?« dachte er. »Es mußte eben so kommen.«
Sie gingen nach unten; hier küßten einander Lisa und Marja Syssojewna, und erst als Lisa schon im Wagen saß, blickte sie zu ihrem Vater auf. Da schlug sie plötzlich die Hände zusammen und schrie auf; noch ein Augenblick, und sie wäre aus dem Wagen herausgesprungen und zu ihm hingestürzt; aber die Pferde zogen schon an.

VI

Ein neuer Einfall eines Müßiggängers

»Ist dir auch nicht schlecht?« fragte Weltschaninow erschrocken. »Ich werde anhalten lassen; ich werde dir Wasser geben lassen . . .«
Sie richtete ihren Blick auf ihn und sah ihn zornig und vorwurfsvoll an.
»Wohin bringen Sie mich?« fragte sie scharf und kurz.
»Zu einer prächtigen Familie, Lisa. Sie wohnen jetzt in einem schönen Landhause; es sind viele Kinder da. Es sind gute Menschen, und sie werden dich liebhaben . . . Sei mir nicht böse, Lisa; ich meine es gut mir dir . . .«
Hätte ihn in diesem Augenblicke einer seiner Bekannten sehen können, so würde er diesem sehr sonderbar vorgekommen sein.
»Sie sind schlecht, Sie sind schlecht . . . ach, was sind Sie für ein schlechter Mensch!« sagte Lisa; sie erstickte fast von unterdrückten Tränen und blitzte ihn mit ihren hübschen, zornigen Augen an.
»Lisa, ich . . .«
»Sie sind schlecht, schlecht, schlecht, schlecht!«
Sie rang die Hände. Weltschaninow war ganz fassungslos.
»Lisa, liebe Lisa, wenn du wüßtest, zu welcher Verzweiflung du mich bringst!«
»Ist das auch wahr, daß er morgen kommen wird? Ist das auch wahr?« fragte sie in befehlendem Tone.

»Ja, es ist wahr! Ich werde ihn selbst hinbringen; ich werde ihn hinbringen, ob er will oder nicht.«
»Er wird sie täuschen«, flüsterte Lisa und schlug die Augen nieder.
»Hat er dich denn nicht lieb, Lisa?«
»Nein, er hat mich nicht lieb.«
»Hat er dir etwas zuleide getan? Ja?«
Lisa blickte ihn finster an und schwieg. Sie wandte sich wieder von ihm ab und saß mit hartnäckig niedergeschlagenen Augen da. Er begann ihr freundlich zuzureden; er sprach mit warmer Empfindung und befand sich selbst in einer Art von Fieber. Lisa hörte mit mißtrauischer, feindseliger Miene zu; aber sie hörte doch wenigstens zu. Über ihre Aufmerksamkeit freute er sich außerordentlich; er begann ihr sogar zu erklären, was ein Trunkenbold sei. Er sagte, daß er selbst sie liebhabe und auf ihren Vater achtgeben werde. Endlich hob Lisa die Augen in die Höhe und sah ihn unverwandt an. Er erzählte ihr, daß er noch ihre Mama gekannt habe, und merkte, daß seine Erzählungen sie fesselten. Allmählich fing sie an, auf seine Fragen ein wenig zu antworten, aber vorsichtig und einsilbig, mit einem gewissen Trotze. Auf seine wichtigsten Fragen jedoch gab sie keine Antwort: Sie schwieg hartnäckig über alles, was ihr früheres Verhältnis zu ihrem Vater betraf. Im Laufe des Gespräches mit ihr nahm Weltschaninow ihre kleine Hand in die seine, so wie er es auch eine Weile vorher getan hatte, und ließ sie nicht los; sie zog sie nicht zurück. Übrigens schwieg das Mädchen nicht vollständig; sie sagte bei ihren undeutlichen Antworten doch mehr, als sie eigentlich wollte: Sie sei dem Vater mehr zugetan gewesen als der Mama, weil er sie früher immer mehr geliebt habe; die Mama sei früher nicht so gut gegen sie gewesen; aber als die Mama im Sterben gelegen habe und alle aus dem Zimmer hinausgegangen und sie beide allein darin geblieben seien, da habe die Mama sie sehr geküßt und habe geweint . . . und jetzt liebe sie sie mehr als alle Menschen, mehr als alle Menschen in der Welt, und in jeder Nacht liebe sie sie mehr als alle Menschen. Aber die Kleine hatte tatsächlich ihren Stolz;

sobald sie merkte, daß sie zuviel gesagt hatte, zog sie sich auf einmal wieder in sich zurück und verstummte; ja, sie blickte Weltschaninow, der sie zum Reden gebracht hatte, sogar voller Haß an. Gegen Ende der Fahrt war ihr hysterischer Zustand fast vorübergegangen; aber sie war sehr melancholisch geworden, und ihr Gesicht trug den Ausdruck einer ingrimmigen Scheu und eines finsteren Trotzes. Was das anlangte, daß sie jetzt in ein unbekanntes Haus gebracht wurde, in dem sie noch nie gewesen war, so schien dies sie vorläufig nicht sonderlich aufzuregen. Es war etwas anderes, was sie quälte; das sah Weltschaninow recht wohl; er erriet, daß sie sich ihres Vaters schämte, daß sie sich namentlich darüber schämte, daß ihr Vater sie so leicht fortgegeben, sie gewissermaßen einem Fremden in die Arme geworfen hatte.

»Sie ist krank«, dachte er, »vielleicht sehr krank; er hat sie zu sehr gepeinigt ... O dieser trunksüchtige, gemeine Kerl! Jetzt durchschaue ich ihn!«

Er trieb den Kutscher zur Eile an: Er setzte all seine Hoffnung auf das Landhaus, auf die frische Luft, auf den Garten, auf die Kinder, auf das neue, ihr unbekannte Leben; und dann später ... Aber über die spätere Entwicklung der Sache hatte er keinerlei Zweifel mehr; da hatte er nur schöne, helle Hoffnungen. Eines aber wußte er bestimmt: Daß er noch nie eine solche Empfindung gehabt hatte wie jetzt, und daß ihm diese Empfindung lebenslänglich treu bleiben werde.

»Jetzt habe ich ein Ziel, jetzt werde ich wahrhaft leben!« dachte er voll Begeisterung.

Viele Gedanken blitzten jetzt in seinem Kopfe auf; aber er verweilte nicht bei ihnen und vermied es geflissentlich, auf Einzelheiten einzugehen: Ohne Einzelheiten erschien ihm das Gebäude seiner Hoffnungen so schön und klar, ja unzerstörbar. Sein Hauptplan gestaltete sich eigentlich ganz von selbst folgendermaßen:

»Es wird möglich sein, auf diesen Schurken mit vereinten Kräften dahin einzuwirken«, dachte er, »daß er Lisa, wenn auch zunächst nur vorläufig, auf eine bestimmte Zeit, in

Petersburg bei Pogorelzews läßt und allein abfährt; Lisa aber wird dann mir gehören; dann habe ich alles erreicht; was will ich noch mehr? Und ... und gewiß ist das sein eigener Wunsch; warum sollte er sie sonst so quälen?«
Endlich kamen sie an. Das Pogorelzewsche Landhaus war wirklich allerliebst gebaut und schön gelegen. Sie wurden sogleich von einer lärmenden Kinderschar begrüßt, die vor die Haustür herausgestürzt kam. Weltschaninow war schon sehr lange nicht dort gewesen, und die Kinder, die ihn sehr gern hatten, freuten sich ganz unbändig, ihn wiederzusehen. Die älteren schrien ihm sogleich, noch ehe er aus dem Wagen gestiegen war, zu:
»Was macht Ihr Prozeß, was macht Ihr Prozeß?«
Auch die jüngsten fielen ein und riefen ihm, es den älteren nachmachend, unter Lachen und Gekreisch diese Frage zu; er wurde hier nämlich oft mit seinem Prozesse geneckt. Als sie aber Lisa erblickten, umringten sie sie sofort und betrachteten sie schweigend und aufmerksam mit kindlicher Neugier. Dann kam Klawdija Petrowna heraus und hinter ihr ihr Mann. Auch die Ehegatten fragten vor allen Dingen lachend nach dem Stande des Prozesses.
Klawdija Petrowna war eine Frau von siebenunddreißig Jahren, eine rundliche, noch hübsche Brünette, mit frischem, rot und weißem Gesichte. Ihr Mann war fünfundfünfzig Jahre alt, ein kluger und schlauer, vor allem aber sehr gutmütiger Mensch. Bei diesem Ehepaare fühlte sich Weltschaninow nach seinem eigenen Ausdrucke »durchaus wie zu Hause«. Aber es steckte noch etwas Besonderes dahinter: Vor zwanzig Jahren wäre diese Klawdija Petrowna beinah Weltschaninows Frau geworden, der damals noch ein ganz junger Mensch, noch Student war. Es war dies eine erste, heiße, sehr komische und sehr schöne Liebe gewesen. Die Sache hatte indessen damit geendet, daß sie Herrn Pogorelzew heiratete. Fünf Jahre darauf waren sie einander wieder begegnet, und alles fand mit einer klaren, stillen Freundschaft seinen Abschluß. Es blieb für immer eine gewisse Wärme in ihren wechselseitigen Beziehungen zurück, so ein besonderes Licht, das diese Beziehungen be-

strahlte. In Weltschaninows Erinnerungen an diese ehemalige Liebe war alles rein und vorwurfsfrei, und sie waren ihm um so teurer, da dies vielleicht der einzige Fall war, wo das bei ihm zutraf. Hier, im Schoße dieser Familie, war er offenherzig, natürlich und gutmütig, spielte mit den Kindern, schauspielerte nicht, bekannte alles und beichtete alles. Er hatte den beiden Gatten schon mehrmals beteuert, er wolle sein bisheriges weltmännisches Leben nur noch kurze Zeit fortsetzen und dann ganz zu ihnen übersiedeln und mit ihnen unzertrennlich zusammenleben. Im stillen dachte er an diese Absicht ohne allen Scherz.

Er setzte ihnen über Lisa ziemlich ausführlich alles Erforderliche auseinander; aber es genügte auch schon seine bloße Bitte ohne alle besonderen Auseinandersetzungen. Klawdija Petrowna küßte die »kleine Waise« herzlich und versprach, für sie alles zu tun, was in ihren Kräften stände. Die Kinder bemächtigten sich Lisas und führten sie in den Garten, um dort mit ihr zu spielen. Nach einer halben Stunde lebhaften Gespräches stand Weltschaninow auf und wollte sich empfehlen. Er befand sich in einer solchen Unruhe, daß es den Ehegatten auffiel. Sie waren beide verwundert: Drei Wochen lang war er nicht dagewesen, und nun brach er schon nach einer halben Stunde wieder auf. Er lachte und versicherte, er werde am nächsten Tage wiederkommen. Sie bemerkten ihm, er sei ja so merkwürdig aufgeregt, und nun ergriff er plötzlich Klawdija Petrowna bei der Hand und führte sie unter dem Vorwande, daß er vergessen habe, ihr etwas sehr Wichtiges zu sagen, in ein anderes Zimmer.

»Erinnern Sie sich wohl noch an das, was ich Ihnen über meinen einjährigen Aufenthalt in T. erzählt habe? Ich habe es Ihnen allein erzählt; auch Ihr Mann weiß nichts davon.«

»Sehr gut erinnere ich mich; Sie haben oft davon gesprochen.«

»Ich habe nicht davon gesprochen, sondern es Ihnen gebeichtet, und zwar Ihnen allein, Ihnen allein! Ich habe Ihnen den Familiennamen dieser Frau nie genannt: Es war

Frau Trussozkaja, die Frau dieses Trussozki. Sie ist gestorben; Lisa aber ist ihre Tochter – meine Tochter!«
»Ist das auch sicher? Irren Sie sich auch nicht?« fragte Klawdija Petrowna in einiger Erregung.
»Ich irre mich ganz bestimmt nicht!« erwiderte Weltschaninow lebhaft.
Er erzählte eilig und aufgeregt alles in möglichster Kürze. Klawdija Petrowna hatte dies alles auch früher gewußt, aber den Familiennamen dieser Dame nicht gekannt. Weltschaninow hatte immer einen Schreck bekommen bei dem bloßen Gedanken, einer seiner Bekannten könnte einmal mit Frau Trussozkaja zusammentreffen und sich darüber wundern, daß ein Mann, wie er, diese Frau so habe lieben können, und deshalb hatte er nicht einmal seiner einzigen Freundin Klawdija Petrowna den Namen dieser Frau zu entdecken gewagt.
»Und der Vater weiß von nichts?« fragte sie, nachdem sie die Erzählung angehört hatte.
»Doch, er weiß es ... Das ist es eben, was mich quält, daß ich darüber noch nicht völlig ins klare gekommen bin!« fuhr Weltschaninow in heftigem Affekte fort. »Er weiß es, er weiß es; ich habe es gestern und heute gemerkt. Aber ich möchte in Erfahrung bringen, wieviel er eigentlich davon weiß. Und eben darum habe ich es jetzt eilig. Heute abend wird er zu mir kommen. Ich begreife übrigens nicht, woher er es wissen sollte, ich meine, woher er alles wissen sollte. Über Bagautow weiß er alles; daran ist kein Zweifel. Aber über mich? Sie wissen, wie es in solchen Fällen die Frauen verstehen, ihre Männer dumm zu machen! Und wenn ein Engel vom Himmel herabstiege, so wird der Mann nicht dem glauben, sondern seiner Frau! Schütteln Sie nicht den Kopf, und verurteilen Sie mich nicht; ich verurteile mich schon selbst in jeder Hinsicht und habe es schon längst getan, schon längst! ... Sehen Sie, als ich heute vormittag bei ihm war, da war ich so fest davon überzeugt, daß er alles wisse, daß ich mich selbst vor ihm bloßstellte. Werden Sie es glauben: Es ist mir überaus peinlich und beschämend, daß ich ihn in der Nacht so grob behandelt habe. (Ich werde Ihnen später

alles noch ausführlicher erzählen.) Daß er in der Nacht zu mir kam, das tat er in dem unbezwinglichen, boshaften Verlangen, mir zu verstehen zu geben, daß er von der ihm angetanen Beschimpfung Kenntnis habe und der Beleidiger ihm bekannt sei! Das war der ganze Grund seines dummen Besuches in betrunkenem Zustande. Aber das ist ja auch von seiner Seite so natürlich! Er kam speziell, um mir mein Unrecht vorzuhalten! Überhaupt habe ich mich in der Nacht und am Vormittage viel zu hitzig benommen! Mit einer ganz dummen Unvorsichtigkeit! Ich habe mich selbst verraten! Mußte er aber auch gerade zu einer Zeit kommen, wo ich mich in einer solchen nervösen Erregung befand! Ich kann Ihnen sagen, daß er sogar Lisa gequält hat, das Kind gequält hat, und sicherlich ebenfalls, um den Beleidigten herauszukehren, um seinen Ingrimm wenigstens an dem Kinde auszulassen! Ja, er ist ergrimmt; trotz all seiner Geringwertigkeit ist er ergrimmt, und sogar in hohem Grade. Selbstverständlich ist er nichts weiter als ein Narr, obgleich er früher wirklich einigermaßen den Eindruck eines ordentlichen Menschen machte; aber es ist ja auch so natürlich, daß er liederlich geworden ist! Das muß man vom christlichen Standpunkte aus ansehen, liebe Freundin! Und wissen Sie, meine Teuerste, meine Beste: Ich beabsichtige, mein Benehmen gegen ihn vollständig zu ändern: Ich will ihn freundlich behandeln. Das wird von meiner Seite sogar ein gutes Werk sein. Denn schließlich habe ich mich doch ihm gegenüber vergangen! Hören Sie, wissen Sie, ich will Ihnen noch eines sagen: Ich brauchte in T. einmal plötzlich viertausend Rubel, und er gab sie mir auf der Stelle, ohne irgend etwas Schriftliches, und freute sich aufrichtig, mir einen Dienst erweisen zu können, und ich habe damals das Geld von ihm angenommen, hören Sie, ich habe es von ihm angenommen wie von einem Freunde!«

»Seien Sie nur recht vorsichtig!« erwiderte Klawdija Petrowna auf all dies etwas beunruhigt. »Und wie aufgeregt Sie sind; wirklich, ich bin um Sie besorgt! Natürlich ist Lisa jetzt auch meine Tochter; aber es ist dabei so vieles, so vieles noch unaufgeklärt! Vor allen Dingen seien Sie jetzt recht vorsichtig; das ist gerade dann unbedingt notwendig, wenn Sie sich glücklich fühlen und von einem solchen Affekt beherrscht werden; Sie sind zu hochherzig, wenn Sie sich glücklich fühlen«, fügte sie lächelnd hinzu.

Alle kamen mit vor die Haustür, um Weltschaninow das Geleit zu geben; die Kinder brachten Lisa mit herbei, mit der sie im Garten gespielt hatten. Sie betrachteten sie jetzt, wie es schien, mit noch größerer Verwunderung als vorher. Lisa benahm sich äußerst scheu und verlegen, als Weltschaninow sie beim Abschiede vor aller Augen küßte und ihr mit warmen Worten das Versprechen wiederholte, am folgenden Tage mit ihrem Vater hinzukommen. Bis zum letzten Augenblicke schwieg sie und sah ihn an; aber dann faßte sie ihn auf einmal am Ärmel und zog ihn, indem sie ihn flehend anblickte, zur Seite: Sie wollte ihm etwas sagen. Er führte sie sogleich in ein anderes Zimmer.

»Was hast du, Lisa?« fragte er zärtlich und ermutigend; aber sie zog ihn, immer noch ängstlich um sich blickend, weiter in eine Ecke; sie wollte von niemand gesehen werden.

»Was hast du, Lisa, was hast du?«

Sie schwieg und konnte sich noch nicht entschließen zu reden; sie blickte ihm mit ihren blauen Augen starr ins Gesicht, und in allen Zügen ihres Gesichtchens prägte sich eine sinnlose Furcht aus.

»Er ... wird sich aufhängen!« flüsterte sie wie im Fieberwahn.

»Wer wird sich aufhängen?« fragte Weltschaninow erschrocken.

»Er, er! Er wollte sich in der Nacht an einer Schnur aufhängen!« sagte die Kleine hastig mit fast versagender Stimme; »ich habe es selbst gesehen! Er wollte sich heute nacht an einer Schnur aufhängen; er hat es mir gesagt, er hat es mir gesagt! Er hat es auch schon früher tun wollen; schon immer hat er es gewollt ... Ich habe es in der Nacht gesehen ...«

»Das ist nicht möglich!« flüsterte Weltschaninow in verständnislosem Staunen.

Plötzlich griff sie nach seinen Händen und küßte sie; sie

weinte und konnte kaum Atem holen vor Schluchzen; sie bat ihn und flehte ihn an; aber er konnte aus ihrem krampfhaften Gestammel nichts vernehmen. Und dieser angstvolle Blick, den das gequälte Kind in seiner sinnlosen Furcht mit einem letzten Hoffnungsschimmer auf ihn richtete, dieser Blick haftete später lebenslänglich in seinem Gedächtnisse; er stand ihm im Wachen vor Augen und verfolgte ihn in seine Träume.

»Ob sie ihn denn wirklich so liebt?« dachte er eifersüchtig und neidisch, als er in fieberhafter Aufregung nach der Stadt zurückfuhr. »Sie hat vorhin selbst gesagt, sie liebe ihre Mutter mehr . . . möglicherweise haßt sie ihn und liebt ihn überhaupt nicht! . . .«

»Und was hat es für eine Bewandtnis damit, daß er sich aufhängen werde? Wie kann sie so etwas sagen? So ein Dummkopf sollte sich aufhängen? . . . Das muß ich in Erfahrung bringen; das muß ich unter allen Umständen in Erfahrung bringen! Ich muß das alles so schnell wie möglich klarstellen, unbedingt klarstellen!«

VII

Der Ehemann und der Liebhaber küssen sich

Er hatte es furchtbar eilig damit, dies in Erfahrung zu bringen. »Am Vormittag war ich zu benommen; da hatte ich keine Zeit, mir alles zurechtzulegen«, dachte er, indem er sich an seine erste Begegnung mit Lisa erinnerte; »na, aber jetzt will ich es schon in Erfahrung bringen.« Um dies schneller zu erreichen, befahl er in seiner Ungeduld dem Kutscher, ihn geradezu zu Trussozki zu fahren, änderte dann aber seine Absicht sogleich wieder: »Nein, mag er lieber selbst zu mir kommen; ich werde die Zwischenzeit dazu benutzen, meine verdammten Geschäfte zu erledigen.«

Er machte sich mit fieberhaftem Eifer an die Erledigung seiner Geschäfte, hatte aber diesmal selbst die Empfindung, daß er sehr zerstreut und außerstande sei, sich mit diesen Dingen abzugeben. Als er sich um fünf Uhr zum Mittagessen begab, kam ihm zum erstenmal ein komischer Gedanke in den Sinn: Daß er vielleicht wirklich nur den Gang seines Prozesses hemme, wenn er sich beständig hineinmische, selbst eine hastige Tätigkeit entwickle, sich bei den Gerichtsbehörden herumtreibe und seinen Advokaten abzufangen suche, der sich schon vor ihm zu verbergen beginne. Er lachte lustig auf bei dieser seiner Vermutung. »Wäre mir dieser Gedanke gestern in den Sinn gekommen, so hätte ich mich gewaltig geärgert«, fügte er noch vergnügter hinzu. Aber trotz dieser Heiterkeit wurde er immer zerstreuter und ungeduldiger: Schließlich versank er in Gedanken; aber obgleich er seine unruhige Denkkraft bald auf diesen, bald auf jenen Gegenstand richtete, kam er doch nirgends zu dem gewünschten Ziele.

»Was ich brauche, ist Klarheit über ihn, über diesen Menschen!« sagte er sich schließlich; »den muß ich enträtseln, und dann will ich meine Entschlüsse fassen. Hier steht ein Duell in Aussicht!«

Als er um sieben Uhr zu sich nach Hause zurückkehrte, fand er Pawel Pawlowitsch dort nicht vor und geriet darüber in das äußerste Erstaunen und dann in Zorn; der Zorn ging dann sogar in Niedergeschlagenheit über, und schließlich bekam er es ordentlich mit der Angst zu tun: »Weiß Gott, weiß Gott, wie das noch enden wird!« sagte er ein Mal über das andere, während er bald im Zimmer auf und ab ging, bald sich auf das Sofa streckte und alle Augenblicke nach der Uhr sah. Endlich, erst gegen neun Uhr, kam Pawel Pawlowitsch. »Wenn dieser Mensch mich überlisten wollte, so könnte er keinen besseren Augenblick finden, um sich an mich heranzumachen, als den jetzigen; so zerfahren bin ich jetzt«, dachte er, wurde aber auf einmal wieder ganz munter und höchst vergnügt.

Auf die in frischem, heiterem Tone gestellte Frage, warum er denn erst so spät komme, hatte Pawel Pawlowitsch nur ein schiefes Lächeln zur Antwort; ungeniert, ganz anders als bei seinem nächtlichen Besuche, setzte er sich hin und warf

seinen Hut mit dem Trauerflor nachlässig auf einen anderen Stuhl. Weltschaninow bemerkte diese Ungeniertheit sofort und nahm sie zur Kenntnis.
Ruhig und ohne überflüssige Worte und frei von der Aufregung, in der er sich bei dem vorhergehenden Zusammensein befunden hatte, erzählte er in Form eines Berichtes, wie er Lisa weggebracht habe, wie freundlich sie dort aufgenommen worden sei, wie zuträglich ihr der dortige Aufenthalt sein werde, und leitete allmählich, als ob er Lisa vollständig vergäße, unvermerkt das Gespräch ausschließlich auf die Familie Pogorelzew hinüber, nämlich, was das für nette Leute seien, und daß er mit ihnen schon lange bekannt sei, und was für ein guter und zugleich einflußreicher Mann Herr Pogorelzew sei, und mehr dergleichen. Pawel Pawlowitsch hörte zerstreut zu und blickte mitunter von unten herauf den Erzähler mit einem mißmutigen, schlauen Lächeln an.
»Sie sind ein hitziger Mensch«, murmelte er mit einem besonders häßlichen Lächeln.
»Aber Sie sind ja heute so boshaft«, bemerkte Weltschaninow ärgerlich.
»Warum soll ich nicht auch boshaft sein dürfen wie alle andern!« fuhr Pawel Pawlowitsch auf einmal gegen ihn los, als ob er aus einem Hinterhalt hervorspränge; es schien sogar, als habe er nur auf diese Gelegenheit gewartet, um hervorzuspringen.
»Ganz wie es Ihnen beliebt«, erwiderte Weltschaninow lächelnd. »Ich dachte, es sei Ihnen vielleicht etwas passiert.«
»Es ist mir auch etwas passiert!« rief der, gewissermaßen damit prahlend, daß ihm etwas passiert war.
»Was denn?«
Pawel Pawlowitsch wartete ein Weilchen, bis er antwortete.
»Ja, sehen Sie, unser Stepan Michailowitsch Bagautow hat mir wieder einen unangenehmen Streich gespielt, der elegante junge Mann aus der feinsten Petersburger Gesellschaft.«

»Sie sind wohl wieder nicht vorgelassen worden, wie?«
»O doch, gerade diesmal bin ich vorgelassen worden; zum erstenmal wurde mir Zutritt gewährt, und ich habe ihn von Angesicht gesehen ... nur war er schon eine Leiche! ...«
»Wa-a-as! Bagautow ist gestorben?« rief Weltschaninow höchst erstaunt, obwohl er zu einem solchen Erstaunen anscheinend keinen besonderen Grund hatte.
»Ja, der ist gestorben! Er, mit dem mich fünf Jahre lang eine unwandelbare Freundschaft verband! Schon gestern um die Mittagszeit ist er gestorben, und ich habe es gar nicht gewußt! Vielleicht bin ich damals gerade in demselben Augenblicke hingekommen, um mich nach seinem Befinden zu erkundigen. Morgen findet die Beerdigung statt; er liegt schon im Sarge. Der Sarg ist mit rotem Samt ausgeschlagen und mit goldenen Fransen verziert ... am Nervenfieber ist er gestorben. Ich wurde vorgelassen, ich wurde vorgelassen und habe ihn von Angesicht gesehen! Ich erklärte, als ich hinkam, daß ich mit ihm eng befreundet gewesen sei, und so ließ man mich denn herein. Wie konnte er mir so etwas antun, dieser Mensch, der fünf Jahre lang mein treuer Freund gewesen ist, das frage ich Sie! Vielleicht bin ich einzig und allein um seinetwillen nach Petersburg gekommen!«
»Aber warum sind Sie denn so böse auf ihn?« versetzte Weltschaninow lachend. »Er ist ja doch nicht absichtlich gestorben!«
»Ich sage es ja auch mit dem Gefühl des Bedauerns; er war mein teurer Freund; da, sehen Sie her, was er für mich bedeutete!«
Und Pawel Pawlowitsch machte auf einmal ganz unerwartet mit zwei Fingern Hörner über seiner kahlen Stirn und kicherte leise und anhaltend. So saß er, kichernd und die Hörner zeigend, eine volle halbe Minute lang da und blickte in einer Art Taumel von Bosheit und Unverschämtheit Weltschaninow in die Augen. Dieser wurde ganz starr wie beim Anblicke eines Gespenstes. Aber seine Erstarrung dauerte nur einen ganz kurzen Augenblick; ein spöttisches,

ruhiges, ja beinah freches Lächeln erschien langsam auf seinen Lippen.

»Was bedeutet das denn?« fragte er lässig in gedehntem Tone.

»Das bedeutet Hörner!« erwiderte Pawel Pawlowitsch kurz und nahm endlich seine Finger von der Stirn weg.

»Soll das heißen . . . Ihre eigenen Hörner?«

»Meine eigenen, wohlerworbenen Hörner!« erwiderte Pawel Pawlowitsch und verzog dabei wieder das Gesicht zu einer sehr häßlichen Grimasse.

Beide schwiegen eine kleine Weile. »Sie sind doch ein tapferer Mensch!« sagte darauf Weltschaninow.

»Weil ich Ihnen die Hörner vorgemacht habe? Wissen Sie was, Alexej Iwanowitsch, Sie sollten mich lieber mit etwas bewirten! Ich habe Sie ja in T. ein ganzes Jahr lang bewirtet, jeden Tag, den Gott werden ließ . . . Lassen Sie ein Fläschchen holen; es ist mir ganz trocken geworden im Halse.«

»Mit Vergnügen; das hätten Sie längst sagen sollen. Was wollen Sie trinken?«

»Was heißt ›Sie‹! Sagen Sie doch ›wir‹; wir werden ja doch zusammen trinken, nicht wahr?« antwortete Pawel Pawlowitsch und blickte ihm herausfordernd, aber gleichzeitig mit einer seltsamen Unruhe in die Augen.

»Champagner?«

»Was denn sonst? Beim Branntwein bin ich noch nicht angekommen . . .«

Weltschaninow stand ohne sich zu beeilen auf, klingelte seiner Aufwärterin Mawra und gab ihr die nötigen Anweisungen.

»Zur Feier unseres frohen Wiedersehens nach neunjähriger Trennung!« sagte Pawel Pawlowitsch mit einem unmotivierten und ungeschickt herauskommenden Kichern. »Jetzt sind Sie der einzige wahre Freund, der mir geblieben ist. Stepan Michailowitsch Bagautow lebt nicht mehr. Wie es bei dem Dichter heißt:

›Denn Patroklus starb, der edle.
Und der Wicht Thersites lebt!‹«

Bei dem Worte Thersites stieß er sich mit dem Finger gegen die Brust.

»Wenn du dich doch schneller aussprechen wolltest, du Kanaille; die bloßen Anspielungen kann ich nicht leiden«, dachte Weltschaninow im stillen. Die Wut kochte in ihm, und er beherrschte sich schon lange nur mit Mühe.

»Sagen Sie mir nur das eine«, begann er ärgerlich: »Wenn Sie Stepan Michailowitsch so geradezu beschuldigen« (er nannte ihn jetzt nicht mehr einfach Bagautow), »so müßten Sie sich doch, sollte man meinen, darüber freuen, daß Ihr Beleidiger gestorben ist; warum ärgern Sie sich denn?«

»Wieso müßte ich mich freuen? Warum?«

»Ich urteile nach Ihren Empfindungen.«

»He-he, in dieser Hinsicht irren Sie sich doch über meine Empfindungen; denn ein weiser Mann hat den Ausspruch getan: ›Ein toter Feind ist gut; aber ein lebender ist noch besser‹, hi-hi!«

»Aber Sie haben den lebenden doch fünf Jahre lang, glaube ich, jeden Tag gesehen; da hatten Sie doch Zeit genug, sich seines Anblicks zu freuen«, bemerkte Weltschaninow boshaft und unverschämt.

»Aber habe ich denn damals ... habe ich denn damals davon Kenntnis gehabt?« fuhr Pawel Pawlowitsch auf einmal auf, wieder als ob er aus einem Hinterhalte hervorspränge; er schien sich sogar gewissermaßen darüber zu freuen, daß ihm endlich diese Frage gestellt wurde, auf die er schon so lange gewartet hatte. »Wofür halten Sie mich denn, Alexej Iwanowitsch?«

Und in seinem Blicke blitzte auf einmal ein ganz neuer überraschender Ausdruck auf, der sein boshaftes und bisher nur gemein grinsendes Gesicht vollständig umgestaltete.

»Also haben Sie wirklich nichts gewußt?« fragte Weltschaninow im höchsten Grade erstaunt und betroffen.

»Also meinen Sie, ich hätte es gewußt? Ich soll es gewußt haben! O ihr hohen Herren! Nach eurer Anschauung steht der Mensch auf gleicher Stufe mit dem Hunde, und ihr beurteilt alle nach eurem eigenen erbärmlichen Charakter!

Da habt ihr's! Schluckt es hinunter!« Bei diesen Worten schlug er wütend mit der Faust auf den Tisch, erschrak aber sofort selbst darüber und blickte ängstlich um sich.
Weltschaninow nahm eine würdevolle Haltung an.
»Hören Sie mal, Pawel Pawlowitsch, es ist mir (das können Sie sich selbst sagen) absolut gleichgültig, ob Sie damals etwas davon gewußt haben oder nicht. Wenn Sie nichts davon gewußt haben, so macht Ihnen das jedenfalls Ehre, wiewohl ... übrigens verstehe ich gar nicht, weshalb Sie gerade mich zur Ihrem Vertrauten erwählt haben ...«
»Ich rede nicht von Ihnen ... werden Sie nicht ärgerlich; ich rede nicht von Ihnen ...« murmelte Pawel Pawlowitsch, zur Erde blickend.
Mawra kam mit dem Champagner.
»Ah, da kommt ja auch der Wein!« rief Pawel Pawlowitsch, offenbar erfreut über den Ausweg, der sich ihm darbot. »Und Gläser haben Sie auch mitgebracht, liebes Kind, auch Gläser; das ist ja wundervoll! Weiter verlangen wir von Ihnen nichts, meine Beste. Und aufgezogen ist die Flasche auch schon? Das haben Sie alles vorzüglich gemacht, Sie liebenswürdiges Wesen! Na, dann können Sie wieder gehen!«
Er war von neuem mutig geworden und blickte Weltschaninow wieder dreist an.
»Aber gestehen Sie es nur«, kicherte er auf einmal, »daß Ihnen das alles höchst interessant und keineswegs ›absolut gleichgültig‹ ist, wie Sie soeben zu sagen beliebten, und daß Sie sogar sehr ungehalten sein würden, wenn ich jetzt sofort aufstände und wegginge, ohne Ihnen Aufklärung gegeben zu haben.«
»Wirklich, ich würde gar nicht ungehalten sein.«
»O weh, du lügst«, besagte Pawel Pawlowitschs Lächeln.
»Nun, machen wir uns ans Werk!« Er goß Wein in die Gläser.
»Wir wollen auf jemandes Wohl trinken!« schlug er vor und erhob sein Glas. »Auf die Gesundheit meines in Gott entschlafenen Freundes Stepan Michailowitsch!«
Er führte das Glas an den Mund und trank es aus.

»Auf eine solche Gesundheit werde ich nicht trinken«, sagte Weltschaninow und stellte sein Glas hin.
»Warum denn nicht? Es ist doch ein hübscher Toast.«
»Ich will Ihnen einmal etwas sagen: Waren Sie, als Sie jetzt hereinkamen, auch nicht schon betrunken?«
»Ich hatte ein klein wenig getrunken. Wieso?«
»Ich will nichts Besonderes damit sagen; aber es schien mir, daß Sie in der vorigen Nacht und namentlich heute vormittag um die verstorbene Natalja Wassiljewna aufrichtig trauerten.«
»Aber wer hat Ihnen gesagt, daß ich nicht auch jetzt aufrichtig um sie trauere?« rief Pawel Pawlowitsch und sprang sogleich wieder, wie von einer Feder emporgeschnellt, auf.
»So meine ich es auch nicht; aber sagen Sie selbst: Sie könnten sich doch in betreff Stepan Michailowitschs irren, und das ist doch eine sehr ernste Sache.«
Pawel Pawlowitsch lächelte schlau und kniff die Augen zusammen.
»Ach, wie gern möchten Sie wissen, wie ich selbst zu dieser Kenntnis über Stepan Michailowitsch gelangt bin!«
Weltschaninow errötete.
»Ich wiederhole Ihnen noch einmal, daß es mir völlig gleichgültig ist.«
Im stillen aber dachte er wütend: »Wäre es nicht das beste, wenn ich ihn sogleich mitsamt der Flasche hinauswürfe?« Und dabei errötete er noch stärker.
»Nun, das tut nichts!« sagte Pawel Pawlowitsch, wie wenn er ihn ermutigen wollte, und goß sich noch ein Glas ein.
»Ich werde Ihnen sofort erzählen, wie ich alles erfahren habe, und dadurch Ihr glühendes Verlangen befriedigen ... denn Sie sind ein hitziger Mensch, Alexej Iwanowitsch, ein furchtbar hitziger Mensch! He-he! Geben Sie mir nur eine Zigarette; denn seit dem März ...«
»Da haben Sie eine Zigarette.«
»Seit dem März bin ich liederlich geworden, Alexej Iwanowitsch. Es ist alles folgendermaßen zugegangen; hören Sie nur gut zu! Die Schwindsucht ist, wie Sie selbst wissen,

liebster Freund« (er wurde in seiner Ausdrucksweise immer familiärer), »eine sehr merkwürdige Krankheit. In der Regel nähert sich der Schwindsüchtige dem Tode, fast ohne zu ahnen, daß er am folgenden Tage sterben wird. Ich sagte Ihnen schon, daß Natalja Wassiljewna noch fünf Stunden vor ihrem Tode Dispositionen zu einer Reise traf, die sie nach vierzehn Tagen vierzig Werst weit zu ihrer Tante unternehmen wollte. Auch ist Ihnen wahrscheinlich eine gewisse Gewohnheit oder, richtiger gesagt, Marotte bekannt, die sehr viele Damen und vielleicht auch manche Kavaliere an sich haben: alten Kram von Liebesbriefen aufzuheben. Am zweckmäßigsten steckt man so etwas doch in den Ofen, nicht wahr? Aber nein, jeden Fetzen Papier heben sie sorgfältig in Schatullen und Necessaires auf, sogar nach den Jahren, nach dem Datum und nach Serien numeriert. Ob ihnen das ein besonderes Vergnügen macht, das weiß ich nicht; sie tun es wohl um der angenehmen Erinnerungen willen. Natalja Wassiljewna, die noch fünf Stunden vor ihrem Ende eine Reise zu ihrer Tante plante, um ihr zum Namensfeste zu gratulieren, dachte natürlich nicht im entferntesten an den Tod, selbst bis zur letzten Stunde nicht, und wartete immer auf Koch. So kam es, daß sie starb und eine Schatulle von Ebenholz, mit Perlmutter eingelegt und mit silbernen Beschlägen, in ihrem Schreibtisch zurückließ. Es war eine so allerliebste Schatulle mit einem Schlüsselchen, ein Familienerbstück; sie hatte es von ihrer Großmutter bekommen. Na also, durch den Inhalt dieser Schatulle kam denn alles an den Tag, aber auch alles ohne Ausnahme, nach Tagen und Jahren geordnet, für den ganzen zwanzigjährigen Zeitraum unserer Ehe. Und da Stepan Michailowitsch eine entschiedene Neigung zur Schriftstellerei besaß (er hatte sogar einmal eine leidenschaftliche Novelle an eine Zeitschrift eingesandt), so beliefen sich die Erzeugnisse seiner Feder in der Schatulle beinah auf hundert Stück, allerdings über fünf Jahre verteilt. Einige Stücke hatte Natalja Wassiljewna mit eigenhändigen Bemerkungen versehen. Eine angenehme Entdeckung für den Ehemann, meinen Sie nicht auch?«

Weltschaninow sammelte schnell seine Gedanken und erinnerte sich, daß er an Natalja Wassiljewna nie auch nur einen einzigen Brief oder ein einziges Zettelchen geschrieben hatte. Aus Petersburg hatte er zwar zwei Briefe geschrieben; aber diese waren, wie er es vorher mit ihr verabredet hatte, an beide Ehegatten gerichtet gewesen. Auf Natalja Wassiljewnas letzten Brief aber, in welchem sie ihm den Abschied erteilt hatte, hatte er überhaupt nicht geantwortet.

Als Pawel Pawlowitsch seine Erzählung beendet hatte, schwieg er eine ganze Minute lang und lächelte in einer dreisten, herausfordernden Weise.

»Warum haben Sie mir denn auf meine Frage nicht geantwortet?« sagte er endlich in der unverhohlenen Absicht, den andern zu peinigen.

»Auf welche Frage?«

»Auf meine Frage nach den angenehmen Empfindungen eines Ehemannes, der eine solche Schatulle öffnet.«

»Ach was! Was geht das mich an!« erwiderte Weltschaninow ärgerlich mit einer wegwerfenden Handbewegung, stand auf und begann im Zimmer auf und ab zu gehen.

»Ich möchte darauf wetten, Sie denken jetzt: ›Du bist doch ein rechter Lump, daß du selbst von deinen Hörnern erzählst!‹ He-he! Ja, Sie sind ein feinfühliger Mensch!«

»Ich denke nichts Derartiges. Aber Sie ärgern sich übermäßig über den Tod Ihres Beleidigers und haben außerdem viel Wein getrunken. Ich sehe in alledem nichts Ungewöhnliches; ich verstehe durchaus, wozu Sie den lebenden Bagautow nötig haben, und habe alle Achtung vor Ihrem Verdrusse; aber . . .«

»Aber wozu soll ich denn nach Ihrer Ansicht Bagautow nötig haben?«

»Das ist Ihre Sache.«

»Ich möchte darauf wetten, daß Sie dabei an ein Duell denken!«

»Hol's der Teufel!« rief Weltschaninow, der immer mehr die Selbstbeherrschung verlor. »Ich hatte gedacht, daß Sie wie jeder anständige Mensch . . . Ein anständiger Mensch erniedrigt sich in solchen Fällen nicht zu komischem Geschwätz, zu dummen Grimassen, zu lächerlichen Klagen und garstigen Anspielungen, durch die er sich selbst nur noch mehr beschmutzt, sondern handelt offen, geradezu und ehrlich – als anständiger Mensch!«

»He-he, aber vielleicht bin ich gar kein anständiger Mensch?«

»Das ist wieder Ihre Sache . . . übrigens, wenn es so steht, wozu in aller Welt haben Sie denn dann den lebenden Bagautow nötig?«

»Na, wenn auch nur, um so einen lieben Freund manchmal anzusehen. Man könnte mit ihm ein Fläschchen vornehmen und es zusammen austrinken.«

»Er würde mit Ihnen gar nicht trinken.«

»Warum denn nicht? Noblesse oblige! Sie trinken ja doch auch mit mir; in welcher Hinsicht sollte er besser sein als Sie?«

»Ich habe mit Ihnen nicht getrunken.«

»Warum sind Sie denn auf einmal so stolz?«

Weltschaninow schlug plötzlich ein nervöses, gereiztes Gelächter auf.

»Pfui Teufel! Sie sind entschieden eine Art Raubtiertypus! Ich hatte gedacht, Sie wären nur so ein lebenslänglicher Ehemann und weiter nichts!«

»Was meinen Sie mit einem ›lebenslänglichen Ehemann‹? Was ist das?« fragte Pawel Pawlowitsch, auf einmal aufhorchend.

»Das ist einfach ein bestimmter Typus von Ehemännern . . . eine Auseinandersetzung würde zu lange dauern. Machen Sie lieber, daß Sie wegkommen; es ist Zeit für Sie; Sie sind mir schon langweilig geworden!«

»Und was ist das mit dem Raubtier? Sie sagten etwas von einem Raubtier!«

»Ich sagte, Sie seien ein Raubtiertypus; ich sagte es in spöttischem Sinne.«

»Wieso denn ein Raubtiertypus? Bitte erklären Sie mir das, Alexej Iwanowitsch; ich bitte Sie um Gottes willen oder um Christi willen.«

»Na, nun ist's aber genug, nun ist's genug!« schrie Weltschaninow, der wieder furchtbar ärgerlich geworden war. »Es ist Zeit für Sie; machen Sie, daß Sie wegkommen!«
»Nein, es ist nicht genug!« rief Pawel Pawlowitsch und sprang auf. »Und selbst wenn ich Ihnen langweilig geworden bin, so ist es doch noch nicht genug; denn ich muß vorher noch mit Ihnen anstoßen und trinken! Wenn wir zusammen getrunken haben werden, dann werde ich weggehen; aber jetzt ist es noch nicht genug!«
»Pawel Pawlowitsch, möchten Sie sich nicht baldigst zum Teufel scheren?«
»Das kann ich ja tun; aber zuerst wollen wir trinken! Sie sagten, daß Sie gerade mit mir nicht trinken möchten; na, aber ich will, Sie sollen gerade mit mir trinken!«
Er verzog das Gesicht nicht mehr grimassenhaft und kicherte nicht mehr. Sein ganzes Wesen schien sich plötzlich wieder verwandelt zu haben und bildete jetzt zu der ganzen Erscheinung und dem ganzen Tone Pawel Pawlowitschs, wie dieser sich noch wenige Augenblicke vorher präsentiert hatte, einen solchen Gegensatz, daß Weltschaninow vollständig verblüfft war.
»Vorwärts, lassen Sie uns zusammen trinken, Alexej Iwanowitsch! Nur zu, keine Weigerung!« fuhr Pawel Pawlowitsch fort, ergriff ihn fest bei der Hand und sah ihm mit einem sonderbaren Blicke ins Gesicht.
Offenbar war es ihm nicht allein um das gemeinsame Trinken zu tun.
»Na, meinetwegen!« murmelte der andere. »Aber wie sollen wir es denn machen? Es ist nur noch eine Neige vorhanden . . .«
»Es reicht noch gerade für zwei Gläser, und die Neige ist klar; so wollen wir denn anstoßen und trinken! Da, bitte, nehmen Sie Ihr Glas!«
Sie stießen miteinander an und tranken.
»Na, wenn es so ist, wenn es so ist . . . Ach!«
Pawel Pawlowitsch griff sich auf einmal mit der Hand an die Stirn und verharrte eine Zeitlang in dieser Haltung. Weltschaninow erwartete schon, daß er jeden Augenblick das

letzte noch fehlende Wort aussprechen werde. Aber Pawel Pawlowitsch sagte nichts zu ihm; er sah ihn nur an und lächelte wieder leise mit dem ganzen Munde in der vorigen schlauen, zwinkernden Manier.

»Was wollen Sie von mir, Sie betrunkener Mensch? Sie halten mich ja zum Narren!« schrie Weltschaninow wütend und stampfte mit den Füßen.

»Schreien Sie nicht, schreien Sie nicht; wozu schreien Sie so?« sagte Pawel Pawlowitsch hastig und erhob beschwichtigend die Hand. »Ich halte Sie nicht zum Narren, ich halte Sie nicht zum Narren! Wissen Sie wohl, daß Sie jetzt . . . Da, sehen Sie, was Sie für mich jetzt geworden sind!«

Und plötzlich ergriff er seine Hand und küßte sie. Weltschaninow wußte gar nicht, was ihm geschah.

»Sehen Sie, welch ein verehrungswürdiger Freund Sie mir jetzt sind! Aber jetzt will ich mich packen!«

»Halt, warten Sie noch einen Augenblick!« rief Weltschaninow, sowie er wieder zur Besinnung gekommen war. »Ich vergaß, Ihnen zu sagen . . .«

Pawel Pawlowitsch wandte sich in der Tür um.

»Sehen Sie«, murmelte Weltschaninow hastig; er errötete dabei und blickte ganz zur Seite, »Sie müssen morgen unbedingt bei Pogorelzews einen Besuch machen . . . um sich vorzustellen und sich zu bedanken; das ist unbedingt nötig . . .«

»Gewiß, gewiß; wie sollte ich das nicht einsehen!« pflichtete ihm Pawel Pawlowitsch mit außerordentlicher Bereitwilligkeit bei und machte dabei eine Geste, welche ausdrückte, daß es einer Erinnerung daran nicht bedurft hätte.

»Und außerdem erwartet Sie auch Lisa. Ich habe ihr versprochen . . .«

»Lisa«, sagte Pawel Pawlowitsch, plötzlich wieder ins Zimmer zurückkehrend. »Lisa? Wissen Sie auch wohl, was Lisa für mich gewesen ist, was sie für mich gewesen ist und noch ist? Was sie für mich gewesen ist und noch ist?« schrie er plötzlich ganz außer sich. »Aber . . . He-he! Davon später, von alledem wird später die Rede sein . . . Jetzt aber genügt es mir noch nicht, daß ich mit Ihnen zusammen getrunken

habe, Alexej Iwanowitsch; ich bedarf unumgänglich noch einer anderen Genugtuung . . .«
Er legte seinen Hut auf einen Stuhl und sah Weltschaninow wie unlängst schwer atmend an.
»Küssen Sie mich, Alexej Iwanowitsch!« schlug er ihm auf einmal vor.
»Sie sind betrunken!« rief der und trat unwillkürlich einen Schritt zurück.
»Ja, das bin ich; aber küssen Sie mich trotzdem, Alexej Iwanowitsch! Vorwärts, küssen Sie mich! Ich habe Ihnen ja soeben die Hand geküßt!«
Alexej Iwanowitsch schwieg eine Weile, da er so betäubt war, wie wenn er mit einem Knittel einen Schlag über den Kopf erhalten hätte. Aber plötzlich beugte er sich zu Pawel Pawlowitsch herab, der ihm nur bis an die Schultern reichte, und küßte ihn auf die stark nach Wein riechenden Lippen. Übrigens war er sich nicht ganz sicher, ob er ihn auch wirklich geküßt hatte.
»Na, und jetzt, jetzt . . .« rief Pawel Pawlowitsch wieder in trunkener Verzückung, wobei seine trunkenen Augen nur so blitzten, »jetzt will ich Ihnen etwas sagen: Ich dachte damals: ›Sollte wirklich auch der . . .? Wenn auch der‹, dachte ich, ›wenn auch der, wem soll man dann überhaupt noch trauen?‹«
Pawel Pawlowitsch brach auf einmal in Tränen aus.
»Verstehen Sie also nun, was für ein Freund Sie jetzt für mich geworden sind? . . .«
Er lief mit seinem Hute aus dem Zimmer. Weltschaninow stand wieder mehrere Minuten lang ohne sich zu rühren auf einem Flecke, gerade wie nach Pawel Pawlowitschs erstem Besuche.
»Ach was, ein betrunkener Narr und weiter nichts!« sagte er mit einer wegwerfenden Handbewegung.
»Entschieden weiter nichts!« fügte er in energischem Tone bekräftigend hinzu, als er sich bereits ausgekleidet und ins Bett gelegt hatte.

VIII

Lisa krank

Auf Pawel Pawlowitsch wartend, der versprochen hatte, rechtzeitig zu kommen, um mit zu Pogorelzews zu fahren, ging Weltschaninow am andern Morgen im Zimmer auf und ab, schlürfte seinen Kaffee, rauchte eine Zigarre dazu und war sich dabei fortdauernd bewußt, daß er die größte Ähnlichkeit mit jemand habe, der am Morgen aufwacht und nun immerzu daran denken muß, daß er am Abend vorher eine Ohrfeige erhalten hat. »Hm! . . . er weiß ganz genau, wie die Sache steht, und wird sich durch Lisa an mir rächen!« dachte er voll Bangigkeit.

Das liebliche Bild des armen, traurigen Kindes stand ihm deutlich vor Augen. Sein Herz begann stärker zu pochen bei dem Gedanken, daß er heute, sehr bald, in zwei Stunden »seine« Lisa wiedersehen werde. »Ach, was ist da noch viel zu reden!« sagte er zu sich selbst in warmer Empfindung; »jetzt ist das der Inhalt und das Ziel meines ganzen Lebens! Was haben da alle Ohrfeigen und alle Erinnerungen zu bedeuten! . . . Wozu habe ich bis jetzt gelebt? Alles war nur Unordnung und Trübsal . . . aber jetzt ist alles anders geworden, alles wird einen andern Gang gehen!«

Aber trotz seiner Begeisterung wurde er immer nachdenklicher.

»Er wird mich durch Lisa martern, das ist klar! Und er wird Lisa martern. Das ist die Art, wie er mich für alles bestrafen wird! Hm! . . . zweifellos darf ich mir von ihm nicht wieder solche Dreistigkeiten wie gestern gefallen lassen«, dachte er mit plötzlichem Erröten, »und . . . und da kommt er nun nicht, und es ist doch schon zwölf Uhr!«

Er wartete noch eine ganze Weile, bis halb eins, und seine Verstimmung wurde immer ärger. Pawel Pawlowitsch erschien nicht. Schon lange war ihm ab und zu der Gedanke durch den Kopf gehuscht, dieser komme absichtlich nicht, nur um noch wieder eine Unart gegen ihn zu begehen wie gestern, und dieser Gedanke machte ihn zuletzt ganz wütend: »Er weiß, daß ich von ihm abhänge, und was wird jetzt aus Lisa werden? Und wie kann ich ohne ihn vor ihr erscheinen?«

Schließlich hielt er es nicht mehr aus und fuhr um ein Uhr schnell selbst nach der Kirche zu Mariä Fürbitte. Von dem Dienstmädchen der Zimmervermieterin erhielt er die Auskunft, Pawel Pawlowitsch habe die Nacht gar nicht zu Hause zugebracht, sondern sei erst am Morgen zwischen acht und neun gekommen, nur eine Viertelstunde dageblieben und dann wieder fortgegangen. Weltschaninow stand an der Tür von Pawel Pawlowitschs Zimmer, hörte die Mitteilungen des Mädchens an und hantierte mechanisch an der Klinke der verschlossenen Tür, indem er sie hin und her bewegte. Schließlich sammelte er seine Gedanken, spie aus, ließ die Klinke los und bat das Mädchen, ihn zu Marja Syssojewna zu führen. Aber diese kam, als sie von seiner Anwesenheit hörte, bereitwillig selbst zu ihm heraus.

Sie war eine brave Frau, »eine Frau von Herz und Gemüt«, wie sich Weltschaninow über sie ausdrückte, als er nachher über sein Gespräch mit ihr seiner Freundin Klawdija Petrowna Bericht erstattete. Nachdem sie sich kurz danach erkundigt hatte, wie es am vorhergehenden Tage mit dem Transport der »Kleinen« gegangen sei, ging sie sofort dazu über, allerlei über Pawel Pawlowitsch zu erzählen. Nach ihren Worten hätte sie ihn schon längst herausgeworfen, wenn nicht das Kind gewesen wäre. Auch aus dem Gasthause sei er herausgeworfen worden, weil er gar zu liederlich gelebt habe. »Na, ist das nicht eine Sünde: Bringt er sich in der Nacht ein Frauenzimmer mit, wo doch das Kindchen dabei ist, das auch schon sein Verständnis hat! Er schrie: ›Die hier wird deine Mutter werden, wenn ich das will!‹ Sollten Sie es glauben: Selbst dem Frauenzimmer war es zu arg, und sie spuckte ihm ins Gesicht. Er aber schrie dem Kinde zu: ›Du bist nicht meine Tochter; du bist ein Bastard!‹«

»Was sagen Sie da!« rief Weltschaninow erschrocken.

»Ich habe es selbst gehört. Wenn er auch betrunken war, sinnlos betrunken, aber in Gegenwart des Kindes paßt sich das doch nicht; wenn sie auch noch jung ist, sie hat doch schon ihren Verstand. Die Kleine weinte; ich sah, daß sie sich ganz zergrämte. Und neulich, da ist hier im Hause eine Sünde geschehen: Ein Kassierer oder so etwas, wie die Leute sagten, ließ sich am Abend im Gasthause ein Zimmer geben, und am Morgen hatte er sich aufgehängt. Sie sagten, er hätte Geld unterschlagen und durchgebracht. Es lief eine Menge Volk zusammen; Pawel Pawlowitsch selbst war nicht zu Hause, und das Kindchen ging ohne Aufsicht umher; da sah ich, wie sie dort auf dem Korridor unter dem Volke stand und hinter den andern hervorschaute; so ganz verstört blickte sie nach dem Erhängten hin. Ich führte sie schleunigst von da weg. Aber was meinen Sie: Sie zitterte am ganzen Leibe, wurde ganz schwarz, und kaum hatte ich sie herher gebracht. da fiel sie auf den Boden. Sie zuckte und schlug um sich; ich hatte meine liebe Not, daß ich sie wieder zur Besinnung brachte. Es waren Krämpfe oder so etwas, und seitdem kränkelt sie nun. Als er nach Hause kam und es erfuhr, da kniff er sie am ganzen Leibe (denn er pflegt sie nicht zu schlagen, sondern kneift sie immer), und als er dann das nächste Mal betrunken nach Hause kam, da machte er ihr Angst: ›Ich werde mich auch aufhängen‹, sagte er; ›um deinetwillen werde ich mich aufhängen; hier mit dieser Schnur, mit der Rouleauschnur werde ich mich aufhängen!‹ und er machte vor ihren Augen eine Schlinge zurecht. Und die geriet ganz außer sich, fing an zu schreien, umschlang ihn mit den Ärmchen und rief: ›Ich werde es nicht wieder tun; ich werde es nie wieder tun!‹ Es ist ein Jammer!«

Weltschaninow war zwar auf recht sonderbare Dinge gefaßt gewesen, aber diese Mitteilungen überraschten ihn doch so, daß er sie kaum glauben mochte. Marja Syssojewna erzählte ihm noch sonst vieles; so zum Beispiel war es einmal vorgekommen, daß, wenn sie, Marja Syssojewna, nicht dazwischen getreten wäre, Lisa sich vielleicht aus dem Fenster herausgestürzt hätte. Als Weltschaninow von der Wirtin wieder fortging, war er selbst wie betrunken: »Ich werde ihn wie einen Hund totschlagen, mit dem Stock

auf den Kopf!« blitzte es in ihm auf. Und das sprach er lange immer wieder vor sich hin.
Er nahm sich einen Wagen, um zu Pogorelzews zu fahren. Er war noch nicht aus der Stadt herausgekommen, als der Wagen gezwungen war, bei einer Straßenkreuzung zu halten, an einem Kanalbrückchen, über das sich ein großer Leichenzug herüberzwängte. An beiden Enden der Brücke drängten sich mehrere wartende Equipagen; auch viel Volk war stehen geblieben. Es war ein prunkvolles Begräbnis und die Reihe der Trauerkutschen sehr lang, und da war es Weltschaninow auf einmal, als ob er durch das Fenster einer dieser Trauerkutschen das Gesicht Pawel Pawlowitschs erblickte. Er würde seinen Augen nicht getraut haben, wenn nicht Pawel Pawlowitsch selbst den Kopf aus dem Fenster herausgestreckt und ihm lächelnd zugenickt hätte. Er schien sich sehr darüber zu freuen, daß er Weltschaninow erkannt hatte, und warf ihm sogar von der Kutsche aus Kußhände zu. Weltschaninow sprang aus seinem Wagen und lief trotz des Gedränges, trotz der Polizisten, und trotzdem Pawel Pawlowitschs Kutsche schon auf die Brücke hinauffuhr, dicht an das Kutschfenster heran. Pawel Pawlowitsch saß allein in der Kutsche.
»Was soll denn das vorstellen?« schrie Weltschaninow. »Warum sind Sie nicht zu mir gekommen? Wie kommen Sie hierher?«
»Ich erfülle eine heilige Pflicht; schreien Sie nicht so, schreien Sie nicht so!« erwiderte Pawel Pawlowitsch kichernd und kniff vergnügt die Augen zusammen. »Ich gebe den irdischen Überresten meines aufrichtigen Freundes Stepan Michailowitsch das Geleit.«
»Ist das ein Blödsinn, Sie betrunkener, verrückter Mensch!« schrie Weltschaninow, nachdem er einen Augenblick lang ganz verdutzt gewesen war, noch lauter als vorher. »Steigen Sie sofort aus, und fahren Sie mit mir; sofort!«
»Das kann ich nicht; eine heilige Pflicht . . .«
»Ich werde Sie mit Gewalt herausziehen!« brüllte Weltschaninow.
»Dann werde ich schreien! Dann werde ich schreien!«

versetzte Pawel Pawlowitsch, immer noch mit demselben vergnügten Kichern, gerade wie wenn man mit ihm Scherz triebe; indes zog er sich in die hinterste Ecke der Kutsche zurück . . .

»Passen Sie auf, passen Sie auf, daß Sie nicht überfahren werden!« rief ein Polizist.

In der Tat hatte am Ende der Brücke eine fremde Equipage den Leichenzug durchbrochen und Verwirrung angerichtet. Weltschaninow sah sich gezwungen zurückzuspringen; andere Equipagen sowie die Volksmenge drängten ihn sofort weiter weg. Er spuckte aus und arbeitete sich zu seinem Wagen durch.

»Na, es schadet nichts; in dem Zustande, in dem er sich befindet, hätte ich ihn sowieso nicht mitnehmen können!« dachte er, während seine Verwunderung und Unruhe fortdauerten.

Als er der guten Klawdija Petrowna Marja Syssojewnas Erzählung vortrug und ihr über die sonderbare Begegnung bei dem Leichenbegängnisse berichtete, da wurde diese sehr nachdenklich.

»Ich bin um Sie in rechter Sorge«, sagte sie zu ihm. »Sie müssen alle Beziehungen zu ihm abbrechen, und zwar je eher um so besser.«

»Er ist ein betrunkener Narr und weiter nichts!« rief Weltschaninow jähzornig. »Ich fürchte mich nicht vor ihm! Und wie soll ich die Beziehungen zu ihm abbrechen? Das geht um Lisas willen nicht. Denken Sie an Lisa!«

Lisa lag jedoch krank; sie hatte am Abend vorher zu fiebern angefangen, und man wartete jetzt auf einen renommierten Arzt aus der Stadt, nachdem bei Tagesgrauen ein expresser Bote geschickt worden war. Alles dies zusammen hatte die Wirkung, Weltschaninow völlig aus der Fassung zu bringen. Klawdija Petrowna führte ihn zu der Kranken.

»Ich habe sie gestern aufmerksam beobachtet«, sagte sie, indem sie vor dem Krankenzimmer stehen blieb. »Es ist ein stolzes, düsteres Kind; sie schämt sich, daß sie bei uns ist und ihr Vater sich so ohne weiteres von ihr losgesagt hat; das ist meiner Ansicht nach ihre ganze Krankheit.«

»Sich losgesagt hat? Warum glauben Sie, daß er sich von ihr losgesagt hat?«
»Schon allein, daß er ihre Übersiedelung hierher zugelassen hat, in ein ganz fremdes Haus und mit einem Menschen, der ihm ebenfalls beinah unbekannt ist oder in solchen Beziehungen zu ihm steht . . .«
»Aber ich, ich selbst habe sie ihm ja weggenommen, mit Gewalt weggenommen; ich kann nicht finden . . .«
»Ach, mein Gott, aber Lisa, das Kind, findet es! Meiner Ansicht nach wird er überhaupt niemals herkommen.«
Lisa war durchaus nicht erstaunt, als sie Weltschaninow allein eintreten sah: Sie lächelte nur traurig und wandte ihr fieberheißes Köpfchen nach der Wand hin. Sie antwortete nicht auf Weltschaninows schüchterne Trostworte und auf sein wiederholtes eifriges Versprechen, morgen ganz bestimmt ihren Vater mitzubringen. Als er von ihr herauskam, brach er plötzlich in Tränen aus.
Der Arzt kam erst gegen Abend. Nachdem er die Kranke untersucht hatte, erschreckte er alle gleich beim ersten Worte durch die Bemerkung, sie hätten sehr unrecht getan, ihn nicht früher zu rufen. Als ihm geantwortet wurde, die Patientin sei erst gestern abend erkrankt, wolle er das zuerst nicht glauben. »Alles hängt davon ab, wie diese Nacht sein wird«, sagte er schließlich, ordnete an, was ihm nötig schien, und fuhr weg mit dem Versprechen, am nächsten Tage so früh wie möglich wiederzukommen. Weltschaninow wollte unter allen Umständen die Nacht über dableiben; aber Klawdija Petrowna selbst redete ihm zu, er möchte noch einmal den Versuch machen, »diesen Unmenschen herzubringen«.
»Ja, das will ich!« rief Weltschaninow außer sich. »Jetzt werde ich ihn binden und ihn auf meinen Armen hertragen!«
Der Gedanke, Pawel Pawlowitsch zu binden und auf den Armen herzutragen, versetzte ihn in eine hochgradige, ungeduldige Erregung. »In keiner Weise, in keiner Weise fühle ich mich jetzt ihm gegenüber schuldig!« sagte er zu Klawdija Petrowna, als er sich von ihr verabschiedete. »Ich

nehme all die unwürdigen, weinerlichen Äußerungen zurück, die ich gestern hier getan habe«, fügte er voller Entrüstung hinzu.

Lisa lag mit geschlossenen Augen da und schien zu schlafen; es ging ihr anscheinend besser. Als Weltschaninow sich vorsichtig zu ihrem Köpfchen hinabbeugte, um zum Abschiede wenigstens den Saum ihres Kleides zu küssen, schlug sie plötzlich die Augen auf, als ob sie ihn erwartet hätte, und flüsterte:

»Bringen Sie mich von hier fort!«

Das war eine stille, traurige Bitte, ohne jede Spur der gestrigen Gereiztheit; aber gleichzeitig konnte man es ihrem Tone anhören, daß sie selbst völlig davon überzeugt war, daß ihre Bitte unter keinen Umständen werde erfüllt werden. Und sowie der ganz verzweifelte Weltschaninow anfing ihr auseinanderzusetzen, daß das nicht möglich sei, schloß sie schweigend die Augen und sagte kein Wort mehr, wie wenn sie ihn weder hörte noch sähe.

Als er in die Stadt kam, ließ er sich direkt nach den möblierten Zimmern bei der Kirche zu Mariä Fürbitte fahren. Es war schon zehn Uhr; Pawel Pawlowitsch war nicht zu Hause. Weltschaninow wartete eine reichliche halbe Stunde auf ihn, indem er in krankhafter Ungeduld auf dem Flur auf und ab ging. Schließlich schenkte er der Versicherung Marja Syssojewnas Glauben, daß Pawel Pawlowitsch frühestens am anderen Morgen bei Tagesanbruch heimkehren werde. »Na, dann werde auch ich bei Tagesanbruch wieder herkommen«, nahm sich Weltschaninow vor und begab sich in größter Aufregung nach Hause.

Aber wie groß war sein Erstaunen, als er, noch ehe er seine Wohnung betreten hatte, von Mawra erfuhr, daß der gestrige Gast schon zwischen neun und zehn gekommen sei und auf ihn warte.

»Auch Tee hat er bei uns getrunken«, meldete Mawra weiter, »und er hat mich wieder nach Wein geschickt, nach derselben Sorte, und mir einen Fünfrubelschein gegeben.«

IX

Das Gespenst

Pawel Pawlowitsch hatte es sich höchst bequem gemacht. Er saß auf demselben Lehnstuhle wie am vorhergehenden Tage, rauchte eine Zigarette und hatte sich soeben das vierte und letzte Glas aus der Flasche eingegossen. Die Teekanne und ein Glas mit einem Reste Tee standen ebendort neben ihm auf dem Tische. Sein gerötetes Gesicht strahlte von Glückseligkeit. Er hatte sogar den Frack ausgezogen und saß ganz sommerlich in der bloßen Weste da.

»Verzeihen Sie, teuerster Freund!« rief er, als er Weltschaninow erblickte, und sprang auf, um den Frack anzuziehen; »ich hatte ihn ausgezogen, um den schönen Augenblick besser genießen zu können . . .«

Weltschaninow trat mit grimmiger Miene auf ihn zu.

»Sind Sie noch nicht vollständig betrunken? Kann man noch mit Ihnen reden?«

Pawel Pawlowitsch geriet ein wenig aus der Fassung.

»Nein, ich bin es noch nicht vollständig . . . Ich habe zum Gedächtnis des Entschlafenen getrunken; aber ich bin noch nicht vollständig . . .«

»Werden Sie mich auch verstehen?«

»In der Absicht bin ich ja eben hergekommen, um Sie zu verstehen.«

»Nun, dann will ich damit beginnen, Ihnen geradeheraus zu sagen, daß Sie ein Nichtswürdiger sind!« schrie Weltschaninow, dem die Stimme vor Wut fast versagte.

»Wenn Sie damit beginnen, womit werden Sie denn dann aufhören?« erwiderte Pawel Pawlowitsch, augenscheinlich stark verängstigt und nur schwach gegen die Beleidigungen protestierend; aber Weltschaninow schrie, ohne auf ihn hinzuhören:

»Ihre Tochter liegt im Sterben; sie ist krank; haben Sie sich von ihr losgesagt oder nicht?«

»Liegt sie wirklich schon im Sterben?«

»Sie ist krank, krank, sehr gefährlich krank!«

»Vielleicht ist es nur so ein kleiner Anfall . . .«

»Reden Sie keinen Unsinn! Sie ist sehr gefährlich krank, sage ich Ihnen! Schon allein deswegen müssen Sie hinfahren . . .«

»Um mich zu bedanken, um mich für die Gastfreundschaft zu bedanken! Ich verstehe sehr wohl! Alexej Iwanowitsch, teuerster, bester Freund«, sagte er, indem er ihn plötzlich mit seinen beiden Händen an der Hand ergriff; und mit der Rührseligkeit eines Betrunkenen, ja beinahe mit Tränen rief er, wie wenn er um Verzeihung bäte: »Alexej Iwanowitsch, schreien Sie nicht so, schreien Sie nicht so! Wenn ich sterbe, wenn ich jetzt gleich in meiner Betrunkenheit in die Newa falle, was wird dann bei der tatsächlichen Lage der Dinge die Folge sein? Aber zu Herrn Pogorelzew kommen wir immer noch früh genug . . .«

Weltschaninow kam zur Besinnung und gewann ein wenig die Herrschaft über sich zurück.

»Sie sind betrunken, und daher kann ich nicht verstehen, was Sie eigentlich meinen«, sagte er in ernstem Tone.

»Ich bin jeden Augenblick bereit, mich mit Ihnen auszusprechen, und würde mich sogar freuen, wenn es recht bald geschähe . . . Ich war auch vorhin in dieser Absicht zu Ihnen gefahren . . . Aber vor allen Dingen mögen Sie wissen, daß ich jetzt meine Maßregeln ergreifen werde: Sie müssen heute bei mir über Nacht bleiben! Morgen früh werde ich Sie beim Kragen nehmen und mit Ihnen hinfahren. Ich werde Sie nicht loslassen!« brüllte er wieder. »Ich werde sie knebeln und auf meinen Armen hintragen! . . . Paßt Ihnen dieses Sofa?« Er wies mit wuterstickter Stimme auf ein breites, weiches Sofa, das demjenigen Sofa, auf dem er selbst schlief, an der anderen Wand gegenüber stand.

»Aber ich bitte Sie, ich kann ja überall. . .«

»Nein, nicht überall, sondern auf diesem Sofa! Nehmen Sie, da haben Sie ein Laken, eine Bettdecke und ein Kissen« (Weltschaninow zog alle diese Dinge hastig aus einem Schranke heraus und warf sie Pawel Pawlowitsch zu, der gehorsam seine Arme hinhielt); »machen Sie sofort Ihr Bett zurecht; aber sofort, sofort!«

Mit dem Bettzeug bepackt stand Pawel Pawlowitsch, anscheinend unentschlossen, mitten im Zimmer, ein starres Lächeln der Betrunkenheit auf dem weingeröteten Gesichte; als ihn aber Weltschaninow zum zweiten Male drohend anschrie, stürzte er Hals über Kopf zum Sofa hin und machte sich an die Arbeit: Er rückte den Tisch ab und begann schnaufend das Laken auseinanderzufalten und hinzubreiten. Weltschaninow trat hinzu, um ihm zu helfen; der Gehorsam und die Angst seines Gastes besänftigten ihn ein wenig.

»Trinken Sie Ihr Glas aus, und legen Sie sich hin!« kommandierte er wieder; er hatte das Gefühl, daß dieser Kommandoton notwendig sei. »Haben Sie den Wein selbst holen lassen?«

»Ja, ich habe es selbst getan, Alexej Iwanowitsch. . . Ich wußte, daß Sie keinen mehr holen lassen würden.«

»Es ist gut, daß Sie das wußten; aber Sie müssen jetzt noch mehr erfahren. Ich erkläre Ihnen noch einmal, daß ich jetzt über die zu ergreifenden Maßregeln zu einem Entschlusse gekommen bin: Ihre Faxen werde ich nicht mehr dulden; Ihre betrunkenen Küsse, wie gestern, werde ich mir nicht mehr gefallen lassen!«

»Das sehe ich ja auch selbst ein, Alexej Iwanowitsch, daß das nur ein einziges Mal möglich war«, erwiderte Pawel Pawlowitsch schmunzelnd.

Als Weltschaninow, der im Zimmer auf und ab ging, diese Antwort hörte, blieb er, beinahe mit einer gewissen Feierlichkeit, vor Pawel Pawlowitsch stehen.

»Pawel Pawlowitsch, reden Sie einmal offen und ehrlich! Sie sind ein kluger Mensch; das erkenne ich erneut an; aber ich versichere Ihnen, daß Sie sich auf einem falschen Wege befinden! Reden Sie geradeheraus; handeln Sie offenherzig, und ich gebe Ihnen mein Ehrenwort darauf, daß ich Ihnen auf jede Frage antworten werde, die Ihnen zu stellen beliebt!«

Pawel Pawlowitsch schmunzelte wieder anhaltend, ein Benehmen, das allein schon genügte, um Weltschaninow wütend zu machen.

»Halt!« rief dieser wieder. »Verstellen Sie sich nicht; ich durchschaue Sie durch und durch! Ich wiederhole Ihnen: Ich gebe Ihnen mein Ehrenwort darauf, daß ich bereit bin, Ihnen auf jede Frage zu antworten, und daß Sie jede mögliche Genugtuung erhalten werden, jede, selbst über die Grenzen der Möglichkeit hinaus! O, wie sehr würde ich wünschen, daß Sie mich verständen! . . .«

»Wenn Sie schon so gütig sind«, versetzte Pawel Pawlowitsch, indem er vorsichtig näher an ihn herantrat, »dann würde es mich sehr interessieren zu wissen, was Sie gestern mit dem Raubtiertypus meinten, von dem Sie sprachen! . . .«

Weltschaninow spuckte aus und begann wieder, aber noch schneller als vorher, im Zimmer auf und ab zu gehen.

»Nein, Alexej Iwanowitsch, spucken Sie nicht aus; denn jener Ausdruck hat wirklich mein lebhaftes Interesse erregt, und ich bin speziell deshalb hergekommen, um über seine Bedeutung Klarheit zu erlangen . . . Meine Zunge will mir nicht recht gehorchen; aber verzeihen Sie das gütigst! Ich habe nämlich über diesen ›Raubtiertypus‹ und über den ›zahmen Typus‹ selbst etwas in einer Zeitschrift gelesen, in der Abteilung für literarische Kritik; das fiel mir heute morgen wieder ein . . . ich habe nur vergessen, was es eigentlich war; aber, die Wahrheit zu sagen, ich hatte es damals gar nicht verstanden gehabt. Und sehen Sie, da möchte ich nun gerne wissen, ob der verstorbene Stepan Michailowitsch Bagautow ein ›Raubtier‹ oder ein ›zahmes Tier‹ war. Zu welcher Gattung gehörte er?«

Weltschaninow schwieg immer noch und setzte seine Promenade fort; dann blieb er auf einmal stehen und sagte in heller Wut: »Der Raubtiertypus, das ist ein Mensch, welcher Bagautow lieber mit einem Glase Champagner bei der Feier des angenehmen Wiedersehens vergiftet hätte, so wie Sie gestern mit mir getrunken haben, aber nicht seinem Sarge nach dem Kirchhofe gefolgt wären, wie Sie das heute aus Gott weiß was für geheimen, versteckten, häßlichen Motiven unter Grimassen, die nur Ihnen selbst Unehre machen, getan haben! Nur Ihnen selbst!«

»Das ist ganz richtig, daß ein Raubtiermensch dem Sarge nicht gefolgt wäre«, stimmte ihm Pawel Pawlowitsch bei; »aber wie konnten Sie denn trotzdem von mir sagen . . .«

»Das ist nicht ein Mensch«, schrie Weltschaninow, der nicht auf ihn hörte und immer hitziger wurde, »das ist nicht ein Mensch, der sich Gott weiß was für Gedanken zurechtmacht, die Rechtsfrage wie ein Rechenexempel behandelt, die erlittene Beleidigung wie eine Schulaufgabe auswendig lernt, seinen Kummer mit sich herumschleppt, Grimassen schneidet, schauspielert, andern Leuten auf dem Halse liegt und darauf seine ganze Zeit verwendet! Ist das wahr, daß Sie sich haben aufhängen wollen? Ja?«

»In der Betrunkenheit habe ich vielleicht so etwas hingeschwatzt; ich entsinne mich nicht mehr. Aber, Alexej Iwanowitsch, Giftmischerei würde sich für unsereinen doch wohl nicht recht passen. Abgesehen davon, daß ich ein gut angeschriebener Beamter bin, besitze ich ja auch ein Kapital und will mich außerdem vielleicht auch wieder verheiraten.«

»Man wird dafür auch zur Zwangsarbeit nach Sibirien verschickt.«

»Na ja, sehen Sie, auch diese Unannehmlichkeit noch, wiewohl die Gerichte heutzutage vielfach mildernde Umstände bewilligen. Aber da möchte ich Ihnen, Alexej Iwanowitsch, ein höchst humoristisches Geschichtchen erzählen, das mir vorhin im Wagen einfiel, als ich herfuhr. Sie sagten soeben: ›Er liegt andern Leuten auf dem Halse‹. Vielleicht erinnern Sie sich noch an Semjon Petrowitsch Liwzow; er verkehrte zur Ihrer Zeit bei uns in T.; na, also dessen jüngerer Bruder, ebenfalls ein junger Petersburger, bekleidete in W. ein Amt beim Gouverneur und besaß ebenfalls mancherlei glänzende Eigenschaften. Der bekam einmal in Gesellschaft Streit mit dem Oberst Golubenko; auch Damen waren anwesend, darunter die Dame seines Herzens. Er erachtete sich für beleidigt, steckte aber die Beleidigung ein und tat, als ob nichts geschehen wäre; Golubenko aber machte ihm inzwischen die Dame seines Herzens abspenstig und hielt um ihre Hand an. Und was meinen Sie? Dieser Liwzow wurde sogar ein intimer Freund Golubenkos und söhnte sich vollständig mit ihm aus; ja noch mehr: Er bat ihn sogar inständig darum, als sein Hochzeitsmarschall fungieren zu dürfen, und hielt bei der Trauung die Krone über ihm. Als sie nun von der Trauung nach Hause gefahren waren, trat er an Golubenko heran, um ihn zu beglückwünschen und zu küssen. Und was tat er da vor den Augen der ganzen vornehmen Gesellschaft und in Gegenwart des Gouverneurs, er selbst im Frack und mit gekräuseltem Haar? Er stieß Golubenko einen Dolch in den Bauch, daß der nur so hinkollerte! Der eigene Hochzeitsmarschall, eine wahre Schande! Und das ist noch nicht alles; die Hauptsache ist die: Sobald er mit dem Dolche zugestoßen hatte, stürzte er zu den Umstehenden hin: ›Ach, was habe ich getan! Ach, was habe ich nur getan!‹ Die Tränen stürzten ihm aus den Augen; er zitterte am ganzen Körper, warf sich allen um den Hals, sogar den Damen, und rief unaufhörlich: ›Ach, was habe ich getan! Ach, was habe ich da jetzt nur getan!‹ He-he-he! Er hatte ihm einen gehörigen Stich versetzt. Golubenko konnte einem leid tun; indes ist er wieder gesund geworden.«

»Ich sehe nicht ab, warum Sie mir das erzählt haben«, bemerkte Weltschaninow in strengem Tone mit finsterer Miene.

»Nun, mit Bezug darauf, daß er ihn mit dem Dolche gestochen hat«, erwiderte Pawel Pawlowitsch kichernd. »Man sieht aber, daß er doch kein Raubtiermensch war, sondern ein Waschlappen, da er vor Furcht allen Anstand vergaß und in Gegenwart des Gouverneurs den Damen um den Hals fiel; aber vorher hatte er ihn gestochen, seinen Zweck erreicht! Nur deswegen habe ich es erzählt.«

»Scheren Sie sich zum Teufel!« schrie Weltschaninow auf einmal mit fremdklingender Stimme, als ob in seinem Innern etwas zerrissen wäre. »Scheren Sie sich zum Teufel mit Ihrem heimtückischen Geschwätz; Sie sind selbst eine heimtückische Kanaille und wollten mich ins Bockshorn jagen! Sie Folterer eines Kindes, Sie gemeiner Mensch; Sie Schurke, Sie Schurke, Sie Schurke!« schrie er; er wußte von sich selbst nicht und kam bei jedem Worte außer Atem.

Durch Pawel Pawlowitschs ganzen Körper ging ein starkes Zucken; sogar sein Rausch verflog; seine Lippen zitterten.
»Also Sie nennen mich einen Schurken, Alexej Iwanowitsch, Sie mich?«
Aber Weltschaninow war bereits wieder zur Besinnung gekommen.
»Ich bin bereit, um Entschuldigung zu bitten«, sagte er nach kurzem Stillschweigen und finsterem Nachdenken; »aber nur in dem Falle, daß Sie selbst sich sofort dazu entschließen, offen und ehrlich zu verfahren.«
»Ich würde an Ihrer Stelle in jedem Falle um Entschuldigung bitten, Alexej Iwanowitsch.«
»Nun gut, sei es so!« erwiderte Weltschaninow, wieder nach kurzem Schweigen; »ich bitte Sie um Entschuldigung; aber Sie werden selbst zugeben müssen, Pawel Pawlowitsch, daß ich nach allem, was geschehen ist, mich Ihnen gegenüber in keiner Weise mehr verpflichtet zu fühlen brauche; ich sage das mit Bezug auf die ganze Angelegenheit und nicht mit Bezug auf den einen jetzigen Fall.«
»Nun ja, nun ja, warum sollten Sie sich verpflichtet fühlen?« versetzte Pawel Pawlowitsch schmunzelnd, blickte dabei jedoch zur Erde.
»Nun, wenn Sie ebenfalls dieser Ansicht sind, um so besser, um so besser! Trinken Sie Ihren Wein aus, und legen Sie sich hin; denn weglassen werde ich Sie trotzdem nicht . . .«
»Das kommt auf den Wein an . . .«, antwortete Pawel Pawlowitsch, anscheinend ein wenig verlegen, trat aber doch an den Tisch und trank sein schon lange eingegossenes letztes Glas aus.
Vielleicht hatte er schon, ehe er hingekommen war, viel getrunken; denn die Hand zitterte ihm, und er verschüttete einen Teil des Weines auf den Fußboden, auf sein Vorhemd und auf seine Weste; aber er trank doch das Glas bis auf den Boden aus, als könne er es schlechterdings nicht unausgetrunken lassen, stellte dann das geleerte respektvoll auf den Tisch und ging gehorsam zu seinem Bette hin, um sich auszuziehen.
»Wäre es nicht doch besser, wenn ich hier nicht übernachte-

te?« fragte er auf einmal, als er schon einen Stiefel ausgezogen hatte und ihn in der Hand hielt.

»Nein, das wäre nicht besser!« erwiderte, ohne ihn anzusehen, Weltschaninow zornig, der immer noch unermüdlich im Zimmer auf und ab ging. Der andre zog sich aus und legte sich hin. Eine Viertelstunde darauf legte sich auch Weltschaninow hin und löschte die Kerze aus.

Eine innere Unruhe hinderte ihn lange, ordentlich einzuschlafen. Etwas Neues, wodurch die Sache noch mehr in Verwirrung gebracht wurde, war plötzlich von irgendwoher aufgetaucht und ängstigte ihn, und gleichzeitig fühlte er, daß er sich dieser Angst schämte. Endlich war er nahe daran, in Bewußtlosigkeit zu versinken, als ihn auf einmal ein Geräusch wieder erweckte. Er warf sogleich einen Blick nach Pawel Pawlowitschs Bette. Im Zimmer war es dunkel (die Gardinen waren ganz vorgezogen); aber es schien ihm, daß Pawel Pawlowitsch nicht lag, sondern sich aufgerichtet hatte und auf dem Bette saß.

»Was ist Ihnen?« rief Weltschaninow.

»Da war ein Schatten«, sagte Pawel Pawlowitsch, nachdem er eine Weile mit der Antwort gezögert hatte, mit kaum hörbarer Stimme.

»Was soll das heißen? Was für ein Schatten?«

»Dort, in jenem Zimmer, in der Tür, da war es mir, als ob ich einen Schatten sähe.«

»Wessen Schatten?« fragte Weltschaninow nach kurzem Stillschweigen.

»Den Schatten meiner verstorbenen Frau.«

Weltschaninow erhob sich, stellte sich auf den Teppich und blickte selbst durch das Vorzimmer nach jenem Zimmer hin, dessen Tür immer offen stand. Dort befanden sich an den Fenstern keine Gardinen, sondern nur Rouleaus, und daher war es dort viel heller.

»In jenem Zimmer ist nichts; Sie sind einfach betrunken; legen Sie sich nur wieder hin!« sagte Weltschaninow, legte sich hin und wickelte sich in die Bettdecke.

Pawel Pawlowitsch sagte kein Wort und legte sich ebenfalls hin.

»Haben Sie früher niemals einen Schatten gesehen?« fragte Weltschaninow auf einmal, erst zehn Minuten später.
»Einmal war mir so, als ob ich einen sähe«, erwiderte Pawel Pawlowitsch, ebenfalls nach einer Pause, mit leiser Stimme.
Dann trat wieder Stillschweigen ein.
Weltschaninow hätte nicht zuverlässig sagen können, ob er geschlafen hatte oder nicht; aber es war schon ungefähr eine Stunde seitdem vergangen, als er sich plötzlich wieder umdrehte: Ob ihn wieder ein Geräusch aufgeweckt hatte, das wußte er ebenfalls nicht; aber es schien ihm, daß mitten in der völligen Dunkelheit etwas vor ihm stand, etwas Weißes, das noch nicht ganz zu ihm hingelangt war, sich aber schon mitten im Zimmer befand. Er setzte sich im Bette aufrecht und blickte eine ganze Minute lang scharf hin.
»Sind Sie es, Pawel Pawlowitsch?« fragte er leise.
Seine eigene Stimme, die auf einmal in der Stille und Dunkelheit ertönte, kam ihm ganz sonderbar vor.
Es folgte keine Antwort; aber daran, daß da jemand stand, konnte kein Zweifel mehr bestehen.
»Sind Sie es . . . Pawel Pawlowitsch?« fragte er noch einmal lauter, sogar so laut, daß Pawel Pawlowitsch, wenn er ruhig in seinem Bette geschlafen hätte, unbedingt hätte aufwachen und Antwort geben müssen.
Aber es erfolgte wieder keine Antwort; wohl aber schien es ihm, daß diese weiße, kaum unterscheidbare Gestalt sich noch näher an ihn heranbewegte. Und nun begab sich etwas Sonderbares: Es war, als ob auf einmal etwas in seinem Innern zerrisse, genau so wie eine Weile vorher, und er schrie aus voller Kehle mit einer ganz wunderlichen, wütenden Stimme, die ihm fast bei jedem Worte versagte:
»Wenn Sie . . . Sie betrunkener Narr . . . sich einbilden sollten . . . daß Sie . . . mich erschrecken können, dann werde ich mich nach der Wand hin drehen, mich mit dem Kopfe einwickeln und mich die ganze Nacht über auch nicht ein einziges Mal umwenden . . . um Ihnen zu zeigen,

wie gering ich Sie achte ... und wenn Sie bis zum Morgen da stehenbleiben ... wie ein Narr ... Ich spucke auf Sie! ...«

Und er spuckte wütend nach der Seite des vorausgesetzten Pawel Pawlowitsch zu, drehte sich nach der Wand hin, wickelte sich, wie er gesagt hatte, in die Bettdecke und verharrte starr in dieser Haltung ohne sich zu rühren. Es trat eine Totenstille ein. Ob sich der Schatten heranbewegte oder an seinem Flecke stehenblieb, das konnte er nicht wissen; aber sein Herz pochte, pochte, pochte. Es mochten wenigstens volle fünf Minuten vergangen sein, da ließ sich auf einmal zwei Schritte von ihm entfernt Pawel Pawlowitschs schwache, höchst klägliche Stimme vernehmen:

»Ich bin aufgestanden, Alexej Iwanowitsch, um einen« (und er nannte ein notwendiges Hausgerät) »zu suchen; ich fand dort bei mir keinen ... ich wollte ganz leise neben Ihnen nachsehen, bei Ihrem Bette.«

»Warum schwiegen Sie denn ... als ich Sie anrief?« fragte Weltschaninow mit stockender Stimme, nachdem er eine halbe Minute gewartet hatte.

»Ich war so erschrocken. Sie hatten mich so angeschrien ... ich hatte einen solchen Schreck bekommen.«

»Dort links in der Ecke, bei der Tür, in dem Schränkchen; stecken Sie das Licht an ...«

»Es wird auch ohne Licht gehen ...« erwiderte Pawel Pawlowitsch demütig und begab sich in die Ecke. »Verzeihen Sie nur, Alexej Iwanowitsch, daß ich Sie so beunruhigt habe; ich verspürte ganz plötzlich ...«

Aber Weltschaninow gab ihm keine Antwort mehr. Er blieb mit dem Gesichte nach der Wand zu liegen und lag so die ganze Nacht über, ohne sich auch nur einmal umzudrehen. Ob er dadurch sein ihm gegebenes Wort erfüllen und ihm seine Geringschätzung bezeigen wollte – er wußte selbst nicht, was mit ihm vorging; seine nervöse Erregung ging schließlich beinah in Fieberphantasien über, und er konnte lange Zeit nicht einschlafen. Als er am andern Morgen zwischen neun und zehn Uhr erwachte, fuhr er in die Höhe, wie wenn ihm jemand einen Stoß versetzt hätte, und setzte sich auf dem Bette aufrecht hin; aber Pawel Pawlowitsch war nicht mehr im Zimmer; es war nur das leere, ungemachte Bett zurückgeblieben; er selbst hatte sich schon vor Tagesanbruch leise davongemacht.

»Das hatte ich mir doch gedacht!« rief Weltschaninow und schlug sich mit der flachen Hand vor die Stirn.

X

Auf dem Kirchhofe

Die Befürchtungen des Arztes bewahrheiteten sich, und Lisas Befinden verschlechterte sich plötzlich – in einem Grade, wie es Weltschaninow und Klawdija Petrowna am vorhergehenden Abende nicht für möglich gehalten hätten. Weltschaninow traf am Vormittage die Kranke noch bei Bewußtsein, obwohl sie im heißesten Fieber lag; er versicherte später, sie habe ihm zugelächelt und ihm sogar ihr glühendes Händchen hingestreckt. Ob das wahr war oder er es sich nur selbst unwillkürlich zu seinem Troste einbildete, das festzustellen fand er keine Zeit; zur Nacht war die Kranke schon ohne Bewußtsein, und dieser Zustand hielt während der ganzen Dauer der Krankheit an. Am zehnten Tage nach ihrer Übersiedelung nach dem Landhause starb sie.

Das war eine traurige Zeit für Weltschaninow; das Pogorelzewsche Ehepaar war sogar seinetwegen in rechter Sorge. Den größten Teil dieser schweren Tage brachte er bei ihnen zu. In den letzten Tagen von Lisas Krankheit saß er ganze Stunden lang allein irgendwo in der Ecke und dachte anscheinend an gar nichts; Klawdija Petrowna trat häufig zu ihm heran, um ihn zu zerstreuen; aber er antwortete wenig, und es fiel ihm offenbar mitunter schwer, mit ihr ein Gespräch zu führen. Klawdija Petrowna hatte gar nicht erwartet, daß »das alles auf ihn einen so starken Eindruck machen werde«. Am meisten zerstreuten ihn noch die Kinder; mit denen zusammen lachte er sogar manchmal;

aber fast allstündlich stand er vom Stuhle auf und ging auf den Zehen hin, um nach der Kranken zu sehen. Mitunter schien es ihm, als erkenne sie ihn. Hoffnung auf ihre Genesung hatte er so wenig mehr wie alle andern; aber von dem Zimmer, wo Lisa im Sterben lag, entfernte er sich nie weit und saß gewöhnlich im Nebenzimmer.

Einige Male entwickelte er übrigens auch in diesen Tagen auf einmal eine außerordentliche Tätigkeit: Er machte sich plötzlich auf, eilte nach Petersburg zu den Ärzten, bat die berühmtesten hinzukommen, und veranlaßte sie, eine gemeinsame Beratung abzuhalten. Die zweite und letzte derartige Beratung fand am Tage vor dem Tode der Kranken statt. Drei Tage vorher hatte Klawdija Petrowna mit Weltschaninow ernstlich über die Notwendigkeit gesprochen, endlich Herrn Trussozki irgendwo aufzutreiben; denn falls Lisa sterben sollte, könne doch die Beerdigung nicht ohne sein Beisein stattfinden. Weltschaninow murmelte zur Antwort, er werde an ihn schreiben. Da erklärte der alte Pogorelzew, er selbst werde ihn durch die Polizei aufsuchen lassen. Weltschaninow schrieb endlich eine Benachrichtigung in zwei Zeilen und brachte sie nach Pawel Pawlowitschs Logis bei der Kirche zu Mariä Fürbitte. Dieser war wie gewöhnlich nicht zu Hause, und Weltschaninow händigte den Brief der Wirtin Marja Syssojewna zur Übergabe ein.

Endlich starb Lisa, an einem schönen Sommerabend, bei Sonnenuntergang, und erst jetzt schien Weltschaninow wieder zu sich zu kommen. Als die Tote zurechtgemacht wurde, indem man ihr das weiße Sonntagskleid einer der Töchter Klawdija Petrownas anzog und sie im Saale mit Blumen in den gefalteten Händen auf den Tisch legte, da trat er zu Klawdija Petrowna hin und erklärte ihr mit funkelnden Augen, er werde jetzt sogleich auch »den Mörder« herbeiholen. Auf die Ratschläge, damit noch bis zum nächsten Tage zu warten, hörte er nicht, sondern begab sich unverzüglich nach der Stadt.

Er wußte, wo er Pawel Pawlowitsch antreffen würde; denn als er nach Petersburg gefahren war, um die Ärzte zu holen, hatte er sich gleichzeitig danach umgetan. Mitunter hatte er in diesen Tagen die Vorstellung gehabt, wenn er der todkranken Lisa den Vater ans Bett brächte und sie seine Stimme hörte, so würde sie das Bewußtsein wiedererlangen; dann hatte er sich wie ein Verzweifelter aufgemacht, um ihn zu suchen. Pawel Pawlowitsch wohnte noch wie früher bei der Zimmervermieterin; aber dort nach ihm zu fragen war völlig zwecklos: »Er ist manchmal drei Nächte hintereinander nicht zu Hause«, hatte Marja Syssojewna berichtet; »und wenn er gelegentlich einmal in betrunkenem Zustande ankommt, so bleibt er kaum eine Stunde da und geht dann wieder davon; der Mensch ist vollständig verlottert.« Von einem Kellner aus dem Gasthause hatte Weltschaninow unter anderm erfahren, daß Pawel Pawlowitsch schon früher gewisse Mädchen am Wosnessenski-Prospekte zu besuchen gepflegt habe. Weltschaninow hatte diese Mädchen unverzüglich aufgesucht. Nachdem er sie beschenkt und traktiert hatte, hatten sich die Frauenzimmer sogleich auf ihren Gast besonnen, wobei ihnen als besonderes Merkmal der Trauerflor diente; übrigens hatten sie auf ihn gewaltig geschimpft, natürlich deswegen, weil er nicht mehr zu ihnen kam. Die eine von ihnen, welche Katja hieß, hatte sich anheischig gemacht, Pawel Pawlowitsch jederzeit ausfindig zu machen; denn er komme jetzt gar nicht weg von einer gewissen Maschka Prostakowa, und da gebe er ein Heidengeld aus, und diese Maschka (sie heiße eigentlich gar nicht Prostakowa, sondern Prochwostowa) habe sogar im Krankenhause gelegen, und wenn sie (Katja) nur wolle, dann könne sie sie sofort nach Sibirien spedieren lassen; sie brauche nur ein Wort zu sagen. Indes hatte ihn Katja damals doch nicht ausfindig machen können; sie hatte sich aber auf das Bestimmteste vermessen, es das nächste Mal zu erreichen. Auf ihre Beihilfe hoffte also Weltschaninow jetzt.

Sobald er nach der Stadt gekommen war (es war schon zwischen neun und zehn Uhr abends), verlangte er sogleich von der Besitzerin des Etablissements, sie solle ihm Katja mitgeben, bezahlte für deren Abwesenheit und begab sich mit ihr auf die Suche. Er wußte selbst noch nicht recht, was er jetzt eigentlich mit Pawel Pawlowitsch vornehmen wollte: Ob er ihn für irgend etwas töten wollte, oder ob er ihn einfach suchte, um ihm von dem Tode seiner Tochter und von der Notwendigkeit seiner Beteiligung an ihrem Begräbnisse Mitteilung zu machen. Das Suchen war zunächst erfolglos: Es stellte sich heraus, daß Maschka Prochwostowa sich mit Pawel Pawlowitsch schon vor zwei Tagen überworfen hatte; auch hieß es, es habe irgendein Kassierer ihm »mit einer Fußbank ein Loch in den Kopf geschlagen«. Kurz, er war lange Zeit nicht zu finden; endlich (es war schon zwei Uhr nachts) stieß Weltschaninow beim Heraustreten aus einem unanständigen Hause, nach dem man ihn gewiesen hatte, plötzlich und unerwartet auf den Gesuchten.

Pawel Pawlowitsch, der vollständig betrunken war, wurde von zwei Damen nach diesem Lokale hingebracht; eine derselben hatte ihn unter den Arm gefaßt; von hinten aber folgte den dreien ein großer, stämmiger Mensch, offenbar ein Erpresser, der aus vollem Halse schrie und Pawel Pawlowitsch mit den furchtbarsten Drohungen überschüttete. Unter anderm schrie er, dieser habe ihn »ausgenutzt« und ihm sein Leben vergiftet. Es schien sich um eine Geldzahlung zu handeln; die Damen hatten eine schreckliche Angst und suchten eilig weiterzukommen. Pawel Pawlowitsch stürzte, sowie er Weltschaninow erblickte, mit ausgebreiteten Armen auf ihn zu und schrie, als ob ihn jemand abschlachten wollte:

»Bruderherz, beschütze mich!«

Beim Anblick der athletischen Gestalt Weltschaninows verschwand der Erpresser augenblicklich; triumphierend streckte Pawel Pawlowitscsh die Faust hinter ihm her und stieß ein Siegesgeheul aus. Da packte Weltschaninow ihn wütend bei den Schultern und begann, ohne selbst zu wissen warum, ihn mit beiden Armen so zu schütteln, daß ihm die Zähne klapperten. Pawel Pawlowitsch hörte sofort auf zu schreien und blickte mit der stumpfsinnigen Angst eines Betrunkenen seinen Peiniger an. Wahrscheinlich weil er nicht wußte, was er weiter mit ihm tun sollte, drückte

Weltschaninow ihn stark nieder und zwang ihn, sich auf einen neben dem Trottoir stehenden Prellstein zu setzen.
»Lisa ist gestorben!« sagte er zu ihm.
Pawel Pawlowitsch starrte, auf dem Prellstein sitzend und von einer der Damen gestützt, ihn immer noch unverwandt an. Endlich verstand er, und sein Gesicht sah auf einmal ganz verfallen aus.
»Gestorben . . .« flüsterte er mit einem seltsamen Gesichtsausdrucke vor sich hin. Ob er, betrunken wie er war, in seiner häßlichen, breiten Manier lächelte, oder ob sein Gesicht sich von irgendwelchem Affekte verzog, das konnte Weltschaninow nicht unterscheiden; aber einen Augenblick darauf hob Pawel Pawlowitsch mit Anstrengung seine zitternde rechte Hand in die Höhe, um sich zu bekreuzen; indes kam er damit nicht zustande, und seine zitternde Hand sank wieder herab. Nach einer kleinen Weile erhob er sich langsam von dem Prellstein, faßte nach seiner Dame und setzte, auf sie gestützt, wie selbstvergessen seinen Weg fort, als ob Weltschaninow gar nicht da wäre. Aber dieser packte ihn wieder an der Schulter.
»Begreifen Sie denn nicht, Sie betrunkener Unmensch, daß sie ohne Sie nicht einmal beerdigt werden kann?« schrie er keuchend.
Der drehte den Kopf nach ihm hin.
»Erinnern Sie sich . . . noch an den Fähnrich . . . von der Artillerie?« stammelte er stumpfsinnig mit schwerfälliger Zunge.
»Wa-a-as?« schrie Weltschaninow, schmerzlich zusammenzuckend.
»Sehen Sie, der ist der Vater! Suchen Sie den . . . damit er beim Begräbnis ist . . .«
»Sie lügen!« schrie Weltschaninow ganz außer sich. »Das sagen Sie aus Bosheit . . . Ich habe es doch gewußt, daß Sie diesen Hieb für mich in Bereitschaft hielten!«
Von sich selbst nicht mehr wissend, holte er mit seiner gewaltigen Faust über Pawel Pawlowitschs Kopfe aus. Noch einen Augenblick, und er hätte ihn vielleicht mit einem einzigen Schlage getötet; die Damen kreischten auf und

sprangen zur Seite; aber Pawel Pawlowitsch zuckte mit keiner Wimper. Eine geradezu tierische boshafte Wut verzerrte sein ganzes Gesicht.

»Wissen Sie wohl«, sagte er mit weit festerer Stimme, fast als ob er nicht betrunken wäre, »was man im Russischen eine . . . nennt?« (Hier bediente er sich eines gemeinen Ausdrucks, der sich im Druck nicht wiedergeben läßt.) »Na, dann scheren Sie sich zu der hin!«

Darauf riß er sich gewaltsam aus Weltschaninows Armen los, stolperte und wäre fast hingefallen. Die Damen ergriffen ihn und liefen diesmal, kreischend und Pawel Pawlowitsch beinah hinter sich herschleppend, davon. Weltschaninow folgte ihnen nicht nach.

Am andern Tage um ein Uhr mittags erschien in dem Pogorelzewschen Landhause ein sehr anständig aussehender Beamter von mittlerem Lebensalter, in Dienstuniform, und händigte der Hausfrau höflich ein an sie adressiertes Kuvert ein, mit dem Bemerken, es komme von Pawel Pawlowitsch Trussozki. In dem Kuvert befand sich ein Brief mit einer Einlage von dreihundert Rubeln und mit den notwendigen Papieren Lisas. Pawel Pawlowitsch schrieb kurz, sehr respektvoll und in höchst anständiger Form. Er dankte Ihrer Exzellenz sehr für die Teilnahme und die Wohltaten, die sie der kleinen Waise erwiesen habe, und die ihr nur Gott vergelten könne. In unklaren Ausdrücken erwähnte er, daß eine ernste Krankheit ihm nicht erlaube, persönlich bei der Beerdigung seiner zärtlich geliebten, unglücklichen Tochter zugegen zu sein; er setze in dieser Hinsicht all seine Hoffnungen auf die Engelsgüte Ihrer Exzellenz. Die dreihundert Rubel waren, wie er im weiteren Verlaufe des Briefes erläuterte, zur Beerdigung und überhaupt zur Deckung der durch die Krankheit verursachten Kosten bestimmt. Sollte von dieser Summe etwas übrigbleiben, so bitte er ganz ergebenst und respektvoll, das Geld zu Totenmessen für das Seelenheil der entschlafenen Lisa zu verwenden. Der Beamte, der den Brief überbrachte, war nicht imstande weitere Mitteilungen zu machen; aus einigen Äußerungen desselben ergab sich sogar, daß er es nur auf

Pawel Pawlowitschs dringende Bitten übernommen habe, den Brief Ihrer Exzellenz persönlich zu übermitteln. Herr Pogorelzew fühlte sich durch den Ausdruck »zur Deckung der durch die Krankheit verursachten Kosten« beinah beleidigt und beabsichtigte, nur fünfzig Rubel für die Beerdigung zurückzubehalten, da man es einem Vater nicht wohl verwehren könne, sein Kind zu beerdigen, die übrigen zweihundertfünfzig Rubel aber Herrn Trussozki sofort zurückzusenden. Klawdija Petrowna gab dann die endgültige Entscheidung dahin, es sollten ihm nicht die zweihundertfünfzig Rubel zurückgeschickt werden, sondern eine Quittung der Friedhofskirche über den Empfang dieses Geldes zu Totenmessen für Lisa. Die Quittung wurde dann Weltschaninow eingehändigt, damit er sie dem Vater ungesäumt zustelle; er sandte sie diesem durch die Post nach seiner Wohnung.

Nach der Beerdigung verschwand er aus dem Landhause. Ganze zwei Wochen lang trieb er sich allein und ohne jeden Zweck in der Stadt umher und rannte in seiner Versunkenheit gegen die Leute an. Manchmal lag er ganze Tage lang bei sich zu Hause auf dem Sofa ausgestreckt und vergaß die gewöhnlichsten Dinge. Pogorelzews schickten oftmals zu ihm und luden ihn ein hinzukommen; er versprach es und vergaß es sofort wieder. Klawdija Petrowna kam sogar selbst zu ihm gefahren, traf ihn aber nicht zu Hause. Ebenso ging es auch seinem Rechtsanwalt; und dabei hatte dieser ihm eine wichtige Mitteilung zu machen: Es war ihm durch seine Geschicklichkeit gelungen, dem Prozesse eine günstige Wendung zu geben, und die Gegner hatten sich zu einem gütlichen Vergleiche bereit erklärt, wenn ihnen ein sehr unbedeutender Teil der strittigen Erbschaft als Abfindung zugebilligt werde. Es brauchte nur noch Weltschaninows eigene Zustimmung eingeholt zu werden. Als der Rechtsanwalt ihn endlich zu Hause traf, war er erstaunt über die außerordentliche Mattigkeit und Gleichgültigkeit, mit der sein noch vor kurzem so unruhiger Klient ihn anhörte.

Die heißesten Julitage waren herangekommen; aber Weltschaninow vergaß sogar die Zeit. Sein Gram steckte ihm

schmerzhaft in der Seele wie ein reifendes Geschwür und machte sich ihm alle Augenblicke in qualvollen Gedanken fühlbar. Sein größtes Leid bestand darin, daß Lisa ihn nicht mehr kennengelernt hatte und gestorben war, ohne zu wissen, wie innig er sie liebte! Sein ganzer Lebenszweck, der vor seinem geistigen Auge in so frohem Lichte aufgeschimmert war, war plötzlich wieder in ewige Finsternis versunken. Dieser Lebenszweck hatte (er dachte daran jetzt fortwährend) speziell darin bestanden, daß Lisa täglich, stündlich und lebenslänglich seine Liebe empfinden sollte. »Einen höheren Lebenszweck hat kein Mensch und kann kein Mensch haben!« sagte er jetzt manchmal in düsterer Begeisterung zu sich selbst. »Wenn es auch noch andere Lebenszwecke gibt, so kann doch keiner von ihnen heiliger sein als dieser! Die Liebe zu Lisa«, so malte er sich das in seinen Träumereien aus, »hätte mein ganzes früheres ekelhaftes, zweckloses Leben gereinigt und wieder gutgemacht; statt meiner, eines müßigen, lasterhaften, verlebten Menschen, hätte ich ein reines, schönes Wesen für das Leben herangezogen, und um dieses Wesens willen wäre mir alles verziehen worden, und ich selbst hätte mir alles verziehen.«
Alle diese Gedanken, soweit er sich ihrer deutlich bewußt war, waren immer untrennbar verbunden mit der klaren, ihm immer nahen, ihn immer ergreifenden Erinnerung an das gestorbene Kind. Er vergegenwärtigte sich ihr blasses Gesichtchen und rief sich jeden Zug desselben ins Gedächtnis zurück: Er erinnerte sich auch an sie, wie sie mit Blumen geschmückt im Sarge und vorher fieberglühend, bewußtlos, mit offenen, starren Augen in ihrem Bette gelegen hatte. Es fiel ihm auf einmal ein, daß er, als sie schon auf dem Tische lag, bemerkt hatte, daß eines ihrer Fingerchen während der Krankheit schwarz geworden war; das hatte ihn damals so stark ergriffen und dieses arme Fingerchen hatte ihm so leid getan, daß ihm gleich damals zum ersten Male der Gedanke durch den Kopf gegangen war, Pawel Pawlowitsch unverweilt aufzusuchen und totzuschlagen; denn bis dahin war er fast bewußtlos gewesen. Hatte gekränkter Stolz dieses Kinderherz gequält oder die drei Monate währenden Mißhand-

lungen von seiten eines Vaters, der auf einmal seine Liebe mit Haß vertauscht, sie mit schändlichen Worten gekränkt, über ihre Angst gespottet und sie zuletzt fremden Leuten hingegeben hatte? Alle diese Fragen wälzte er beständig im Kopfe umher und variierte sie auf tausenderlei Art. Er erinnerte sich auf einmal an den Ausruf des betrunkenen Trussozki: »Wissen Sie auch wohl, was Lisa für mich gewesen ist?« und fühlte, daß dieser Ausruf keine Verstellung, sondern Wahrheit gewesen war, und daß da wirkliche Liebe zugrunde gelegen hatte. »Wie konnte aber dieser Unmensch so grausam gegen das Kind sein, das er doch so liebte? Ist das überhaupt möglich?«

Aber er ließ diese Frage jedesmal schnellstens wieder fallen und beschäftigte sich absichtlich nicht mit ihr; es lag in dieser Frage für ihn etwas Furchtbares, etwas Unerträgliches, ein unlösbares Rätsel.

Eines Tages kam er auf seinen Wanderungen (er wußte selbst nicht recht, wie es zugegangen war), auf den Kirchhof, auf dem Lisa begraben war, und suchte ihr Grab auf. Seit der Beerdigung war er noch kein einziges Mal auf dem Kirchhofe gewesen; er hatte immer die Vorstellung gehabt, die Qual würde für ihn gar zu groß sein, und hatte nicht gewagt hinzugehen. Aber merkwürdig: Als er sich auf ihr kleines Grab niederbeugte und es küßte, da wurde ihm auf einmal leichter ums Herz. Es war ein klarer Abend, und die Sonne ging gerade unter; ringsum auf den Gräbern wuchs saftiges, grünes Gras; nicht weit davon summte in einem wilden Rosenstrauche eine Biene; die Blumen und Kränze, die die Kinder und Klawdija Petrowna nach der Beerdigung auf dem Grabhügel niedergelegt hatten, lagen noch halbentblättert da. Zum erstenmal nach so langer Zeit erfrischte sogar eine Art von Hoffnung ihm das Herz.

»Wie leicht einem hier ums Herz wird!« dachte er, indem er die Stille des Kirchhofs mit Genuß empfand und zum reinen, ruhigen Himmel emporblickte.

Es war ihm, als ob sich ein Strom reinen, kindlichen Glaubens an etwas in seine Seele ergösse.

»Das hat mir Lisa gesandt; sie redet mit mir«, dachte er.

Es war schon ganz dunkel geworden, als er sich vom Kirchhofe auf den Heimweg machte. Nicht sehr weit vom Kirchhofstore befand sich am Wege in einem niedrigen Holzhause eine Art Garküche oder Schankwirtschaft; durch die offenen Fenster konnte man die Gäste an Tischen sitzen sehen. Da schien es ihm plötzlich, als ob einer von ihnen, der dicht an einem Fenster saß, Pawel Pawlowitsch sei und ihn ebenfalls sehe und ihn durch das Fenster neugierig betrachte. Er ging weiter und hörte bald, daß ihn jemand einzuholen suchte; derjenige, der hinter ihm her lief, war wirklich Pawel Pawlowitsch. Offenbar hatte Weltschaninows versöhnlicher Gesichtsausdruck ihn gelockt und ermutigt, als er ihn durch das Fenster beobachtet hatte. Sobald er ihn eingeholt hatte, lächelte er schüchten; aber es war nicht mehr das frühere betrunkene Lächeln; er war sogar überhaupt nicht betrunken.

»Guten Tag!« sagte er.

»Guten Tag!« erwiderte Weltschaninow.

XI

Pawel Pawlowitsch will heiraten

Als Weltschaninow dieses »Guten Tag« zur Antwort gesagt hatte, wunderte er sich über sich selbst. Es kam ihm ganz seltsam vor, daß er diesem Menschen ganz ohne Haß begegnete, und daß seine Gefühle ihm gegenüber in diesem Augenblicke einen ganz anderen Charakter trugen, gerade als ob sich etwas Neues anbahnte.

»Was für ein schöner Abend«, begann Pawel Pawlowitsch, ihm ins Gesicht blickend.

»Sie sind noch nicht weggefahren?« fragte Weltschaninow, nicht im Tone einer Frage, sondern wie überlegend, und setzte dabei seinen Weg fort.

»Meine Abreise hat sich verzögert; aber ich habe die Stelle mit dem höheren Gehalte bekommen. Übermorgen werde ich bestimmt wegfahren.«

»Sie haben die Stelle bekommen?« fragte Weltschaninow, diesmal wirklich fragend.
»Warum hätte ich sie nicht bekommen sollen?« versetzte Pawel Pawlowitsch und verzog dabei das Gesicht ein wenig.
»So habe ich es nicht gemeint . . .« entschuldigte sich Weltschaninow, machte ein finsteres Gesicht und blickte Pawel Pawlowitsch von der Seite an.
Zu seinem Erstaunen machte Herrn Trussozkis Anzug, der Hut mit dem Trauerflor und überhaupt seine ganze äußere Erscheinung einen unvergleichlich viel anständigeren Eindruck als vor zwei Wochen.
»Warum hat er nur in dieser Schankwirtschaft gesessen?« dachte er von neuem.
»Ich beabsichtigte, Ihnen, Alexej Iwanowitsch, auch noch von einer andern Freude, die mir zuteil geworden ist, Mitteilung zu machen«, begann Pawel Pawlowitsch wieder.
»Von einer Freude?«
»Ich werde wieder heiraten.«
»Wie?«
»Nach dem Leide folgt die Freude; so ist es ja immer im Leben; ich möchte sehr gern, Alexej Iwanowitsch . . . aber ich weiß nicht, vielleicht haben Sie es jetzt eilig; denn Sie machen den Eindruck . . .«
»Ja, ich habe es eilig, und . . . ich bin auch nicht wohl.«
Es lag ihm auf einmal sehr viel daran, ihn loszuwerden; seine Bereitwilligkeit zu einem neuen Gefühle ihm gegenüber war sofort wieder verflogen.
»Aber ich möchte sehr gern . . .«
Pawel Pawlowitsch sprach nicht zu Ende, was er so gern möchte; Weltschaninow schwieg.
»Dann also ein andermal, falls wir einander wieder begegnen . . .«
»Ja, ja, ein andermal«, murmelte Weltschaninow hastig, ohne ihn anzusehen und ohne stehenzubleiben.
Sie schwiegen noch etwa eine Minute lang. Pawel Pawlowitsch ging immer noch nebenher.

»Dann also auf Wiedersehen!« sagte er endlich.
»Auf Wiedersehen! Ich wünsche ihnen alles Gute!«
Als Weltschaninow nach Hause kam, war er wieder in hohem Grade verstimmt; die Begegnung mit »diesem Menschen« hatte ihn gar zu sehr angegriffen. Beim Schlafengehen mußte er immer denken:
»Warum war er da in der Nähe des Kirchhofs?«
Am nächsten Morgen entschloß er sich endlich, zu Pogorelzews zu fahren, allerdings nur ungern; es war ihm jetzt gar zu schmerzlich, Teilnahmsbezeigungen von jemand in Empfang zu nehmen, selbst von Pogorelzews. Aber sie hatten sich so um ihn beunruhigt, daß er unbedingt hinfahren mußte. Es kam ihm auf einmal die Vorstellung, daß er sich bei der ersten Wiederbegegnung mit ihnen gewissermaßen schämen müsse.
»Soll ich hinfahren oder nicht?« überlegte er, während er eilig sein Frühstück beendete, als plötzlich zu seinem größten Erstaunen Pawel Pawlowitsch bei ihm eintrat.
Trotz der gestrigen Begegnung hatte Weltschaninow in keiner Weise geglaubt, daß dieser Mensch jemals wieder zu ihm kommen würde, und er war daher so verblüfft, daß er ihn ansah, ohne zu wissen, was er sagen sollte. Aber Pawel Pawlowitsch wußte sich selbst zu helfen: Er sagte Guten Tag und setzte sich auf denselben Stuhl, auf dem er drei Wochen vorher bei seinem letzten Besuch gesessen hatte. Weltschaninow erinnerte sich plötzlich mit besonderer Deutlichkeit dieses Besuches. Voller Unruhe und Widerwillen sah er seinen Gast an.
»Wundern Sie sich?« begann Pawel Pawlowitsch, der erriet, was Weltschaninows Blick bedeutete.
Überhaupt schien er viel ungenierter zu sein als tags zuvor; gleichzeitig aber war zu merken, daß er im Grunde noch ängstlicher war als damals. Seine äußere Erscheinung war interessant. Herr Trussozki war nicht nur anständig, sondern sogar stutzermäßig gekleidet: Er trug ein leichtes Sommerjackett, helle, enganliegende Beinkleider und eine helle Weste; die Handschuhe, die goldene Lorgnette, die plötzlich zu irgendwelchem Zwecke an ihm zum Vorschein

gekommen war, die Wäsche, alles war tadellos; er duftete sogar nach Parfüm. Seine ganze Gestalt hatte etwas Lächerliches, das aber den Beschauer gleichzeitig auf einen sonderbaren, unangenehmen Gedanken brachte.

»Allerdings werde ich Sie durch meinen Besuch überrascht haben, Alexej Iwanowitsch«, fuhr er verlegen fort, »und ich fühle das selbst. Aber ich möchte meinen, es erhält sich doch in den wechselseitigen Beziehungen der Menschen immer etwas Höheres, und meiner Ansicht nach muß sich das sogar erhalten, nicht wahr? Das heißt etwas Höheres als die äußeren Verhältnisse und sogar als alle Unannehmlichkeiten, die sich zutragen können ... nicht wahr?«

»Pawel Pawlowitsch, reden Sie kürzer und ohne Umschweife!« sagte Weltschaninow mit finsterer Miene.

»Also in zwei Worten«, fuhr Pawel Pawlowitsch eilig fort: »ich werde heiraten und begebe mich jetzt zu meiner Braut, jetzt gleich. Sie befindet sich mit ihren Angehörigen in der Sommerfrische. Ich würde nun gern die hohe Ehre haben, Sie mit dieser Familie bekanntzumachen, und bin mit einer ungewöhnlichen Bitte hergekommen« (hier neigte Pawel Pawlowitsch in größter Ergebenheit den Kopf), »mit der Bitte, mich hinzubegleiten ...«

»Wohin soll ich Sie begleiten?«

Weltschaninow riß die Augen weit auf.

»Zu ihnen, das heißt: nach dem Landhause. Verzeihen Sie, ich rede wie im Fieber und habe mich vielleicht undeutlich ausgedrückt; aber ich bin in solcher Angst, Sie könnten mir meine Bitte am Ende abschlagen ...«

Und er blickte Weltschaninow kläglich an.

»Sie wollen, daß ich jetzt mit Ihnen zu Ihrer Braut fahre?« versetzte Weltschaninow, ihn mit einem schnellen Blicke musternd; er traute weder seinen Ohren noch seinen Augen.

»Ja«, erwiderte Pawel Pawlowitsch äußerst schüchtern. »Werden Sie nicht böse, Alexej Iwanowitsch; es ist nicht eine Dreistigkeit von mir; ich wollte mir nur ganz gehorsamst eine herzliche Bitte erlauben. Ich dachte, Sie würden es mir vielleicht nicht abschlagen ...«

»Erstens ist das ganz unmöglich«, entgegnete Weltschaninow, sich unruhig hin und her wendend.
»Es ist nur ein herzlicher Wunsch von meiner Seite, weiter nichts«, fuhr jener zu bitten fort; »ich will Ihnen auch nicht verheimlichen, daß ich dabei einen besonderen Grund habe. Aber diesen Grund möchte ich erst später verlautbaren; jetzt bitte ich nur recht herzlich . . .«
Er stand sogar vor lauter Hochachtung vom Stuhle auf.
»Aber das ist unter allen Umständen unmöglich; das müssen Sie doch selbst sagen . . .«
Weltschaninow erhob sich ebenfalls von seinem Platze.
»Möglich ist das sehr wohl, Alexej Iwanowitsch; ich wollte Sie dort einfach als meinen Freund vorstellen; und zweitens sind Sie ohnehin schon dort bekannt; die Fahrt geht ja zu Herrn Sachlebinin, nach seinem Landhause. Zum Staatsrat Sachlebinin.«
»Wie? Was?« rief Weltschaninow. Es war dies jener selbe Staatsrat, den er vor einem Monat immer gesucht und nie zu Hause getroffen hatte, da er in diesem Prozesse, wie es schien, zugunsten der Gegenpartei wirkte.
»Nun ja, nun ja«, erwiderte Pawel Pawlowitsch lächelnd; Weltschaninows großes Erstaunen schien ihn zu ermutigen, »eben der. Sie erinnern sich wohl noch, wie Sie damals mit ihm gingen und redeten und ich auf der anderen Seite der Straße stand und nach Ihnen hinblickte; ich wartete damals, um nach Ihnen an ihn heranzutreten. Wir sind sogar vor zwanzig Jahren bei derselben Behörde angestellt gewesen; aber damals, als ich nach Ihnen zu ihm herantreten wollte, dachte ich noch nicht an die Heirat. Dieser Gedanke ist mir erst jetzt plötzlich gekommen, vor einer Woche.«
»Aber hören Sie mal, das ist ja doch, glaube ich, eine sehr anständige Familie?« rief Weltschaninow mit naiver Verwunderung.
»Was ist denn dabei, daß es eine anständige Familie ist?« fragte Pawel Pawlowitsch mit einer Grimasse.
»Nein, so habe ich es selbstverständlich nicht gemeint . . . aber soviel ich bei meinen Besuchen dort bemerkt habe . . .«

»Sie stehen dort in guter Erinnerung, Sie stehen dort in guter Erinnerung«, fiel Pawel Pawlowitsch erfreut ein. »Die Familie konnten Sie damals bei Ihren Besuchen allerdings nicht zu sehen bekommen; aber er selbst hat Sie in guter Erinnerung und schätzt Sie sehr hoch. Ich habe zu allen dort sehr respektvoll von Ihnen gesprochen.«

»Aber wie können Sie denn heiraten, wenn Sie doch erst seit drei Monaten Witwer sind?«

»Die Hochzeit soll ja nicht gleich stattfinden, sondern erst in neun bis zehn Monaten, wenn das Trauerjahr ganz vorüber ist. Sie können mir glauben, daß alles in bester Ordnung ist. Erstens kennt mich Fedossej Petrowitsch schon von klein auf; er hat auch meine verstorbene Frau gekannt und weiß, auch welchem Fuße ich gelebt habe, und wie ich bei meinen Vorgesetzten angeschrieben bin; und schließlich besitze ich auch Vermögen und bekomme jetzt eine Stelle mit höherem Gehalt – das fällt doch alles ins Gewicht.«

»Also Ihre Braut ist eine Tochter von ihm?«

»Ich werde Ihnen alles ausführlich erzählen«, sagte Pawel Pawlowitsch und krümmte sich vor Vergnügen ordentlich zusammen. »Gestatten Sie nur, daß ich mir eine Zigarette anzünde. Überdies werden Sie ja heute alles selbst sehen. Erstens werden zwar solche geistigen Arbeiter wie Fedossej Petrowitsch hier in Petersburg von den Behörden sehr hoch geschätzt, wenn es ihnen gelingt, deren Aufmerksamkeit auf sich zu lenken. Aber außer dem Gehalte und, was wesentlicher ist, den Zulagen, Gratifikationen, Ergänzungszuschüssen, Tafelgeldern und eimmaligen Beihilfen haben sie keine Einnahmen, das heißt keine erheblichen, aus denen sich ein Kapital bilden ließe. Sie leben auf anständigem Fuße; aber etwas zurückzulegen, dazu ist schlechterdings keine Möglichkeit, wenn Familie da ist. Überlegen Sie sich das selbst: Fedossej Petrowitsch hat acht Töchter und einen noch recht kleinen Sohn. Wenn der Vater jetzt stürbe, so hätten die Hinterbliebenen nur die winzige Pension. Und die acht Mädchen – nein, stellen Sie sich das nur einmal selbst vor, stellen Sie sich das nur einmal selbst vor: Wenn jede ein Paar Schuhe braucht, was da für eine Summe herauskommt! Von den acht Mädchen sind fünf schon heiratsfähig; die älteste ist vierundzwanzig Jahre alt (ein ganz reizendes Mädchen; Sie werden sie ja selbst sehen), und die sechste ist fünfzehn Jahre alt und besucht noch das Gymnasium. Für die fünf ältesten Mädchen müssen nun Männer gesucht werden, und zwar muß das möglichst schnell geschehen; da muß der Vater sie also in Gesellschaften führen – was kostet das, frage ich Sie? Und da erscheine nun auf einmal ich als der erste Bewerber in der Familie, und ich bin ihnen bereits hinreichend bekannt, das heißt, sie wissen, daß ich tatsächlich ein vermögender Mann bin. Na, weiter ist da nichts zu sagen.«

Pawel Pawlowitsch befand sich, während er dies alles mitteilte, in einer Art von Freudenrausch.

»Sie haben um die älteste Tochter angehalten?«

»N-nein, ich . . . nicht um die älteste; sehen Sie, ich habe um die sechste angehalten, um die, die noch aufs Gymnasium geht.«

»Wie?« fragte Weltschaninow mit einem unwillkürlichen Lächeln; »aber Sie sagten ja doch, daß sie erst fünfzehn Jahre alt sei!«

»Jetzt ist sie fünfzehn Jahre alt; aber in neun Monaten wird sie sechzehn sein, sechzehn Jahre und drei Monate; also warum denn nicht? Und da die ganze Sache jetzt noch unschicklich ist, so wird vorläufig noch nicht darüber laut gesprochen, sondern es ist nur mit den Eltern verabredet. Sie können mir glauben, daß alles in bester Ordnung ist!«

»Also ist es doch noch nicht festgemacht?«

»Doch, es ist festgemacht, es ist alles festgemacht. Sie können mir glauben, daß alles in bester Ordnung ist!«

»Und weiß sie es?«

»Das heißt, es wird anstandshalber so getan, als ob nichts wäre; es wird nicht davon gesprochen; aber wie sollte sie es nicht wissen?« erwiderte Pawel Pawlowitsch, vergnügt die Augen zusammenkneifend. »Nun also, werden Sie mir die Freude machen, Alexej Iwanowitsch?« schloß er in überaus schüchternem Tone.

»Aber was soll ich denn da? Übrigens«, fügte er schnell

hinzu, »da ich in keinem Falle mitfahren werde, so führen Sie mir, bitte, nicht erst noch Gründe an!«

»Alexej Iwanowitsch . . .«

»Aber meinen Sie denn wirklich, daß ich mich neben Sie in den Wagen setzen und mit Ihnen hinfahren werde? Denken Sie doch nur einen Augenblick nach!«

Nachdem ihn Pawel Pawlowitschs Geschwätz über seine Braut ein Weilchen zerstreut hatte, kehrte bei ihm die Empfindung des Widerwillens und der Feindschaft wieder zurück. Noch ein Augenblick, und es schien, daß er ihn vollständig hinausjagen werde. Er ärgerte sich sogar über sich selbst, ohne recht zu wissen warum.

»Setzen Sie sich nur neben mich in den Wagen, und Sie werden es nicht bereuen!« bat Pawel Pawlowitsch in flehendem, eindringlichem Tone. »Nein, nein, nein!« rief er, als er Weltschaninows ungeduldig abwehrende Bewegung wahrnahm, und suchte ihn mit beiden Armen zu beschwichtigen. »Alexej Iwanowitsch, Alexej Iwanowitsch, warten Sie noch mit Ihrer Entscheidung! Ich sehe, daß Sie mich vielleicht mißverstanden haben: Ich begreife ja durchaus, daß weder Sie mein Freund sein können noch ich der Ihrige; ich bin ja doch nicht so einfältig, daß ich das nicht begreifen sollte. Und was die jetzige Gefälligkeit anlangt, um die ich Sie bitte, so verpflichtet Sie die für die Zukunft zu nichts. Auch werde ich selbst übermorgen ganz wegfahren, vollständig wegfahren; es ist dann also, als wäre überhaupt nichts geschehen. Lassen Sie diesen Tag einen vereinzelten Fall sein! Als ich zu Ihnen kam, setzte ich meine Hoffnung auf den besonderen Edelmut der Gefühle Ihres Herzens, Alexej Iwanowitsch, eben auf die Gefühle, die in der letzten Zeit in Ihrem Herzen rege geworden sein mögen . . . Ich glaube, ich drücke mich deutlich aus, oder ist das nicht der Fall?«

Pawel Pawlowitschs Aufregung war bis zu einem außerordentlich hohen Grade gestiegen. Weltschaninow sah ihn befremdet an.

»Sie bitten mich um eine Gefälligkeit«, sagte er nachdenklich, »und bestehen so eifrig darauf – das kommt mir verdächtig vor; ich möchte mehr darüber wissen.«

»Die ganze Gefälligkeit soll nur darin bestehen, daß Sie mit mir fahren. Nachher aber, wenn wir zurückfahren, will ich Ihnen alles klarlegen wie in der Beichte. Schenken Sie mir Vertrauen, Alexej Iwanowitsch!«

Aber Weltschaninow sträubte sich noch immer, und zwar um so hartnäckiger, da er einen gewissen boshaften Gedanken in sich verspürte. Dieser boshafte Gedanke war schon lange in ihm rege geworden, schon von Anfang an, als Pawel Pawlowitsch ihm die Mitteilungen über seine Braut gemacht hatte: Ob es nun einfache Neugier war oder ein noch ganz unklares Verlangen, jedenfalls trieb es ihn dazu, einzuwilligen. Und je mehr es ihn dazu trieb, um so mehr kämpfte er dagegen. Er saß, auf den Ellbogen gestützt, da und überlegte. Pawel Pawlowitsch scherwenzelte um ihn herum und erschöpfte sich mit Bitten.

»Nun gut, ich werde mitfahren!« willigte er auf einmal nicht ohne eine gewisse Unruhe, ja Besorgnis, ein und erhob sich von seinem Platze.

Pawel Pawlowitsch war ganz närrisch vor Freude.

»Nein, aber jetzt müssen Sie sich gleich fein machen, Alexej Iwanowitsch!« tänzelte er vergnügt um Weltschaninow herum, der anfing sich umzukleiden. »Ziehen Sie sich nur recht schön an; Sie verstehen das ja!«

»Was er nur dabei im Schilde führen mag, der sonderbare Mensch?« dachte Weltschaninow im stillen.

»Aber das ist nicht die einzige Gefälligkeit, die ich von Ihnen erwarte, Alexej Iwanowitsch. Da Sie nun einmal eingewilligt haben mitzufahren, so seien Sie auch mein Ratgeber!«

»Worin denn zum Bespiel?«

»Zum Beispiel in einer wichtigen Frage: Wie soll ich es mit dem Trauerflor halten? Was ist schicklicher: ihn abzunehmen oder ihn daran zu lassen?«

»Das können Sie machen, wie Sie wollen.«

»Nicht doch, ich möchte gern Ihr Urteil darüber hören, wie Sie selbst sich verhalten würden, ich meine, wenn Sie einen Trauerflor trügen. Meine eigene Meinung war, wenn ich ihn daran behielte, so zeuge das von der Dauerbarkeit meiner Gefühle und sei also für mich eine gute Empfehlung.«

»Selbstverständlich müssen Sie ihn abnehmen.«
»Ist das wirklich selbstverständlich?« Pawel Pawlowitsch überlegte. »Nein, ich möchte ihn doch lieber daran behalten.«
»Wie Sie wollen«, erwiderte Weltschaninow, und im stillen dachte er: »Er verläßt sich doch nicht so recht auf mich; das ist ganz gut.« Sie verließen das Zimmer.
Pawel Pawlowitsch betrachtete wohlgefällig Weltschaninows elegante Erscheinung; es schien sogar, als ob sich auf seinem Gesichte ein höherer Grad von Respekt und von würdigem Ernste ausprägte! Weltschaninow wunderte sich über ihn und noch mehr über sich selbst. Vor dem Tore stand eine feine Equipage, die auf sie wartete.
»Sie hatten schon einen Wagen in Bereitschaft? Also waren Sie fest überzeugt, daß ich mitfahren würde?«
»Den Wagen hatte ich für mich genommen; aber ich war ziemlich fest überzeugt, daß Sie einwilligen würden mitzufahren«, antwortete Pawel Pawlowitsch mit der Miene eines vollkommen glücklichen Menschen.
»Ei, ei, Pawel Pawlowitsch«, bemerkte Weltschaninow, etwas gereizt auflachend, als sie bereits im Wagen Platz genommen hatten und die Pferde anzogen, »haben Sie auch nicht ein zu großes Vertrauen auf mich gesetzt?«
»Aber Sie, Sie, Alexej Iwanowitsch, können mich doch deswegen nicht einen Dummkopf nennen?« antwortete Pawel Pawlowitsch in festem Tone, dem aber eine gewisse Ergriffenheit anzuhören war.
»Aber Lisa?« dachte Weltschaninow, ließ aber diesen Gedanken sogleich wieder fallen, wie wenn er damit eine Art von Entweihung zu begehen fürchtete. Und auf einmal kam er sich selbst in diesem Augenblick so klein und nichtig vor, und der Gedanke, der ihn verführt hatte, erschien ihm so kleinlich und häßlich . . . und er hätte am liebsten wieder die ganze Geschichte aufgegeben und wäre sofort aus dem Wagen ausgestiegen, selbst wenn er zu diesem Zwecke erst hätte Pawel Pawlowitsch durchprügeln müssen. Aber da fing dieser an zu reden, und die Verführung gewann wieder Macht über sein Herz.

»Alexej Iwanowitsch, verstehen Sie sich auf Pretiosen?«
»Auf was für Pretiosen?«
»Auf Brillanten.«
»O ja.«
»Ich möchte gern ein kleines Geschenk mitbringen. Geben Sie mir einen Rat: Ist das angemessen oder nicht?«
»Meines Erachtens ist es nicht angemessen.«
»Aber ich würde es doch so gern tun«, wandte Pawel Pawlowitsch ein; »es ist bloß die Frage: Was soll ich kaufen? Eine ganze Garnitur, das heißt, eine Brosche, Ohrringe und ein Armband, oder nur ein einzelnes Stück?«
»Wieviel Geld wollen Sie denn daranwenden?«
»Nun, so etwa vierhundert bis fünfhundert Rubel.«
»Donnerwetter!«
»Das scheint Ihnen wohl viel, wie?« fragte Pawel Pawlowitsch zusammenfahrend.

»Kaufen Sie nur ein Armband für hundert Rubel!«
Pawel Pawlowitsch fühlte sich ordentlich gekränkt. Er hatte die größte Lust, recht viel Geld auszugeben und eine ganze Garnitur zu kaufen. Dabei verblieb er hartnäckig. Sie fuhren zu einem Juwelier. Die Sache endete jedoch damit, daß Pawel Pawlowitsch nur ein Armband kaufte, und zwar nicht das, welches er selbst wollte, sondern das, welches ihm Weltschaninow empfahl. Er hätte am liebsten alle beide genommen. Als der Juwelier, der ursprünglich hundertfünfundsiebzig Rubel für das Armband verlangt hatte, es für hundertundfünfzig ließ, da ärgerte er sich ordentlich darüber; hätte mit Freuden auch zweihundert bezahlt, wenn ihm dieser Preis abgefordert worden wäre, solche Lust hatte er, recht viel Geld auszugeben.
»Das schadet nichts, daß ich es mit dem Schenken so eilig habe«, schüttete er in seinem Freudenrausche sein Herz aus, sobald sie wieder fuhren; »es geht dort nicht so steif zu wie in den höchsten Gesellschaftskreisen, sondern ganz einfach. Die Unschuld liebt kleine Geschenke«, fügte er mit schlauvergnügtem Schmunzeln hinzu. »Sie lächelten vorhin darüber, Alexej Iwanowitsch, daß sie erst fünfzehn Jahre alt ist; aber gerade das hat es mir angetan, gerade daß sie noch ins

Gymnasium geht, mit der Mappe am Arm und mit den Heften und Federn darin, he-he! Die kleine Mappe hat alle meine Gedanken gefangen genommen! Ich liebe das Mädchen speziell wegen seiner Unschuld, Alexej Iwanowitsch. Die Hauptsache ist mir nicht sowohl ein schönes Gesicht als vielmehr gerade das. Neulich einmal kicherte sie mit einer Freundin zusammen in einer Ecke, und wie lachten die beiden, o du mein Gott! Und worüber? Der Grund ihres Gelächters war bloß, daß ein Kätzchen von der Kommode aufs Bett gesprungen war und sich da wie ein Knäuel zusammengerollt hatte ... Es ist, als wenn man frische Äpfel riecht! Soll ich nicht doch den Trauerflor abnehmen?«

»Wie Sie wollen!«

»Ich nehme ihn ab!«

Er nahm den Hut ab, riß den Flor herunter und warf ihn hinaus auf den Weg. Weltschaninow sah, daß auf seinem Gesicht eine helle Hoffnung aufleuchtete, als er den Hut wieder auf seinen kahlen Kopf setzte.

»Ob er wirklich so ist, wie er sich jetzt gibt?« dachte er, jetzt von wirklichem Ingrimm erfüllt. »Ob da keine Tücke dahintersteckt, daß er mich zum Mitfahren eingeladen hat? Rechnet er wirklich auf meinen Edelmut?« fuhr er fort und fühlte sich durch diese letztere Annahme beinah beleidigt. »Was ist er denn eigentlich: ein Narr, ein Dummkopf oder ein ›lebenslänglicher Ehemann‹? Es ist doch gar nicht aus ihm klug zu werden! ...«

XII

Bei Sachlebinins

Die Familie Sachlebinin war tatsächlich eine »sehr anständige Familie«, wie sich Weltschaninow kurz vorher ausgedrückt hatte, und Herr Sachlebinin selbst war ein sehr tüchtiger, allgemein geachteter Beamter. Wahr war auch alles das, was Pawel Pawlowitsch über dessen Einnahmen gesagt hatte: daß sie auf anständigem Fuße lebten, daß aber, falls der Hausvater jetzt stürbe, keine Hinterlassenschaft da sein würde.

Der alte Sachlebinin empfing Weltschaninow in der liebenswürdigsten Weise und hatte sich aus dem früheren Gegner vollständig in einen Freund verwandelt.

»Ich gratuliere Ihnen; so ist es doch am besten«, sagte er gleich zum Beginn mit freundlicher, würdevoller Miene. »Ich habe selbst auf einen Vergleich hingewirkt, und Pjotr Karlowitsch« (Weltschaninows Anwalt) »hat sich dabei ganz prächtig benommen. Na, nicht wahr: Sie bekommen sechzigtausend Rubel ohne Schererei, ohne Verzögerung, ohne Streit! Sonst hätte sich der Prozeß noch drei Jahre lang hinziehen können.«

Weltschaninow wurde sogleich auch der Hausfrau vorgestellt, einer schon ältlichen, stark in die Breite gegangenen Dame mit einfältigem, müdem Gesichtsausdruck. Auch die jungen Mädchen fingen an zu erscheinen, teils einzeln, teils paarweise. Aber es waren ihrer überraschend viele; allmählich mochte die Anzahl sich auf zehn oder zwölf belaufen – Weltschaninow konnte sie nicht recht zählen, da die einen hereinkamen und andere wieder hinausgingen. Aber es waren viele Freundinnen aus den benachbarten Landhäusern darunter. Das Sachlebininsche Landhaus (ein großes Holzhaus in einem unbekannten, wunderlichen Stile, mit Anbauten, die aus verschiedenen Zeiten herrührten) hatte den Vorzug, daß ein großer Garten dazugehörte; aber an diesen Garten stießen auf verschiedenen Seiten noch drei oder vier andere Landhäuser, so daß derselbe gemeinsam benutzt wurde, was natürlich die Annäherung der Sachlebininschen Töchter an die Nachbarinnen sehr beförderte. Weltschaninow merkte gleich bei den ersten Worten des Gespräches, daß er hier schon erwartet wurde, und daß seine Ankunft bereits mit der Begründung, er sei ein Freund Pawel Pawlowitschs und wünsche die Bekanntschaft der Familie zu machen, feierlich angekündigt worden war. Sein scharfer und in solchen Dingen geübter Blick erkannte auch noch etwas Besonderes: Die überaus liebenswürdige Aufnahme von seiten der Eltern, die etwas eigentümlichen Mienen der jungen Damen und ihre gewählten Toiletten (wiewohl allerdings gerade ein Festtag war) ließen bei ihm den Verdacht aufblitzen, daß Pawel Pawlowitsch ein schlaues Manöver ins Werk gesetzt und sehr wahrscheinlich hier (selbstverständlich ohne in deutlichen Worten zu sprechen) etwas von einem Jungesellen aus guter Familie und mit Vermögen habe fallen lassen, der sich langweile und sehr möglicherweise sich endlich entschließen werde, »unter sein bisheriges Leben einen Strich zu machen und sich eine Häuslichkeit zu gründen«, um so mehr, da er jetzt eine Erbschaft erhalten habe. Es schien, daß das älteste Fräulein Sachlebinina, Katerina Fedossejewna, eben die, welche vierundzwanzig Jahre alt war, und von der Pawel Pawlowitsch als von einem ganz reizenden Wesen gesprochen hatte, einigermaßen auf diesen Ton gestimmt war. Sie zeichnete sich vor ihren Schwestern durch ihr Kostüm und durch die originelle Frisur ihres üppigen Haares besonders aus. Die Schwestern aber und alle andern jungen Mädchen machten solche Gesichter, als wüßten sie schon ganz genau, daß Weltschaninow sich um Katerinas willen habe einführen lassen, und gekommen sei, um sie sich anzusehen. Ihre Blicke und sogar einige kleine Äußerungen, die ihnen im Laufe des Tages unversehens entschlüpften, bestärkten ihn dann in dieser Vermutung. Katerina Fedossejewna war eine hochgewachsene, üppige Blondine mit einem außerordentlich angenehmen Gesichte und offenbar von stillem, nicht sehr lebhaftem, ja sogar etwas schläfrigem Wesen. »Merkwürdig, daß ein solches Mädchen sitzengeblieben ist«, dachte Weltschaninow unwillkürlich, indem er sie wohlgefällig betrachtete; »wenn sie auch keine Mitgift hat und bald stark in die Breite gehen wird, so gibt es doch für Mädchen von der Art, wie sie vorläufig noch ist, viele Liebhaber.« Auch die übrigen Schwestern waren sämtlich keineswegs häßlich, und unter den Freundinnen machten sich ein paar interessante und sogar recht hübsche Gesichtchen bemerkbar. Diese Mädchenschar amüsierte ihn; indes war er mit besonderen Absichten hingekommen.

Nadeschda Fedossejewna, die sechste Tochter, die Gymnasiastin, Pawel Pawlowitschs Auserkorene, ließ auf sich warten. Weltschaninow wartete auf sie mit einer Ungeduld, über die er sich selbst wunderte, und mußte über sich lächeln. Endlich erschien sie, und zwar nicht ohne einen gewissen Effekt zu machen, in Begleitung einer munteren, mutwilligen Freundin, namens Marja Nikititschna, einer Brünetten mit komischem Gesichte, vor der, wie sich sogleich herausstellte, Pawel Pawlowitsch eine gewaltige Angst hatte. Diese Marja Nikititschna, ein schon dreiundzwanzigjähriges, spottlustiges, recht kluges Mädchen, war Gouvernante bei den kleinen Kindern einer benachbarten, befreundeten Familie, wurde bei Sachlebinins schon seit langer Zeit wie ein Glied der Familie behandelt und von den jungen Mädchen außerordentlich hochgeschätzt. Augenscheinlich war sie jetzt besonders Nadeschdas unentbehrliche Freundin. Auf den ersten Blick hatte Weltschaninow erkannt, daß die jungen Mädchen sämtlich gegen Pawel Pawlowitsch feindlich gestimmt waren, sogar die Freundinnen, und sehr bald nach Nadeschdas Eintritt sagte er sich, daß auch sie ihn »hasse«. Er bemerkte auch, daß Pawel Pawlowitsch dies nicht wahrnahm oder nicht wahrnehmen wollte. Unstreitig war Nadeschda die schönste von allen Schwestern: eine kleine Brünette mit der Miene einer Wilden und der Keckheit einer Nihilistin, ein spitzbübisches Teufelchen mit blitzenden Augen und einem reizenden, wiewohl oft boshaften Lächeln, mit wunderhübschen Lippen und Zähnchen, schlank und wohlgebaut, mit dem Ausdruck beginnender eigener Denktätigkeit auf dem temperamentvollen, aber gleichzeitig fast noch ganz kindlichen Gesichte. Ihre fünfzehn Jahre konnte man ihr bei jedem Schritte, den sie tat, ansehen und bei jedem Worte, das sie sprach, anhören. Es stellte sich später heraus, daß Pawel Pawlowitsch sie tatsächlich das erstemal mit einer Mappe von Wachstuch in der Hand gesehen hatte; aber jetzt trug sie sie nicht mehr.

Die Überreichung des Armbandes mißlang vollkommen und machte sogar einen unangenehmen Eindruck. Sowie Pawel Pawlowitsch seine »Braut« hereinkommen sah, trat er sogleich schmunzelnd auf sie zu. Als Grund für das Geschenk gab er das große Vergnügen an, das ihm das vorige Mal ein von Nadeschda Fedossejewna zum Klavier gesungenes schönes Lied bereitet habe. Aber hier stockte er, sprach nicht zu Ende und stand wie fassungslos da, indem er das Etui mit dem Armbande dem jungen Mädchen hinhielt und in die Hand zu stecken suchte; diese aber wollte es nicht nehmen und zog, vor Scham und Zorn errötend, ihre Hände zurück. Sie wandte sich dreist an ihre Mutter, auf deren Gesicht sich eine starke Verlegenheit ausprägte, und sagte laut: »Ich mag es nicht annehmen, Mama!«

»Nimm es an und bedanke dich«, sagte der Vater mit ruhigem Ernste; aber er war ebenfalls unzufrieden. »Das war doch nicht nötig, das war doch nicht nötig!« sagte er leise in mißbilligendem Tone zu Pawel Pawlowitsch.

Nadeschda nahm, da ihr nichts anderes übrigblieb, das Etui hin und machte mit niedergeschlagenen Augen einen Knicks, so wie kleine Mädchen knicksen, das heißt, sie tauchte plötzlich hinunter und sprang dann sogleich wieder, wie von einer Feder emporgeschnellt, in die Höhe. Eine der Schwestern trat zu ihr, um das Geschenk zu besehen, und Nadeschda reichte ihr das Etui hin, ohne es geöffnet zu haben, wodurch sie zeigte, daß sie selbst das Geschenk nicht einmal ansehen möge. Das Armband wurde herausgenommen und ging bei allen von Hand zu Hand; aber alle besahen es schweigend und manche sogar mit spöttischer Miene. Nur die Mama murmelte so etwas, daß das Armband allerliebst sei. Pawel Pawlowitsch wäre am liebsten in die Erde gesunken.

Da rettete Weltschaninow die Situation.

Er begann auf einmal laut in munterem Tone zu reden, indem er den ersten besten Gegenstand aufgriff, und es waren noch nicht fünf Minuten vergangen, als er auch schon die Aufmerksamkeit aller, die im Salon anwesend waren, gefesselt hatte. Er verstand vorzüglich die Kunst, in Gesellschaft zu plaudern, das heißt die Kunst, ganz harmlos zu erscheinen und gleichzeitig so zu tun, als halte er auch seine Zuhörer für ebenso harmlose Menschen, wie er selbst einer sei. Er brachte es, wo es nötig war, mit größter Naturtreue fertig, sich als den heitersten, glücklichsten Menschen zu geben. Er verstand es sehr geschickt, in das, was er sagte, eine geistreiche Stichelei, eine lustige Bemerkung, ein komisches Wortspiel einzuflechten, aber ganz wie zufällig, als ob er es selbst gar nicht bemerkte, während er doch in Wirklichkeit die Witze und die Wortspiele und das ganze Gespräch vielleicht schon seit langer Zeit vorbereitet und auswendig gelernt und schon zu wiederholten Malen vorgebracht hatte. Aber im vorliegenden Falle gesellte sich zu seiner Kunst auch die Natur selbst: Er fühlte sich in der richtigen Stimmung, von einer inneren Kraft getrieben; er fühlte in sich die volle, siegreiche Überzeugung, daß in wenigen Minuten alle diese Augen auf ihn gerichtet sein, alle diese Menschen nur ihn allein hören, nur mit ihm allein sprechen, nur über das, was er sagte, lachen würden. Und in der Tat ließ sich bald Lachen vernehmen; allmählich beteiligten sich auch die übrigen an dem Gespräche (denn er besaß im höchsten Grade die Kunst, auch andere Leute ins Gespräch hereinzuziehen); ja, es erschollen manchmal schon drei und vier Stimmen gleichzeitig. Frau Sachlebininas langweiliges, müdes Gesicht wurde beinah von einem Freudenschimmer erhellt; dasselbe war auch bei Katerina Fedossejewna der Fall, die wie bezaubert zuhörte. Nadeschda blickte unter der gesenkten Stirn hervor scharf nach ihm hin; es war zu merken, daß sie gegen ihn voreingenommen war. Dadurch fühlte sich Weltschaninow noch mehr angestachelt. Die »boshafte« Marja Nikititschna wußte eine ziemlich empfindliche Stichelei auf seine Kosten ins Gespräch zu werfen; sie behauptete, obwohl das nur ihre eigene Erfindung war, Pawel Pawlowitsch habe ihn in der Familie am vorhergehenden Tage als seinen Freund aus der Kinderzeit bezeichnet, und legte ihm auf diese Weise mit deutlicher Anspielung sieben Jahre zu. Aber auch der boshaften Marja Nikititschna gefiel er. Pawel Pawlowitsch war entschieden ganz verblüfft. Er hatte allerdings eine Vorstellung von den Fähigkeiten gehabt, über die sein Freund verfügte, und hatte sich anfänglich sogar darüber gefreut, daß dieser so reussierte, hatte selbst gekichert und sich am Gespräche beteiligt; aber aus irgendwelchem Grunde war er allmählich in Nachdenken, ja zuletzt in Niedergeschlagenheit versunken, was auf seinem beunruhigten Gesichte deutlich zum Ausdruck kam.

»Na, Sie sind doch mal ein Gast, mit dessen Unterhaltung man sich keine Mühe zu geben braucht«, sagte endlich der alte Sachlebinin vergnügt und erhob sich von seinem Stuhle, um sich nach oben in sein Arbeitszimmer zu begeben, wo trotz des Festtages eine Menge Akten, die er durchsehen mußte, auf ihn warteten. »Und denken Sie sich: Ich hatte Sie für den trübseligsten Hypochonder gehalten, den es unter all unsern jungen Leuten gäbe. Da sieht man, wie man sich irren kann!«

Im Salon stand ein Flügel; Weltschaninow fragte, wer Musik triebe, und wandte sich auf einmal an Nadeschda:

»Sie aber, glaube ich, singen?«

»Wer hat Ihnen das gesagt?« erwiderte Nadeschda scharf.

»Pawel Pawlowitsch hat es vorhin gesagt.«

»Es ist nicht wahr; ich singe nur so zum Scherz; ich habe gar keine Stimme.«

»Auch ich habe keine Stimme, singe aber doch.«

»Dann werden Sie uns also etwas vorsingen? Nun, dann will ich es auch tun«, sagte Nadeschda mit blitzenden Augen, »aber nicht jetzt, sondern erst nach dem Mittagessen. Ich kann die Musik nicht leiden«, fügte sie hinzu, »und dieses ewige Klavierspielen ist mir ganz zuwider geworden; bei uns spielen und singen sie ja alle, vom Morgen bis in die Nacht hinein; Katerina ist die einzige, die wirklich etwas leistet.«

Weltschaninow knüpfte an diese Bemerkung sofort an, und es stellte sich heraus, daß Katerina Fedossejewna die einzige von allen war, die sich ernstlich mit dem Klavierspiel beschäftigte. Er richtete sofort die Bitte an sie, doch etwas vorzuspielen. Offenbar fühlten sich alle angenehm dadurch berührt, daß er sich an Katerina gewandt hatte, und die Mama wurde sogar ordentlich rot vor Freude. Katerina Fedossejewna erhob sich lächelnd und ging zum Flügel, und auf einmal errötete sie selbst zu ihrer eigenen Überraschung

über das ganze Gesicht und schämte sich gewaltig, daß sie schon so groß und schon vierundzwanzig Jahre alt war und eine so üppige Gestalt hatte und doch noch rot wurde wie ein kleines Mädchen – und das alles stand auf ihrem Gesichte geschrieben, als sie sich hinsetzte, um zu spielen. Sie spielte etwas von Haydn, und zwar recht akkurat, wiewohl nicht ausdrucksvoll; aber sie war eben ängstlich. Als sie zu Ende war, wandte sich Weltschaninow wieder an sie und lobte gewaltig nicht sowohl sie als vielmehr Haydn und besonders die kleine Piece, die sie vorgetragen hatte – und das war ihr augenscheinlich so angenehm, und sie hörte mit solcher Dankbarkeit und Glückseligkeit das nicht ihr, sondern dem Komponisten gespendete Lob an, daß Weltschaninow sie unwillkürlich freundlicher und aufmerksamer ansah: »Ei, du bist ja ein prächtiges Mädchen!« sagte sein leuchtender Blick, und alle schienen diesen Blick gleichzeitig zu verstehen, ganz besonders aber Katerina Fedossejewna selbst.
»Sie haben ja da einen herrlichen Garten«, wandte er sich, mit einem Blick auf die Glastür der Veranda, an alle. »Wissen Sie was? Wir wollen alle in den Garten gehen!«
»Ja, ja, das wollen wir tun!« riefen mehrere fröhliche Stimmen, als ob er den allgemeinen, lebhaften Wunsch erraten hätte.
Sie promenierten im Garten bis zum Mittagessen. Frau Sachlebinina, die schon längst hatte ein Schläfchen machen wollen, schloß sich ebenfalls nicht aus und verließ mit allen zusammen den Salon, um zu promenieren, blieb aber dann verständigerweise auf der Veranda zurück, um da ein bißchen zu sitzen und sich zu erholen, wo sie denn auch sofort einschlief. Im Garten gestalteten sich die wechselseitigen Beziehungen Weltschaninows und aller jungen Mädchen noch freundschaftlicher. Er bemerkte, daß sich zwei, drei noch sehr junge Leute aus den Nachbarvillen der Gesellschaft angeschlossen hatten; der eine war Student, der zweite gar noch Gymnasiast. Diese machten sich sogleich ein jeder an »seine« Dame heran, und es war klar, daß sie um derentwillen gekommen waren; der dritte aber, ein sehr finsterblickender, strubbliger Jüngling von zwanzig Jahren,

mit einer gewaltigen blauen Brille, begann eilig und verdrießlich mit Marja Nikititschna und Nadeschda zu flüstern. Er musterte Weltschaninow mit strenger Miene und schien es für seine Pflicht zu halten, sich gegen ihn mit besonderer Geringschätzung zu benehmen. Einige der jungen Mädchen schlugen vor, man solle alsbald zu spielen anfangen. Auf Weltschaninows Frage, was sie denn für Spiele spielten, antworteten sie: alle möglichen, auch »Greifen«; aber am Abend würden sie »Sprichwörter« spielen; das sei so: Alle setzten sich hin, und einer ginge für eine Weile weg; alle, die dasäßen, wählten dann ein Sprichwort aus, zum Beispiel: »Wer langsam fährt, kommt am weitesten«, und wenn der nun wieder herbeigerufen sei, müsse jeder oder jeder der Reihe nach einen Satz bilden und zu ihm sagen. Der erste müsse einen Satz sagen, in dem das Wort »wer« vorkomme, der zweite einen mit dem Worte »langsam« und so weiter. Und der müsse nun die betreffenden Wörter herausfinden und so das Sprichwort erraten.

»Das muß sehr amüsant sein«, meinte Weltschaninow.

»Ach nein, es ist sehr langweilig«, antworteten zwei oder drei Stimmen zugleich.

»Sonst spielen wir auch Theater«, sagte auf einmal Nadeschda, sich zu ihm wendend. »Sehen Sie da den dicken Baum mit der Bank drum herum: da hinter dem Baum, das sind gewissermaßen die Kulissen, und da sitzen die Schauspieler, na, also ein König, eine Königin, eine Prinzessin, ein junger Mann – was ein jeder sein will; jeder tritt auf, sobald er Lust hat, und redet, was ihm in den Sinn kommt; na, da kommt dann irgend etwas dabei heraus.«

»Das ist ja wunderschön!« lobte Weltschaninow wieder.

»Ach nein, es ist sehr langweilig! Zuerst läßt es sich jedesmal ganz lustig an; aber gegen das Ende hin wird es jedesmal albern, weil keiner versteht, einen richtigen Abschluß zu machen; wenn Sie mitspielen, wird es gewiß interessanter sein. Wir hatten übrigens von Ihnen gedacht, Sie wären ein Freund von Pawel Pawlowitsch; aber nun kommt es heraus, daß er nur geprahlt hat. Ich freue mich sehr, daß Sie hergekommen sind . . . aus einem bestimmten Grunde . . .«

Sie blickte Weltschaninow sehr ernst und eindringlich an und ging sogleich von ihm weg zu Marja Nikititschna.

»Heute abend werden wir ›Sprichwörter‹ spielen«, flüsterte ihm auf einmal vertraulich eine Freundin zu, die er bis dahin kaum beachtet und mit der er noch kein Wort geredet hatte. »Am Abend werden wir uns alle über Pawel Pawlowitsch lustig machen, und Sie müssen uns dabei helfen.«

»Ach, wie gut, daß Sie gekommen sind; sonst ist es immer bei uns so langweilig«, sagte freundschaftlich ein anderes junges Mädchen aus der Nachbarschaft zu ihm, das er bis dahin überhaupt noch nicht bemerkt hatte, und das Gott weiß woher auf einmal aufgetaucht war, eine Rothaarige mit Sommersprossen und einem in ganz komischer Weise von der Hitze und vom raschen Gehen glühenden Gesichte.

Pawel Pawlowitschs Unruhe wuchs immer mehr. Im Garten waren Weltschaninow und Nadeschda schließlich schon ganz vertraut miteinander geworden; sie blickte ihn nicht mehr wie vorher unter der Stirn hervor an und schien die Absicht, ihn einer genaueren Musterung zu unterziehen, ganz aufgegeben zu haben; sie lachte, sprang, kreischte vor Vergnügen auf und faßte ihn sogar ein paarmal bei der Hand; sie war ganz glückselig; dem armen Pawel Pawlowitsch aber wandte sie fortdauernd nicht die geringste Beachtung zu, wie wenn sie ihn gar nicht bemerkte. Weltschaninow gelangte zu der Überzeugung, daß eine wirkliche Verschwörung gegen Pawel Pawlowitsch bestand; Nadeschda und ein Schwarm von jungen Mädchen entführten Weltschaninow nach der einen Seite hin, und andere Freundinnen lockten Pawel Pawlowitsch unter allerlei Vorwänden nach einer anderen; aber dieser riß sich von ihnen los und lief sogleich Hals über Kopf zu ihnen hin, das heißt zu Weltschaninow und Nadeschda, und schob auf einmal seinen kahlen Kopf, unruhig horchend, zwischen sie. Schließlich legte er sich gar keinen Zwang mehr auf; die Naivität seiner Gebärden und Bewegungen war manchmal erstaunlich. Weltschaninow konnte sich nicht enthalten, der guten

Katerina Fedossejewna noch einmal seine besondere Aufmerksamkeit zuzuwenden; es war ihr natürlich schon jetzt klar geworden, daß er ganz und gar nicht ihretwegen gekommen war, sondern sich bereits außerordentlich für Nadeschda interessierte; aber ihr Gesicht war ebenso freundlich und gutmütig geblieben, wie es vorher gewesen war. Sie schien schon allein darüber glücklich zu sein, daß sie sich in der Nähe der beiden befand und mit anhörte, was der neue Gast sprach; sie selbst, die Ärmste, verstand leider nicht, sich geschickt am Gespräche zu beteiligen.

»Was für ein prächtiges Mädchen doch Ihre Schwester Katerina Fedossejewna ist!« sagte Weltschaninow leise zu Nadeschda.

»Ja, Katerina! Es kann gar keine bessere Seele geben als die ihrige. Sie ist unser gemeinsamer Schutzengel; ich bin ordentlich verliebt in sie!« antwortete sie entzückt.

Endlich kam auch das Mittagessen heran, um fünf Uhr, und es war ebenfalls sehr zu spüren, daß dieses nicht seinen gewöhnlichen Zuschnitt trug, sondern mit besonderer Rücksicht auf den Gast eingerichtet war. Es erschienen zwei oder drei Gerichte, die augenscheinlich Zugaben zu dem gewöhnlichen Menü bildeten, recht eigentümliche Gerichte; eines derselben war sogar so sonderbar, daß niemand auch nur seinen Namen angeben konnte. Außer den gewöhnlichen Tischweinen erschien, offenbar ebenfalls dem Gaste zu Ehren, eine Flasche Tokaier; und zum Schlusse der Mahlzeit wurde sogar Champagner gereicht. Der alte Sachlebinin, der ein Gläschen zuviel getrunken hatte, befand sich in der gutmütigsten Stimmung und lachte bereitwilligst über alles, was Weltschaninow sagte. Die Sache endete damit, daß Pawel Pawlowitsch schließlich sich nicht mehr zurückzuhalten vermochte: Er ließ sich vom Wetteifer hinreißen und versuchte auf einmal selbst einen Witz zu machen; an jenem Ende des Tisches, wo er neben Frau Sachlebinina saß, erscholl auf einmal ein lautes Gelächter der erfreuten jungen Mädchen.

»Papachen, Papachen, Pawel Pawlowitsch hat auch einen Witz gemacht!« riefen die beiden mittelsten Sachlebininschen Töchter wie aus einem Munde. »Er sagt, wir seien Fräulein, über die man sich freuen müsse . . .«

»Ah, er macht auch Witze! Na, was hat er denn für einen Witz vorgebracht?« fragte der Alte ehrbar, indem er sich gönnerhaft zu Pawel Pawlowitsch hinwendete und schon im voraus über den erwarteten Witz lächelte.

»Aber das ist es ja eben; er sagt, wir seien Fräulein, über die man sich freuen müsse.«

»N-ja; na und nun?«

Der Alte hatte immer noch nicht verstanden und lächelte erwartungsvoll noch gutmütiger als vorher.

»Ach, Papachen, wie Sie aber auch sind! Sie verstehen doch aber auch gar nicht! Na, ›Fräulein‹ und dann ›sich freuen‹, ›Fräulein‹ klingt doch ähnlich wie ›sich freuen‹, ›Fräulein, über die mach sich freuen muß‹ . . .«

»Ach so-o-o!« sagte der Alte verblüfft in gedehntem Tone. »Hm! Na, ein andermal wird es ihm besser gelingen!«

Und der Alte brach in ein lustiges Gelächter aus.

»Man kann nicht alle Vorzüge zugleich besitzen, Pawel Pawlowitsch!« spottete Marja Nikititschna laut. »Ach, mein Gott, er hat eine Gräte in den Hals bekommen; er wird daran ersticken!« rief sie und sprang vom Stuhle auf.

Es entstand ein allgemeiner Aufruhr; aber das hatte Marja Nikititschna gerade gewollt. Pawel Pawlowitsch hatte sich nur an Wein verschluckt, als er an seinem Glase genippt hatte, um seine Verlegenheit zu verbergen; aber Marja Nikititschna beteuerte hoch und heilig nach allen Seiten hin, es sei eine Fischgräte; sie habe es selbst gesehen, und daran könne man sterben.

»Man muß ihm auf den Rücken klopfen!« rief jemand.

»Wirklich, das dürfte das beste sein!« stimmte Herr Sachlebinin bei.

Und sofort fanden sich auch freiwillige Helferinnen: Marja Nikititschna und die rothaarige Freundin, die ebenfalls zum Mittagessen eingeladen worden war, und endlich die Hausfrau selbst, die einen argen Schreck bekommen hatte; alle wollten sie Pawel Pawlowitsch auf den Rücken klopfen. Dieser sprang vom Tische auf, machte sich von den Samariterinnen los und mußte eine ganze Minute lang versichern, daß ihm nur etwas Wein in die Luftröhre gekommen sei und der Husten sogleich vorübergehen werde, bis endlich alle dahinterkamen, daß das Ganze nur ein Schelmenstreich von Marja Nikititschna sei.

»Na, aber warte, du Range!« sagte Frau Sachlebinina zu ihr in strengem Tone, konnte sich aber unmittelbar darauf nicht mehr beherrschen und lachte so herzlich, wie es bei ihr nur selten vorkam, was denn ebenfalls einen eigenartigen Effekt machte.

Nach dem Mittagessen gingen alle auf die Veranda, um Kaffee zu trinken.

»Was für prächtige Tage wir jetzt haben!« lobte der Alte herablassend die Natur und blickte mit Vergnügen in den Garten hinein. »Nur regnen sollte es einmal! . . . Na, ich aber werde jetzt weggehen, um mich ein bißchen auszuruhen. Auf Wiedersehen, auf Wiedersehen, seid recht vergnügt! Und sei auch du recht vergnügt!« fügte er beim Hinausgehen hinzu, indem er Pawel Pawlowitsch auf die Schulter klopfte.

Als alle wieder in den Garten gegangen waren, kam auf einmal Pawel Pawlowitsch zu Weltschaninow herangelaufen und zupfte ihn am Ärmel.

»Auf ein Augenblickchen!« flüsterte er ihm erregt zu.

Sie bogen in einen stillen Seitensteig ein.

»Nein, nehmen Sie es nicht übel, hier kann ich das doch nicht zugeben . . .« flüsterte er wütend; die Zunge gehorchte ihm kaum; er faßte Weltschaninow an den Rockärmel.

»Was ist denn? Was gibt es denn?« fragte Weltschaninow, ihn groß ansehend.

Pawel Pawlowitsch blickte ihn schweigend an, bewegte die Lippen und lächelte grimmig.

»Wo sind Sie denn geblieben? Wo stecken Sie denn? Es ist schon alles fertig!« hörte man die jungen Mädchen ungeduldig rufen.

Weltschaninow zuckte die Achseln, drehte sich um und ging zur Gesellschaft zurück. Pawel Pawlowitsch lief hinter ihm her.

»Ich möchte darauf wetten, daß er Sie um ein Taschentuch gebeten hat,« sagte Marja Nikititschna. »Das vorige Mal hatte er seins auch vergessen.«
»Er vergißt es immer!« fiel eine der mittleren Sachlebininschen Töchter ein.
»Er hat sein Taschentuch vergessen! Pawel Pawlowitsch hat sein Taschentuch vergessen! Mama, Pawel Pawlowitsch hat wieder sein Taschentuch vergessen – Mama, Pawel Pawlowitsch hat wieder den Schnupfen!« erschollen mehrere Stimmen.
»Aber warum sagt er denn nichts davon? Wie können Sie sich nur so genieren, Pawel Pawlowitsch!« sagte Frau Sachlebinina in gedehntem singendem Tone. »Mit einem Schnupfen ist nicht zu spaßen; ich werde Ihnen sogleich ein Taschentuch schicken. Wie kommt das nur, daß er immer den Schnupfen hat?« fügte sie im Weggehen hinzu, erfreut über die Möglichkeit, ins Haus zurückzukehren.
»Ich habe zwei Taschentücher bei mir und habe gar keinen Schnupfen!« rief ihr Pawel Pawlowitsch nach; die aber hatte es offenbar nicht mehr verstanden; denn einen Augenblick darauf, als Pawel Pawlowitsch hinter allen herlief und besonders in Nadeschdas und Weltschaninows Nähe zu kommen suchte, holte ihn das Stubenmädchen, das ganz atemlos war, ein und brachte ihm ein Taschentuch.
»Spielen, spielen, wir wollen ›Sprichwörter‹ spielen!« wurde von allen Seiten gerufen, als ob sie Gott weiß was für ein Amüsement von diesen »Sprichwörtern« erwarteten.
Sie wählten sich einen Platz aus und setzten sich dort auf Bänke; zuerst mußte Marja Nikititschna raten; es wurde verlangt, sie solle recht weit weggehen und nicht horchen; in ihrer Abwesenheit wählten die andern ein Sprichwort aus und verteilten die Worte. Marja Nikititschna kehrte zurück und erriet es sofort. Das Sprichwort war: »Wenn die Not am größten, ist Gott am nächsten.«
Auf Marja Nikititschna folgte der strubblige junge Mann mit der blauen Brille. Man forderte von ihm, daß er sich noch größere Vorsichtsmaßregeln gefallen lasse: Er mußte sich bei der Laube hinstellen und sich mit dem Gesichte

ganz nach dem Zaune hinwenden. Der finstere junge Mann erfüllte seine Pflicht mit geringschätziger Miene und schien sogar eine Art von moralischer Erniedrigung darin zu finden. Als er zurückgerufen war, konnte er nichts raten; er ging bei allen herum, hörte, was sie ihm zweimal sagten, und dachte lange und düster nach; aber er bekam es nicht heraus. Man lachte ihn aus. Das Sprichwort war gewesen: »Gott und der Zar belohnen die Treue.«

»Ein ganz dummes Sprichwort!« sagte empört der Jüngling, der sich tief verletzt fühlte, und zog sich auf seinen Platz zurück.

»Ach, wie langweilig!« riefen mehrere junge Damen.

Nun kam Weltschaninow an die Reihe; man schickte ihn noch weiter weg; er konnte es ebenfalls nicht raten.

»Ach, wie langweilig!« ließen sich noch mehr Stimmen als vorher vernehmen.

»Na, jetzt werde ich gehen«, sagte Nadeschda.

»Nein, nein, jetzt soll Pawel Pawlowitsch gehen; jetzt ist Pawel Pawlowitsch an der Reihe!« riefen alle und wurden dabei etwas lebendiger.

Pawel Pawlowitsch wurde bis ganz an den Zaun in die Ecke geführt und mußte sich dort mit dem Gesicht nach der Ecke zu hinstellen; und damit er sich nicht umsähe, wurde die Rothaarige aufgestellt, um auf ihn aufzupassen. Pawel Pawlowitsch, der schon wieder etwas Mut gefaßt hatte und beinah wieder heiter geworden war, beabsichtigte, seine Pflicht gewissenhaft zu erfüllen, und stand wie ein Pfahl da, blickte nach dem Zaune hin und wagte nicht, sich umzudrehen. Die Rothaarige stand als seine Wächterin zwanzig Schritte von ihm entfernt, näher nach der Gesellschaft zu, bei der Laube, und wechselte in Aufregung mit den anderen jungen Mädchen bedeutsame Blicke; es war klar, daß sie alle mit einer gewissen Unruhe etwas erwarteten; sie hatten irgend etwas vor. Auf einmal gab die Rothaarige hinter der Laube hervor mit den Armen ein Zeichen. Sofort sprangen alle auf und liefen Hals über Kopf irgendwohin weg.

»Laufen Sie doch auch, laufen Sie doch auch!« flüsterten

Weltschaninow etwa zehn junge Mädchen zu; sie waren ordentlich erschrocken darüber, daß er nicht mitlief.
»Was gibt es denn? Was ist geschehen?« fragte er, ihnen nacheilend.
»Still! Schreien Sie nicht so! Mag er dastehen und den Zaun ansehen; wir wollen alle weglaufen. Sehen Sie, Nadeschda läuft auch weg.«
Die Rothaarige (sie hieß Nastja) kam, so schnell sie nur konnte, als ob Gott weiß was passiert wäre, unter lebhaften Armbewegungen ihnen nachgelaufen. Sie liefen endlich alle bis hinter den Teich, ganz am andern Ende des Gartens. Als auch Weltschaninow dorthin kam, sah er, daß Katerina Fedossejewna in heftigem Streite mit allen jungen Mädchen und namentlich mit Nadeschda und Marja Nikititschna begriffen war.
»Katerina, Liebe, Gute, sei nicht böse!« bat Nadeschda und küßte sie.
»Nun gut, ich will es nicht Mama sagen; aber ich selbst gehe fort; denn das ist ein sehr häßliches Benehmen. Wie muß dem Ärmsten da am Zaune zumute sein!«
Sie ging weg, aus Mitleid; die übrigen aber blieben unerbittlich und grausam wie vorher. Von Weltschaninow verlangten sie streng, auch er solle, wenn Pawel Pawlowitsch zurückkomme, ihn in keiner Weise beachten und tun, als ob nichts geschehen sei.
»Und wir alle wollen nun ›Greifen‹ spielen!« rief die Rothaarige ganz entzückt.
Pawel Pawlowitsch fand sich erst nach einer Viertelstunde wieder bei der Gesellschaft ein. Zwei Drittel dieser Zeit hatte er gewiß am Zaune gestanden. Das »Greifen« war im vollen Gange und ging vortrefflich vonstatten: Alle schrien und waren vergnügt. Sinnlos vor Wut eilte Pawel Pawlowitsch geradewegs auf Weltschaninow zu und faßte ihn wieder am Ärmel. »Auf ein Augenblickchen!«
»Ach Gott, was er nur immer mit seinen Augenblickchen hat!«
»Er will sich wieder ein Taschentuch geben lassen!« wurde ihnen nachgerufen.

»Aber diesmal sind Sie es gewesen; diesmal stecken Sie dahinter; Sie sind der Urheber! . . .«

Während er das sagte, schlugen ihm ordentlich die Zähne zusammen vor Wut.

Weltschaninow unterbrach ihn und riet ihm in aller Ruhe, er solle doch vergnügt sein, sonst würden ihn die andern noch mehr zum besten haben: »Eben darum werden Sie gehänselt, weil Sie sich ärgern, während alle vergnügt sind.« Zu seiner Verwunderung machten diese Worte und dieser Rat einen starken Eindruck auf Pawel Pawlowitsch; er beruhigte sich sogleich, sogar in dem Grade, daß er, wie schuldbewußt, zur Gesellschaft zurückkehrte und sich gehorsam an allen Spielen beteilige; darauf ließen sie ihn eine Zeitlang in Ruhe und spielten mit ihm wie mit allen – und es war noch keine halbe Stunde vergangen, als er schon beinahe wieder heiter geworden war. Bei allen Spielen, wo er eine Dame zu engagieren hatte, erwählte er sich vorzugsweise die rothaarige Verräterin oder eine der Sachlebininschen Schwestern. Aber zu seiner noch größeren Verwunderung bemerkte Weltschaninow, daß Pawel Pawlowitsch es kein einziges Mal wagte, Nadeschda zuerst anzureden, obgleich er sich beständig in ihrer Nähe zu schaffen machte; er schien seine Situation als ein von ihr nicht Bemerkter und Verachteter, als eine ordnungsmäßige, natürliche aufzufassen. Aber zuletzt spielten sie ihm doch wieder einen Streich.

Es wurde »Verstecken« gespielt. Derjenige, der sich versteckt hatte, durfte übrigens innerhalb der ganzen Örtlichkeit, wo es gestattet war, sich zu verstecken, sein Versteck wechseln. Pawel Pawlowitsch, der in ein dichtes Gebüsch gekrochen war und sich dort gut verborgen hatte, kam plötzlich auf den Einfall, sich ein anderes Versteck zu suchen und zu diesem Zwecke ins Haus zu laufen. Es erhob sich ein Geschrei; denn man hatte ihn gesehen; er aber lief eilig die Treppe hinauf nach dem Entresol, da er dort einen Ort hinter einer Kommode wußte, wo er sich verstecken wollte. Aber die Rothaarige flog hinter ihm her, schlich auf den Fußspitzen zur Tür und schloß sie zu. Alle brachen, genauso wie eine Weile vorher, sofort ihr Spiel ab und liefen wieder hinter den Teich an das andere Ende des Gartens. Nach zehn Minuten blickte Pawel Pawlowitsch, welcher merkte, daß ihn niemand suchte, aus dem Fenster. Es war kein Mensch zu sehen. Zu rufen wagte er nicht, um die Eltern nicht zu wecken, und dem Stubenmädchen und der Magd war die strenge Weisung gegeben worden, sich nicht blicken zu lassen und, wenn Pawel Pawlowitsch rufen sollte, nicht zu antworten. Katerina Fedossejewna hätte ihm allerdings öffnen können; aber diese war, nachdem sie in ihr Stübchen zurückgekehrt war und sich hingesetzt hatte, um ihren Gedanken nachzuhängen, unvermutet ebenfalls eingeschlafen. Er saß auf diese Weise dort wohl eine Stunde lang. Endlich erschienen die jungen Mädchen wieder: Sie promenierten wie von ungefähr zu zweien oder dreien vorbei.

»Pawel Pawlowitsch, warum kommen Sie denn nicht zu uns? Ach, wie lustig es bei uns zugeht! Wir spielen Theater. Alexej Iwanowitsch hat den ›jungen Mann‹ gespielt.«

»Pawel Pawlowitsch, warum kommen Sie denn nicht? Über Sie muß man sich ja freuen!« bemerkten andere Mädchen im Vorbeigehen.

»Worüber muß man sich wieder freuen?« ließ sich auf einmal Frau Sachlebininas Stimme vernehmen. Sie war soeben aufgewacht und hatte sich endlich dazu entschlossen, ein bißchen im Garten zu promenieren und den »kindlichen« Spielen zuzusehen, bis der Tee fertig sein würde.

»Sehen Sie nur, da ist Pawel Pawlowitsch!« riefen einige und zeigten nach dem Fenster, durch welches das zu einem Lächeln verzerrte, vor Wut blasse Gesicht Pawel Pawlowitschs hindurchblickte.

»Eine wunderliche Passion, da allein zu sitzen, während alle so lustig sind!« sagte die Mutter der Familie kopfschüttelnd.

Unterdessen war Weltschaninow endlich für wert erachtet worden, von Nadeschda Aufklärung über das zu erhalten, was sie eine Weile vorher zu ihm gesagt hatte: Sie freue sich aus einem bestimmten Grunde sehr darüber, daß er gekommen sei. Die Aufklärung erfolgte in einer einsamen Allee. Marja Nikititschna hatte Weltschaninow, der sich an irgendwelchen Spielen beteiligte und schon anfing, sich stark zu langweilen, ausdrücklich zu diesem Zwecke abgerufen und in diese Allee geführt, wo sie ihn dann mit Nadeschda allein ließ.

»Ich bin vollkommen davon überzeugt«, begann sie in keckem Tone und in sehr schnellem Tempo, »daß Sie mit Pawel Pawlowitsch überhaupt nicht so befreundet sind, wie er es prahlerisch verkündet hat. Ich habe mir gesagt, daß Sie der einzige sind, der mir einen außerordenlich wichtigen Dienst erweisen kann; da ist das garstige Armband von vorhin« (sie nahm das Etui aus der Tasche); »ich bitte Sie inständig, es ihm unverzüglich wieder zuzustellen; denn ich selbst werde jetzt mein ganzes Leben lang unter keinen Unständen mit ihm zu reden anfangen. Übrigens können Sie ihm sagen, daß Sie es in meinem Auftrage tun; fügen Sie auch hinzu, er solle sich nicht noch einmal erdreisten, mir Geschenke aufzudrängen. Das übrige werde ich ihm dann schon durch andere sagen lassen. Wollen Sie so freundlich sein, mir diesen Gefallen zu tun, meinen Wunsch zu erfüllen?«

»Ach, um Gottes willen, erparen Sie mir das!« rief Weltschaninow mit einer abwehrenden Geste.

»Wie? Sie sagen, ich solle Ihnen das ersparen?« erwiderte Nadeschda höchst erstaunt über seine Weigerung und sah ihn mit großen Augen an. Mit ihrem ganzen wohlvorbereiteten Tone war es augenblicklich vorbei, und sie fing beinah an zu weinen. Weltschaninow lachte.

»So habe ich es nicht gemeint ... ich würde mich sehr freuen ... aber ich habe da noch eine eigene Rechnung mit ihm zu erledigen ...«

»Ich wußte es doch, daß Sie nicht sein Freund sind und er nur gelogen hatte!« unterbrach ihn Nadeschda schnell und hitzig. »Ich werde ihn niemals heiraten; das mögen Sie wissen! Niemals! Ich begreife nicht einmal, wie er es hat wagen können ... Aber Sie müssen ihm doch das widerwärtige Armband übergeben; was soll ich denn sonst machen? Ich will unbedingt, unbedingt, daß er es noch heute, noch diesen Tag zurückbekommt und sieht, daß es ihm damit

mißglückt ist. Und wenn er es meinem Papa petzt, dann soll er einmal sehen, was ihm passiert! . . .«
Aus dem Gebüsch sprang auf einmal ganz unerwartet der strubblige junge Mann mit der blauen Brille heraus.
»Sie müssen das Armband übergeben!« stürzte er wütend auf Weltschaninow los; »schon allein im Hinblick auf die Frauenrechte, wenn anders Sie selbst in dieser Frage auf der Höhe der Zeit stehen.«
Aber er kam nicht dazu, zu Ende zu sprechen; Nadeschda faßte ihn am Ärmel und zog ihn aus aller Kraft von Weltschaninow fort.
»Mein Gott, wie dumm Sie sind, Predpossylow!« rief sie. »Machen Sie, daß Sie wegkommen; machen Sie, daß Sie wegkommen! Wie können Sie es wagen, zu horchen? Ich hatte Ihnen doch befohlen, da weit von hier stehen zu bleiben!« Sie stampfte sogar mit den Füßchen, und als der junge Mann schon wieder in sein Gebüsch geschlüpft war, ging sie doch immer noch, wie außer sich, quer über den Weg hin und her; ihre Augen funkelten; beide Hände hielt sie, mit den Innenflächen zusammengelegt, vor der Brust.
»Sie glauben gar nicht, wie dumm diese Menschen sind!« sagte sie, plötzlich vor Weltschaninow stehenbleibend. »Ihnen ist das lächerlich; aber wie ist mir dabei zumute!«
»Das ist doch nicht etwa Er? Wie?« fragte Weltschaninow lachend.
»Selbstverständlich ist das nicht Er; wie können Sie nur so etwas denken«, erwiderte Nadeschda lächelnd und errötend. »Das ist nur sein Freund. Aber was er sich für Freunde aussucht, das begreife ich nicht; sie sagen dort alle, dieser hier sei ein künftiger Welterschütterer; aber ich begreife das nicht . . . Alexej Iwanowitsch, ich weiß nicht, an wen ich mich sonst wenden könnte; also zum letztenmal: Wollen Sie es ihm übergeben oder nicht?«
»Nun gut, ich werde es ihm übergeben; geben Sie es her!«
»Ach, Sie sind ein allerliebster Mensch, ein herzensguter Mensch!« rief sie erfreut und übergab ihm das Etui. »Dafür werde ich Ihnen auch den ganzen Abend über etwas vorsingen; denn Sie mögen wissen, daß ich ganz gut singe; ich

habe vorhin gelogen, als ich sagte, ich könnte die Musik nicht leiden. Ach, wenn Sie doch noch wenigstens ein einziges Mal zu uns kämen, wie würde ich mich dann freuen! Dann würde ich Ihnen alles, alles, alles erzählen und noch vieles außerdem; denn Sie sind ein so guter, ein so guter Mensch – ganz wie Katerina!«

Und als sie zum Tee in das Haus zurückgekehrt waren, sang sie ihm tatsächlich zwei Lieder mit einer noch ganz unausgebildeten und sich eben erst entwickelnden Stimme, die aber doch recht angenehm und kräftig klang. Pawel Pawlowitsch saß, als alle aus dem Garten zurückkehrten, mit den Eltern ehrbar am Teetisch, auf dem schon der große Familiensamowar brodelte und Teetassen aus Sèvresporzellan standen. Wahrscheinlich hatte er mit den beiden Alten sehr wichtige Dinge besprochen, da er am zweitnächsten Tage auf ganze neun Monate wegfahren wollte. Die aus dem Garten Hereinkommenden und besonders Weltschaninow blickte er nicht einmal an; auch war klar, daß er nicht »gepetzt« hatte, und daß einstweilen alles noch ruhig war.

Aber als Nadeschda zu singen anfing, stellte auch er sich dabei ein. Nadeschda antwortete ihm absichtlich nicht auf eine direkt an sie gerichtete Frage; aber Pawel Pawlowitsch ließ sich dadurch nicht beirren und in seinem Entschlusse wankend machen; er trat hinter ihren Stuhl, und sein ganzes Benehmen zeigte, daß er diesen Platz als den seinigen beanspruchte und ihn niemanden abtreten werde.

»Alexej Iwanowitsch wird singen; Alexej Iwanowitsch will singen!« riefen die jungen Mädchen fast sämtlich und drängten sich um den Flügel, an welchem Weltschaninow, der sich selbst zu begleiten beabsichtigte, voll Selbstvertrauen Platz genommen hatte. Auch die Eltern kamen herbei, sowie Katerina Fedossejewna, die bei ihnen gesessen und den Tee eingegossen hatte.

Weltschaninow wählte ein jetzt fast niemandem mehr bekanntes Lied von Glinka:

> »Wenn taubengleich in einer frohen Stunde
> ein zartes Girren dringt aus deinem Munde . . .«

Beim Vortrage dieses Liedes wendete er sich ausschließlich an Nadeschda, die näher als alle andern dicht an seinem Ellbogen stand. Er hatte schon längst keine Stimme mehr; aber aus den Resten derselben war ersichtlich, daß sie früher nicht übel gewesen war. Weltschaninow hatte das Glück gehabt, dieses Lied zum ersten Male zwanzig Jahre vorher, als er noch Student war, von Glinka selbst zu hören, im Hause eines Freundes des inzwischen verstorbenen Komponisten, an einem literarisch-künstlerischen Junggesellenabend. Ganz aus sich herausgehend, hatte Glinka alle seine Lieblingskomponisten gespielt, darunter auch dieses Lied. Auch er hatte damals keine Stimme mehr gehabt; aber Weltschaninow erinnerte sich noch des außerordentlichen Eindrucks, den damals gerade dieses Lied hervorgebracht hatte. Der geschickteste Konzertsänger hätte nie eine solche Wirkung erzielen können. In diesem Liede steigert und vergrößert sich der Drang der Leidenschaft mit jedem Verse, mit jedem Worte; gerade infolge der Kraft dieses ungewöhnlichen Dranges hätte der geringste Fehler, die geringste Übertreibung und Unwahrheit (wie sie so leicht in der Oper vorkommen) den ganzen geistigen Gehalt verdorben und entstellt. Um dieses kleine, aber eigenartige Stück zu singen, war unbedingt Wahrhaftigkeit nötig, eine wirkliche, volle Begeisterung oder doch die volle, poetische Aneignung derselben. Sonst wäre das Lied nicht nur volllständig mißklungen, sondern es hätte sogar häßlich und beinah schamlos erscheinen können: Es wäre unmöglich gewesen, eine solche Energie des leidenschaftlichen Dranges zum Ausdruck zu bringen, ohne Widerwillen zu erwecken; aber die Wahrhaftigkeit und Schlichtheit retteten alles. Weltschaninow erinnerte sich, daß ihm selbst der Vortrag dieses Liedes früher manchmal gelungen war. Er hatte sich Glinkas Art, es zu singen, beinah zu eigen gemacht; jetzt aber flammte gleich vom ersten Tone, vom ersten Verse an in seiner Seele eine wirkliche Begeisterung auf und gab sich durch das Zittern seiner Stimme kund. Mit jedem Worte des Liedes brach das Gefühl immer stärker hervor und enthüllte sich immer kühner; in den letzten Versen hörte man den

Aufschrei der Leidenschaft, und als er am Ende, sich mit blitzenden Augen zu Nadeschda hinwendend, die letzten Worte des Liedes sang:

> »Und kühner schau ich jetzt dir in die Augen,
> An deinen süßen Lippen möcht ich saugen,
> Ich will dich küssen, küssen, küssen, küssen,
> Ich will dich küssen, küssen, küssen, küssen!«

da zuckte Nadeschda fast vor Schreck zusammen und trat sogar ein klein wenig zurück; eine dunkle Röte übergoß ihre Wangen, und gleichzeitig schien auf ihrem verschämten und beinah ängstlichen Gesichtchen etwas wie ein Entgegenkommen, eine Sympathie für den Sänger aufzuleuchten.

Entzücken, aber zugleich auch Verwunderung malten sich auch auf den Gesichtern der anderen Zuhörerinnen: Alle hatten sie die Empfindung, so zu singen, das verstoße gegen die Gesetze der Schamhaftigkeit; gleichzeitig aber glühten alle diese Gesichtchen, funkelten alle diese Äuglein und schienen noch etwas weiteres zu erwarten. Besonders fiel Weltschaninow bei einem flüchtigen Blicke Katerina Fedossejewnas Gesicht auf, das beinah schön geworden war.

»Na, ist das mal ein Lied!« murmelte etwas verdutzt der alte Sachlebinin; »aber . . . ist es auch nicht zu stark? Es ist ja sehr hübsch, aber doch etwas stark . . .«

»Ja, es ist etwas stark . . .« stimmte ihm auch Frau Sachlebinina bei; aber Pawel Pawlowitsch ließ sie nicht zu Ende sprechen: Er sprang auf einmal vorwärts und vergaß sich so weit, daß er wie ein Irrsinniger Nadeschda bei der Hand ergriff und sie von Weltschaninow wegführte. Dann stürzte er auf ihn los und sah ihn wie außer sich an, wobei seine Lippen zuckten und bebten.

»Auf ein Augenblickchen!« brachte er endlich mühsam hervor.

Weltschaninow sah klar, daß, falls er zögere, dieser Herr imstande sei, etwas noch zehnmal Absurderes anzustellen; er nahm ihn schleunigst bei der Hand, führte ihn, ohne sich um die allgemeine Verwunderung zu kümmern, auf die

Veranda und ging mit ihm sogar ein paar Schritte in den Garten hinaus, in dem es schon ganz dunkel geworden war.

»Begreifen Sie auch wohl, daß Sie sogleich, augenblicklich mit mir wegfahren müssen?« begann Pawel Pawlowitsch.

»Nein, das begreife ich nicht . . .«

»Erinnern Sie sich wohl«, fuhr Pawel Pawlowitsch in seinem ingrimmigen Flüstertone fort, »erinnern Sie sich wohl, wie Sie damals von mir verlangten, ich solle Ihnen alles sagen, aber auch alles, ganz offenherzig, das ›letzte noch fehlende Wort‹ . . . erinnern Sie sich wohl noch? Na, jetzt ist der richtige Zeitpunkt gekommen, um dieses Wort zu sagen . . . fahren Sie also mit mir weg!«

Weltschaninow überlegte einen Augenblick, sah Pawel Pawlowitsch noch einmal an und erklärte sich dann bereit mitzufahren.

Die Mitteilung von ihrer plötzlichen Abfahrt versetzte die Eltern in Aufregung und rief bei allen jungen Mädchen geradezu eine Empörung hervor.

»Sie sollten doch wenigstens noch ein Tässchen Tee trinken . . .« stöhnte Frau Sachlebinina kläglich.

»Na, worüber hast du dich denn so aufgeregt?« mit dieser Frage wandte sich der Alte in strengem, unzufriedenem Tone an Pawel Pawlowitsch, der aber nur lächelte und schwieg.

»Pawel Pawlowitsch, warum entführen Sie denn Alexej Iwanowitsch?« girrten die jungen Mädchen kläglich und sahen ihn gleichzeitig grollend an.

Nadeschda aber warf ihm einen so bösen Blick zu, daß er sich ganz zusammenkrümmte; aber er gab dennoch nicht nach.

»Aber ich bin ja Pawel Pawlowitsch wirklich Dank dafür schuldig, daß er mich an eine sehr wichtige Sache erinnert hat, die ich sonst vielleicht versäumt hätte«, sagte Weltschaninow lachend, drückte dem Hausherrn zum Abschiede die Hand und verbeugte sich vor der Hausfrau und den jungen Mädchen, und ganz besonders vor Katerina Fedossejewna, was wieder von allen bemerkt wurde.

»Wir sind Ihnen sehr dankbar für Ihren Besuch und werden uns stets freuen, Sie wiederzusehen, wir alle!« sagte Herr Sachlebinin nachdrücklich.
»Ach ja, wir werden uns so freuen . . .« fiel die Hausfrau gefühlvoll ein.
»Kommen Sie wieder, Alexej Iwanowitsch, kommen Sie wieder!« ertönten zahlreiche Stimmen von der Veranda, als er bereits mit Pawel Pawlowitsch in den Wagen stieg, und ein Stimmchen rief etwas leiser als die andern hinterdrein: »Kommen Sie wieder, lieber Alexej Iwanowitsch!«
»Das war die Rothaarige!« dachte Weltschaninow.

XIII

Wessen Verlust ist größer?

Er brachte es fertig, an die Rothaarige zu denken, und doch quälten ihn schon längst Ärger und Reue. Ja sogar während dieses ganzen Tages, den er anscheinend so vergnügt verlebt hatte, hatte ihn eine trübe Stimmung fast nicht verlassen. Bevor er das Lied sang, hatte er gar nicht mehr gewußt, wo er vor Trübsinn bleiben sollte; vielleicht hatte er gerade deswegen mit solchem Affekte gesungen.
»Und ich konnte mich so erniedrigen . . . mich von all jenen Erinnerungen losreißen«, begann er sich selbst Vorwürfe zu machen, unterbrach aber eilig diesen Gedankengang wieder. Ja, es schien ihm sogar unwürdig zu klagen; weit angenehmer war es, sich schleunigst über jemand zu ärgern.
»So ein Dummkopf!« flüsterte er zornig vor sich hin und warf einen Seitenblick auf Pawel Pawlowitsch, der neben ihm im Wagen saß und Stillschweigen beobachtete.
Pawel Pawlowitsch schwieg hartnäckig; vielleicht sammelte er seine Gedanken und bereitete sich auf etwas vor. Mit einer ungeduldigen Gebärde nahm er von Zeit zu Zeit den Hut ab und fuhr sich mit dem Taschentuche über die Stirn.
»Er schwitzt!« dachte Weltschaninow boshaft.

Nur einmal richtete Pawel Pawlowitsch eine Frage an den Kutscher: Ob es wohl ein Gewitter geben werde.
»Und was für eines! Es wird bestimmt eines geben; es hat schon den ganzen Tag in der Luft gelegen.«
In der Tat war der Himmel dunkel geworden, und in der Ferne flammten Blitze. Als sie in die Stadt einfuhren, war es schon halb elf.
»Ich möchte zu Ihnen in Ihre Wohnung kommen«, sagte Pawel Pawlowitsch im Tone einer Ankündigung zu Weltschaninow, als sie nicht mehr weit von dessen Hause waren.
»Ich verstehe; aber ich mache Sie darauf aufmerksam, daß ich mich ernstlich krank fühle.«
»Ich werde nicht lange dableiben!«
Als sie in das Tor hineingingen, lief Pawel Pawlowitsch auf einen Augenblick nach der Wohnung des Hausknechts zu Mawra.
»Warum sind Sie denn dahin gelaufen?« fragte Weltschaninow scharf, als dieser ihn wieder eingeholt hatte und sie in die Wohnung hineingingen.
»Oh, ich wollte nur . . . es war nichts Besonderes . . . wegen des Kutschers . . .«
»Zu trinken werde ich Ihnen nichts geben!«
Es erfolgte keine Antwort. Weltschaninow machte Licht, und Pawel Pawlowitsch setzte sich sogleich auf einen Lehnstuhl. Weltschaninow trat mit finsterer Miene vor ihn hin.
»Ich habe Ihnen ebenfalls versprochen, auch mein ›letztes noch fehlendes Wort‹ zu sagen«, begann er mit innerer, noch unterdrückter Gereiztheit. »Hören Sie es nun, dieses Wort: Ich bin in meinem Gewissen der Ansicht, daß alle Angelegenheiten zwischen uns beiderseits erledigt sind, so daß wir über nichts mehr miteinander zu reden haben; hören Sie wohl: über nichts. Wäre es darum nicht das beste, wenn Sie sogleich weggingen und ich hinter Ihnen die Tür zuschlösse?«
»Lassen Sie uns erst noch miteinander quitt werden, Alexej Iwanowitsch!« sagte Pawel Pawlowitsch, sah ihm aber dabei mit besonderer Sanftmut in die Augen.

»Miteinander quitt werden!« wiederholte Weltschaninow höchst erstaunt. »Sie bedienen sich da eines sonderbaren Ausdrucks! In welcher Hinsicht sollen wir denn erst noch miteinander quitt werden? Pah! Ist das etwa Ihr ›letztes noch fehlendes Wort‹, das Sie mir vorhin in Aussicht stellten, und das eine Enthüllung bringen sollte?«

»Jawohl, das ist jenes ›letzte noch fehlende Wort‹.«

»Wir brauchen in keiner Weise mehr quitt zu werden; wir sind es schon längst geworden!« sagte Weltschaninow stolz.

»Glauben Sie das wirklich?« erwiderte Pawel Pawlowitsch nachdrücklich, schob die beiden Hände in eigentümlicher Weise mit den Fingern ineinander und hielt sie vor die Brust.

Weltschaninow gab ihm keine Antwort und begann, im Zimmer auf und ab zu gehen. »Lisa, Lisa!« stöhnte es in seinem Herzen.

»Übrigens, in welcher Hinsicht wollten Sie denn mit mir quitt werden?« wandte er sich nach einem ziemlich langen Stillschweigen an ihn mit finsterer Miene.

Dieser hatte ihn die ganze Zeit über im Zimmer mit den Augen begleitet und dabei wie vorher die zusammengelegten Hände vor der Brust gehalten.

»Fahren Sie nicht mehr dorthin!« sagte er fast flüsternd in flehendem Tone und stand plötzlich vom Stuhle auf.

»Wie? Also bloß das ist es, wovon Sie reden?« Weltschaninow lachte boshaft auf. »Allerdings haben Sie mich den ganzen Tag über in Erstaunen versetzt!« begann er bissig; aber auf einmal nahm sein ganzes Gesicht einen andern Ausdruck an. »Hören Sie mich an«, sagte er traurig und mit tiefer, aufrichtiger Empfindung; »ich glaube, daß ich mich noch niemals und in keiner Hinsicht so entwürdigt habe wie heute: Erstens dadurch, daß ich einwilligte, mit Ihnen dorthin zu fahren, und zweitens durch das, was dort geschehen ist. Das war alles so kleinlich, so jämmerlich ... ich habe mich beschmutzt, mich gemein benommen, indem ich da tändelte und ... etwas anderes vergaß ... Aber was ist da viel zu reden!« unterbrach er sich plötzlich. »Sie haben mich heute unversehens überfallen, als ich mich in einer überreizten, krankhaften Stimmung befand; was brauche ich mich da erst noch zu entschuldigen! Dorthin fahren werde ich nicht wieder, und ich versichere Ihnen, daß ich da keinerlei Interessen habe«, schloß er in festem Tone.

»Wirklich nicht, wirklich nicht?« rief Pawel Pawlowitsch, ohne seine freudige Aufregung verbergen zu wollen.

Weltschaninow sah ihn verächtlich an und nahm seine Wanderung durch das Zimmer wieder auf.

»Es scheint, Sie haben sich vorgenommen, um jeden Preis glücklich zu werden?« konnte er sich endlich nicht enthalten zu bemerken.

»Ja«, war Pawel Pawlowitschs leise, naiv bestätigende Antwort.

»Was geht es mich an«, dachte Weltschaninow, »daß er ein Narr und nur aus Dummheit ein schlechter Mensch ist? Ich kann trotzdem nicht umhin, ihn zu hassen, obgleich er das eigentlich nicht wert ist.«

»Ich bin ein ›lebenslänglicher Ehemann‹!« sagte Pawel Pawlowitsch mit demütigem, ergebungsvollem Spott über sich selbst. »Ich habe diese Bezeichnung schon vor langer Zeit aus Ihrem Munde gehört, Alexej Iwanowitsch, schon als Sie noch dort bei uns wohnten. Ich habe mir damals viele Ihrer Aussprüche eingeprägt, in jenem Jahre. Und als sie das vorige Mal hier sagten: ›ein lebenslänglicher Ehemann‹, da fiel es mir wieder ein.«

Mawra kam mit einer Flasche Champagner und zwei Gläsern herein.

»Verzeihen Sie, Alexej Iwanowitsch; Sie wissen, daß ich ohne das nicht existieren kann. Halten Sie es nicht für eine Dreistigkeit; betrachten Sie es als etwas Nebensächliches, das Ihrerseits keine Beachtung verdient!«

»Sei es denn!« gab Weltschaninow widerwillig seine Erlaubnis. »Aber ich versichere Ihnen, daß ich mich krank fühle . . .«

»Gleich . . . gleich . . . sofort, nur einen Augenblick!« erwiderte Pawel Pawlowitsch, schon in eifriger Bewegung. »Nur ein Gläschen, weil mir die Kehle . . .«

Gierig und ohne abzusetzen goß er ein Glas hinunter, ließ sich dann wieder nieder und blickte Weltschaninow ordentlich zärtlich an.
Mawra ging hinaus.
»So ein ekelhafter Mensch!« flüsterte Weltschaninow vor sich hin.
»Das waren ja nur die Freundinnen«, sagte Pawel Pawlowitsch, von dem Weine neu belebt, plötzlich in mutigem Tone.
»Wie? Was? Ach so, Sie reden immer noch davon . . .«
»Nur die Freundinnen! Und überdies ist sie noch so jung; aus angeborener Grazie will sie sich keck zeigen; das ist das Ganze! Es ist sogar allerliebst. Später aber, später . . . nun, Sie wissen schon: da werde ich ihr Sklave werden; sie wird die vornehme Welt und die Gesellschaft kennenlernen . . . und ein ganz anderes Wesen werden.«
»Ich muß ihm doch noch das Armband zurückgeben«, dachte Weltschaninow verdrießlich, als er das Etui in der Tasche seines Paletots fühlte.
»Sie sagten soeben, ich hätte mir vorgenommen, glücklich zu werden? Ich muß heiraten, Alexej Iwanowitsch«, fuhr Pawel Pawlowitsch mit einer beinah rührenden Vertraulichkeit fort; »was soll sonst aus mir werden? Sehen Sie selbst!« (er zeigte auf die Flasche). »Und das ist nur ein Hundertstel meiner üblen Eigenschaften. Ich kann schlechterdings nicht existieren ohne eine Frau und . . . ohne einen neuen Glauben; ich werde wieder zu glauben anfangen und gleichsam zu einem neuen Leben auferstehen.«
»Aber warum teilen Sie denn gerade mir das alles mit?« fragte Weltschaninow, der vor Lachen beinahe losprustete.
Das alles kam ihm doch gar zu wunderlich vor.
»So sagen Sie mir doch endlich«, rief er, »warum Sie mich dorthin geschleppt haben. Wozu hatten Sie mich dort nötig?«
»Ich wollte etwas probieren . . .« erwiderte Pawel Pawlowitsch, der plötzlich verlegen zu werden schien.
»Was wollten Sie denn probieren?«
»Den Eindruck . . . Sehen Sie, Alexej Iwanowitsch, es ist

doch erst eine Woche, daß ich mich dort bewerbe« (er wurde immer verlegener). »Da traf ich nun gestern Sie und dachte: ›Ich habe sie ja noch nie sozusagen in fremder Gesellschaft gesehen, das heißt in Männergesellschaft, außer der meinigen . . .‹ Es war ein dummer Gedanke; das fühle ich jetzt selbst; ein ganz überflüssiger Gedanke. Aber ich wollte es doch gar zu gern probieren, infolge meines häßlichen Charakters . . .«

Er hob auf einmal den Kopf in die Höhe und errötete.

»Ob er wirklich die volle Wahrheit sagt?« fragte sich Weltschaninow, starr vor Erstaunen.

»Nun, und das Ergebnis der Probe?« fragte er.

Pawel Pawlowitsch lächelte wonnevoll, zugleich mit einem Ausdruck von Schlauheit. »Es ist alles nur reizende Kindlichkeit! Nur die Freundinnen waren schuld! Verzeihen Sie mir mein dummes Benehmen heute Ihnen gegenüber, Alexej Iwanowitsch; ich werde es nie wieder tun; und die Situation wird sich ja auch nicht wiederholen.«

»Auch werde ich nie wieder dort sein«, fügte Weltschaninow lächelnd hinzu.

»Ich meinte es auch zum Teil in diesem Sinne.«

Weltschaninow fühlte sich ein wenig verletzt.

»Aber ich bin doch nicht der einzige auf der Welt«, bemerkte er empfindlich.

Pawel Pawlowitsch errötete wieder.

»Es ist mir schmerzlich, so etwas zu hören, Alexej Iwanowitsch; glauben Sie mir, ich schätze Nadeschda Fedossejewna so hoch . . .«

Entschuldigen Sie, entschuldigen Sie, ich wollte damit nichts gesagt haben . . . es kommt mir nur einigermaßen seltsam vor, daß Sie meine gesellschaftlichen Fähigkeiten so überaus hoch veranschlagt . . . und . . . und doch so zuversichtlich auf mich vertraut haben . . .«

»Ich habe auf Sie gerade deswegen vertraut, weil es nach alledem war . . . was schon geschehen ist.«

»Wenn es so ist, dann halten Sie mich also auch jetzt für einen ehrenhaften Menschen?« fragte Weltschaninow, plötzlich stehenbleibend.

Zu anderer Zeit hätte er selbst über die Naivität seiner Frage gelächelt.
»Dafür habe ich Sie immer gehalten«, erwiderte Pawel Pawlowitsch mit niedergeschlagenen Augen.
»Nun ja, selbstverständlich . . . so meinte ich es nicht, das heißt nicht in diesem Sinne; ich wollte nur sagen: trotz irgendwelcher veralteten Anschauungen!«
»Ja, trotz der veralteten Anschauungen.«
»Aber als Sie nach Petersburg reisten?« konnte sich Weltschaninow nicht enthalten zu fragen, obgleich er selbst die ganze Ungeheuerlichkeit seiner Neugier empfand.
»Auch als ich nach Petersburg reiste, hielt ich Sie für einen durchaus ehrenhaften Menschen. Ich habe Sie immer hochgeschätzt, Alexej Iwanowitsch.«
Pawel Pawlowitsch hob die Augen in die Höhe und sah seinen Gegner mit klarem Blicke und jetzt ohne eine Spur von Verlegenheit an. Weltschaninow bekam es auf einmal mit der Angst zu tun: Es wäre ihm sehr unerwünscht gewesen, wenn sich etwas ereignet hätte oder die Grenze irgendwie überschritten worden wäre, um so mehr, da er selbst dazu herausgefordert hatte.
»Ich habe Sie geliebt, Alexej Iwanowitsch«, hob Pawel Pawlowitsch an, als ob er auf einmal zu einem Entschlusse gekommen wäre, »und habe Sie in T. jenes ganze Jahr lang geliebt. Sie haben es nicht bemerkt«, fuhr er zu Weltschaninows großem Schrecken mit ein wenig zitternder Stimme fort; »ich war im Vergleich zu Ihnen ein gar zu unbedeutender Mensch, als daß ich meine Gefühle hätte zu Ihrer Kenntnis bringen sollen. Und das war auch vielleicht gar nicht nötig. Und diese ganzen neun Jahre hindurch habe ich an Sie gedacht, weil mir ein solches Jahr wie jenes in meinem Leben noch nicht vorgekommen ist.« (Pawel Pawlowitschs Augen hatten einen ganz besonderen Glanz angenommen.) »Ich habe mir viele Ihrer Worte und Aussprüche eingeprägt, viele Ihrer Gedanken. Ich habe mich Ihrer immer als ein Mensch erinnert, der ein warmes Gefühl für das Gute hat, als eines hochgebildeten Menschen, der eigene Gedanken hervorbringt. ›Große Gedanken entspringen nicht so-

wohl aus hohem Verstande als aus tiefem Gefühle‹, haben Sie selbst einmal gesagt; vielleicht haben Sie es vergessen; aber ich habe es mir eingeprägt. Und so habe ich mich denn auf Sie, als auf einen Menschen mit tiefem Gefühle, auch immer verlassen und Ihnen vertraut . . . trotz mancher Bedenken . . .«

Sein Kinn begann auf einmal zu zucken. Weltschaninow war aufs äußerste erschrocken; diesem unerwarteten Gefühlsausbruche mußte er unter allen Umständen ein Ende machen.

»Lassen Sie es genug sein, ich bitte Sie darum, Pawel Pawlowitsch!« murmelte er errötend und in nervöser Ungeduld. »Und warum, warum«, schrie er auf einmal, »warum hängen Sie sich an einen kranken, nervösen, beinah von Fieberwahn umfangenen Menschen und ziehen ihn in dieses Dunkel hinein . . . während doch . . . während doch alles nur Blendwerk und Luftspiegelung und Lüge und Schande und Unnatur ist und gar nicht zu uns paßt . . . und das ist die Hauptsache, das ist das Schmählichste, daß es gar nicht zu uns paßt! Es ist alles Unsinn: Wir sind alle beide ein paar lasterhafte, gemeine, garstige Menschen . . . Und wenn Sie wollen, will ich es Ihnen auf der Stelle beweisen, daß Sie mich nicht nur nicht lieben, sondern mich vielmehr hassen, von ganzer Seele hassen, und daß Sie lügen, ohne es selbst zu wissen: Sie haben mich überhaupt nicht in der lächerlichen Absicht dorthin geschleppt, Ihre Braut auf die Probe zu stellen (wer kann denn auf einen so verrückten Einfall kommen!), sondern Sie haben mich einfach gestern gesehen und sich erbost und mich dorthin gebracht, um sie mir zu zeigen und zu sagen: ›Sieh mal, was für ein prächtiges Mädchen! Die wird mir gehören; na, nun probiere es mal bei der!‹ Das war von Ihrer Seite eine Herausforderung an mich! Sie haben es vielleicht selbst nicht gewußt; aber es ist so gewesen; denn Sie haben alles das gefühlt . . . Ohne Haß aber kann man jemanden nicht in solcher Weise herausfordern; also haben Sie mich gehaßt!«

Er schrie das heraus, während er im Zimmer hin und her lief, und immer heftiger quälte und peinigte ihn das demüti-

gende Bewußtsein, daß er selbst sich in einem solchen Grade zu Pawel Pawlowitsch herabgelassen hatte!
»Ich wollte mich mit Ihnen versöhnen, Alexej Iwanowitsch!« flüsterte dieser auf einmal hastig in entschlossenem Tone, und sein Kinn begann von neuem zu hüpfen.
Ein wütender Zorn packte Weltschaninow, als ob ihm noch nie jemand eine derartige Beleidigung zugefügt hätte.
»Ich sage Ihnen noch einmal«, brüllte er, »daß Sie einem kranken, überreizten Menschen zusetzen, um ihm irgendein ungewöhnliches Wort im Fieberwahn zu entlocken! Wir beide . . . ja wir beide sind Menschen aus zwei verschiedenen Welten; das sollten Sie doch begreifen, und . . . und . . . zwischen uns liegt jetzt ein Grab!« flüsterte er wütend; er war auf einmal zur Besinnung gekommen . . .
»Aber woher wissen Sie«, versetzte Pawel Pawlowitsch, dessen Gesicht sich entstellt hatte und ganz blaß geworden war, »woher wissen Sie, was dieses kleine Grab hier für mich bedeutet?« Bei diesen herausgestoßenen Worten trat er auf Weltschaninow zu und schlug sich mit einer komischen, aber furchtbaren Gebärde mit der Faust gegen das Herz. »Ich kenne dieses kleine Grab hier, und wir stehen beide neben ihm; aber mein Verlust ist größer als der Ihrige, jawohl, er ist größer . . .« flüsterte er, als ob er irre redete, und schlug sich immer noch gegen das Herz, »größer, größer, größer . . .«
Auf einmal brachte ein auffallend starkes Läuten der Türklingel sie beide zur Besinnung. Es zog jemand so heftig daran, daß es schien, als hätte er sich vorgenommen, gleich beim ersten Ziehen die Klingel abzureißen.
»Wer zu mir will, pflegt nicht so zu läuten«, sagte Weltschaninow befremdet.
»Wer zu mir will, auch nicht«, flüsterte Pawel Pawlowitsch schüchtern; auch er war zur Besinnung gekommen und hatte sich augenblicklich wieder in den früheren Pawel Pawlowitsch verwandelt.
Weltschaninow machte ein finsteres Gesicht und ging hin, um die Tür zu öffnen.
»Herr Weltschaninow, wenn ich nicht irre?« ließ sich eine

jugendliche, helle und außerordentlich selbstbewußte Stimme aus dem Vorzimmer vernehmen.
»Was wünschen Sie?«
»Ich habe genaue Kenntnis davon«, fuhr die helle Stimme fort, »daß sich augenblicklich ein gewisser Trussozki bei Ihnen befindet. Ich muß notwendig sofort mit ihm sprechen.«
Weltschaninow hatte allerdings große Lust, diesen selbstbewußten Herrn mit einem tüchtigen Fußtritt sofort die Treppe hinabzuspedieren. Aber er überlegte einen Augenblick, trat dann zur Seite und ließ ihn vorbei:
»Hier ist Herr Trussozki; treten Sie ein . . .«

XIV

Alexander und Nadeschda

In das Zimmer trat ein sehr junger Mann; er mochte etwa neunzehn Jahre alt sein, vielleicht sogar noch etwas weniger; so jugendlich sah sein hübsches, selbstbewußtes, hochmütiges Gesicht noch aus. Er war gut gekleidet; wenigstens saß ihm alles gut; von Statur war er etwas über Mittelgröße; das schwarze, dichte, in Büscheln auseinanderstehende Haar und die großen, kecken, dunklen Augen fielen in seiner Physiognomie ganz besonders auf. Nur die Nase war etwas breit und aufgestülpt; sonst wäre er vollkommen schön gewesen. Er trat mit einem gewissen Aplomb ein.
»Ich glaube, ich habe Gelegenheit, mit Herrn Trussozki zu sprechen«, sagte er gemessen und betonte dabei mit besonderem Genusse das Wort »Gelegenheit«, indem er nämlich damit zu verstehen gab, daß ein Gespräch mit Herrn Trussozki für ihn weder eine Ehre noch ein Vergnügen sein könne.
Weltschaninow begann den Zusammenhang zu verstehen, und auch Pawel Pawlowitsch schien etwas zu ahnen. In seinem Gesichte prägte sich eine gewisse Unruhe aus; indessen beherrschte er sich.

»Da ich nicht die Ehre habe, Sie zu kennen«, antwortete er würdevoll, »so nehme ich an, daß ich mit Ihnen nichts zu besprechen haben kann.«
»Hören Sie zuerst, und sagen Sie dann erst Ihre Meinung!« sagte der junge Mann selbstbewußt und in lehrhaftem Tone, zog eine schildpattne Lorgnette heraus, die er an einem Schnürchen hängen hatte, und betrachtete durch diese aufmerksam die auf dem Tische stehende Champagnerflasche. Nachdem er die Musterung der Flasche in aller Ruhe beendet hatte, klappte er die Lorgnette wieder zusammen und sagte, indem er sich wieder an Pawel Pawlowitsch wandte:
»Alexander Lobow.«
»Was soll das heißen: ›Alexander Lobow‹?«
»Das ist mein Name. Haben Sie von mir gehört?«
»Nein.«
»Wie sollten Sie allerdings auch. Ich komme in einer wichtigen Angelegenheit, die Sie speziell betrifft; erlauben Sie aber, daß ich mich hinsetze; ich bin müde . . .«
»Setzen Sie sich!« sagte Weltschaninow auffordernd; aber der junge Mann hatte sich schon vor der Aufforderung hingesetzt.
Trotz des zunehmenden Schmerzes in der Brust interessierte sich Weltschaninow für diesen jungen Frechling. In seinem hübschen, kindlichen, frischen Gesichte glaubte er eine entfernte Ähnlichkeit mit Nadeschda zu entdecken.
»Setzen Sie sich auch hin!« forderte der Jüngling Pawel Pawlowitsch auf und wies ihm mit einer nachlässigen Kopfbewegung einen Platz gegenüber an.
»Es macht mir nichts aus; ich werde stehen.«
»Sie werden müde werden. Sie, Herr Weltschaninow, können meinetwegen hierbleiben.«
»Ich wüßte auch nicht, warum ich weggehen sollte; ich bin hier zu Hause.«
»Wie Sie wollen. Ich muß gestehen, es ist mir sogar lieb, daß Sie bei meiner Aussprache mit diesem Herrn zugegen sind. Nadeschda Fedossejewna hat Sie mir in sehr schmeichelhaften Ausdrücken empfohlen.«

»Was Sie sagen! Wann hat sie denn dazu Zeit gefunden?«
»Unmittelbar nach Ihrem Besuche; ich komme ebenfalls von dort. Die Sache ist nämlich die, Herr Trussozki«, wandte er sich an den dastehenden Pawel Pawlowitsch: »Wir, das heißt ich und Nadeschda Fedossejewna«, sagte er, kaum die Zähne auseinanderbringend und sich auf dem Lehnstuhl nachlässig herumrekelnd, »wir lieben einander schon lange und haben uns heimlich verlobt. Sie sind jetzt als Hindernis zwischen uns getreten; ich bin hergekommen, um Sie aufzufordern, den Platz zu räumen. Ist es Ihnen gefällig, meiner Aufforderung Folge zu leisten?«
Pawel Pawlowitsch schwankte ordentlich zurück; er war ganz blaß geworden; aber auf seinen Lippen erschien sogleich ein boshaftes Lächeln.
»Nein, es ist mir durchaus nicht gefällig«, entgegnete er lakonisch in scharfem Tone.
»Sehen Sie einmal an!« sagte der Jüngling; er drehte sich auf seinem Lehnstuhl ein wenig hin und her und schlug ein Bein über das andere.
»Ich weiß nicht einmal, mit wem ich rede«, fügte Pawel Pawlowitsch hinzu, »und ich bin sogar der Ansicht, daß wir weiter nichts miteinander zu sprechen haben.« Nach diesen Worten hielt er für nötig, sich ebenfalls hinzusetzen.
»Ich habe es Ihnen ja gesagt, daß Sie müde werden würden«, bemerkte der Jüngling nachlässig. »Ich hatte soeben Gelegenheit, Ihnen mitzuteilen, daß mein Name Lobow ist, und daß ich mit Nadeschda Fedossejewna heimlich verlobt bin, also können Sie nicht sagen, wie Sie es doch eben getan haben, daß Sie nicht wüßten, mit wem Sie es zu tun haben; auch können Sie nicht der Ansicht sein, daß wir weiter nichts miteinander zu sprechen hätten: Um von mir gar nicht zu reden, handelt es sich um Nadeschda Fedossejewna, der Sie sich in einer so unverschämten Weise aufdrängen. Schon das allein bildet einen ausreichenden Gegenstand für unsere Aussprache.«
Er sagte das alles in der Art, daß er in geckenhafter Manier die Zähne nicht ordentlich auseinandertat und sich nicht einmal dazu herbeiließ, die Worte vollständig auszuspre-

chen; er zog sogar wieder die Lorgnette hervor und richtete sie während des Sprechens auf irgendwelchen Gegenstand.
»Erlauben Sie, junger Mann! . . .« rief Pawel Pawlowitsch gereizt; aber der »junge Mann« trumpfte ihn sofort ab.
»Zu jeder andern Zeit würde ich es mir natürlich von Ihnen verbitten, daß Sie mich ›junger Mann‹ nennen; aber jetzt müssen Sie wohl selbst zugeben, daß meine Jugend ein sehr wesentlicher Vorzug ist, den ich vor Ihnen habe, und daß Sie selbst, zum Beispiel als Sie heute Ihr Armband überreichten, sehr gewünscht hätten, auch nur ein klein wenig jünger zu sein.«
»Ach, du Gründling!« flüsterte Weltschaninow.
»Jedenfalls, mein Herr«, erwiderte Pawel Pawlowitsch, seine Anrede würdevoll verbessernd, »erachte ich dennoch die von Ihnen angeführten, übrigens recht unpassenden und zweifelhaften Gründe nicht für ausreichend, um noch weiter darüber zu debattieren. Ich sehe, daß das Ganze eine törichte Kinderei ist; gleich morgen werde ich mit dem ehrenwerten Fedossej Semjonowitsch darüber Rücksprache nehmen; jetzt aber ersuche ich Sie, sich zu entfernen.«
»Nun sehen Sie nur das Benehmen dieses Menschen an!« rief der Jüngling, indem er sich in heftiger Erregung an Weltschaninow wandte und seinen bisherigen Ton aufgab. »Nicht genug, daß er von dort mit Schimpf und Schande weggejagt ist, will er uns auch noch morgen bei dem Alten denunzieren! Sie verbohrter Mensch, beweisen Sie dadurch nicht, daß Sie sich des Mädchens mit Gewalt bemächtigen wollen, daß Sie sie diesen geistig altersschwach gewordenen Leuten abkaufen wollen, die sie aufgrund unserer barbarischen sozialen Zustände in ihrer Macht haben? Sie hat Ihnen ja doch, möchte man meinen, hinlänglich ihre Verachtung bewiesen, indem sie ihnen Ihr heutiges unpassendes Geschenk, Ihr Armband, hat wieder zustellen lassen; was wollen Sie noch weiter?«
»Niemand hat mir ein Armband wieder zugestellt, und das ist auch ein Ding der Unmöglichkeit!« sagte Pawel Pawlowitsch zusammenzuckend.

»Wieso ein Ding der Unmöglichkeit? Hat es Ihnen denn Herr Weltschaninow nicht übergeben?«

»Hol dich der Teufel!« dachte Weltschaninow und sagte dann mit gerunzelter Stirn:

»Nadeschda Fedossejewna hat mich allerdings vorhin beauftragt, Ihnen, Pawel Pawlowitsch, dieses Etui wieder zuzustellen. Ich wollte es nicht nehmen; aber sie bat mich so sehr . . . da ist es . . . es tut mir leid . . .«

Er zog das Etui aus der Tasche und legte es verlegen vor Pawel Pawlowitsch hin, der ganz starr geworden war.

»Warum haben Sie es denn nicht schon früher übergeben?« fragte der junge Mensch Weltschaninow in strengem Tone.

»Ich bin wohl noch nicht dazu gekommen«, erwiderte dieser mit finsterer Miene.

»Das ist sonderbar.«

»Wie-ie?«

»Das ist mindestens sonderbar; das müssen Sie selbst sagen. Indessen will ich gern annehmen, daß hier ein Mißverständnis vorliegt.«

Weltschaninow hatte die größte Lust, sofort aufzustehen und das Jüngelchen an den Ohren zu ziehen; aber er konnte sich nicht halten und lachte ihm plötzlich losprustend ins Gesicht; sofort fing der junge Mensch ebenfalls an zu lachen. Anders verhielt es sich mit Pawel Pawlowitsch; hätte Weltschaninow den schrecklichen Blick gesehen, den dieser auf ihn richtete, als er über Lobow lachte, so würde er verstanden haben, daß dieser Mensch in diesem Augenblicke eine verhängnisvolle Grenze überschritt. Aber obgleich Weltschaninow diesen Blick nicht sah, so sagte er sich doch, daß er Pawel Pawlowitsch zu Hilfe kommen müsse.

»Hören Sie mal, Herr Lobow«, begann er in freundschaftlichem Tone, »ohne auf eine Erörterung der übrigen Gründe einzugehen, die ich nicht berühren will, möchte ich Ihnen nur bemerken, daß Pawel Pawlowitsch bei seiner Bewerbung um Nadeschda Fedossejewna denn doch mehreres zu seinen Gunsten in die Wagschale zu legen hat: erstens kennt man ihn in dieser ehrenwerten Familie sehr genau; zweitens erfreut er sich einer vortrefflichen, geachteten Stellung, und schließlich besitzt er Vermögen; er muß sich daher beim Anblicke eines solchen Nebenbuhlers, wie Sie, natürlicherweise wundern. Denn wenn Sie auch vielleicht ein Mensch mit großen Fähigkeiten sind, so sind Sie doch noch so jung, daß er Sie als Nebenbuhler schlechterdings nicht ernst nehmen kann ... und darum ist er im Rechte, wenn er Sie ersucht, mit diesem Gespräche aufzuhören.«

»Was heißt das: ›noch so jung‹? Ich bin schon einen Monat über neunzehn Jahre. Nach dem Gesetze kann ich schon längst heiraten. Das könnte Ihnen genügen!«

»Aber welcher Vater wird sich dazu entschließen, Ihnen jetzt seine Tochter zu geben, auch wenn Sie künftig einmal mehrfacher Millionär oder so ein Wohltäter der Menschheit werden sollten? Ein Mensch von neunzehn Jahren kann nicht einmal für sich selbst die Verantwortung tragen, und Sie wollen sogar noch eine fremde Zukunft auf Ihr Gewissen nehmen, das heißt die Zukunft eines ebensolchen Kindes, wie Sie es sind! Das ist doch wohl nicht ganz ehrenhaft; wie denken Sie darüber? Dies Ihnen auszusprechen habe ich mir deswegen erlaubt, weil Sie selbst sich vorhin an mich wie an einen Vermittler zwischen Ihnen und Pawel Pawlowitsch gewandt haben.«

»Ach ja, richtig; er heißt ja Pawel Pawlowitsch!« bemerkte der Jüngling; »wie geht es nur zu, daß mir immer vorschwebte, er heiße Wassili Petrowitsch? Was ich sagen wollte«, wandte er sich an Weltschaninow: »Sie haben mich durchaus nicht in Erstaunen versetzt; ich wußte, daß Sie alle von dieser Sorte sind! Nur merkwürdig, daß mir über Sie gesagt wurde, Sie hätten bis zu einem gewissen Grade etwas Neuzeitliches. Aber das sind alles Nebensachen; um was es sich handelt, ist dies, daß da meinerseits nicht nur nichts Unehrenhaftes vorliegt, wie Sie sich erlaubten sich auszudrücken, sondern vielmehr das volle Gegenteil, und das hoffe ich Ihnen klarmachen zu können.

Erstens haben wir uns miteinander verlobt, und zweitens habe ich in Gegenwart zweier Zeugen geradezu versprochen, daß, wenn sie einmal einen andern liebgewinnen oder es einfach bereuen sollte, mich geheiratet zu haben, und wünschen sollte, sich von mir scheiden zu lassen, daß ich ihr dann sofort das schriftliche Zugeständnis eines von mir begangenen Ehebruches einhändigen und dadurch ihrem Antrage auf Ehescheidung bei der zuständigen Behörde eine rechtliche Unterlage geben werde. Ja noch mehr: Für den Fall, daß ich in der Folge anderen Sinnes werden und mich weigern sollte, ihr dieses schriftliche Zugeständnis einzuhändigen, werde ich ihr zu ihrer Sicherstellung gleich an unserm Hochzeitstage einen Wechsel über hunderttausend Rubel auf mich übergeben, so daß sie im Falle meiner Hartnäckigkeit in betreff der Ausstellung der Bescheinigung meinen Wechsel sogleich präsentieren und mich dergestalt übertrumpfen kann! Auf diese Weise ist alles sichergestellt, und ich setze niemandes Zukunft aufs Spiel. Also das ist das erste.«

»Ich möchte darauf wetten, daß Ihnen das dieser, wie heißt er doch, Predpossylow ausgesonnen hat!« rief Weltschaninow.

»Hi-hi-hi!« kicherte Pawel Pawlowitsch boshaft.

»Was hat dieser Herr zu kichern? Sie haben es erraten: Es ist eine Idee von Predpossylow, und Sie müssen selbst sagen, eine schlaue Idee. Das alberne Gesetz ist damit vollständig paralysiert. Selbstverständlich beabsichtige ich, sie immer zu lieben, und sie lacht furchtbar; aber die Einrichtung ist doch sehr geschickt, und Sie müssen zugeben, daß sie ehrenhaft ist, und daß sich nicht jeder zu einer solchen Handlungsweise entschließt.«

»Meiner Ansicht nach ist diese Einrichtung nicht nur nicht ehrenhaft, sondern sogar garstig.«

Der junge Mann zuckte die Achseln.

»Ich bin wiederum weit davon entfernt, mich über Sie zu wundern«, bemerkte er nach einem kurzen Stillschweigen; »alles dies hat längst aufgehört, mich in Verwunderung zu versetzen. Predpossylow würde Ihnen kurz und bündig sagen, daß dieser Mangel an Verständnis für die natürlichsten Dinge bei Ihnen aus einer Verkehrung der gewöhnlichsten Gefühle und Begriffe hervorgeht, erstens infolge eines langen, törichten Lebens und zweitens infolge des langen Müßigganges. Indes verstehen wir einander vielleicht noch nicht; Sie waren mir ja doch günstig geschildert worden . . . Sie sind wohl schon gegen fünfzig Jahre alt?«

»Bitte, bleiben Sie bei der Sache!«

»Entschuldigen Sie meine indiskrete Frage, und ärgern Sie sich nicht darüber; ich fragte ohne besondere Absicht. Ich fahre fort: Ich bin ganz und gar nicht ein zukünftiger mehrfacher Millionär, wie Sie sich auszudrücken beliebten (was war das nur für eine Idee von Ihnen!). Was Sie hier an mir sehen, ist alles, was ich besitze; aber dafür glaube ich fest an meine Zukunft. Ich werde kein Held und niemandes Wohltäter sein; aber ich werde mir und meiner Frau eine sorgenfreie Existenz verschaffen. Allerdings besitze ich jetzt noch nichts, und ich bin sogar im Hause dieser Leute seit meiner Kindheit erzogen worden . . .«

»Wie denn das?«

»Ich bin der Sohn eines entfernten Verwandten der Frau Sachlebinina, und als alle meine Angehörigen gestorben waren und mich als achtjährigen Knaben zurückgelassen hatten, da nahm mich der Alte zu sich ins Haus und brachte mich nachher auf das Gymnasium. Dieser Mann hat sogar einen guten Charakter, wenn Sie es wissen wollen . . .«

»Ich weiß es.«

»Ja; aber er ist ein gar zu altmodischer Kopf. Indes, ein guter Mensch ist er. Jetzt bin ich allerdings schon längst aus seiner Obhut ausgeschieden, da ich den Wunsch hatte, mir meinen Lebensunterhalt selbst zu verdienen und niemanden als mir selbst verpflichtet zu sein.«

»Wann sind Sie denn aus seiner Obhut ausgeschieden?« erkundigte sich Weltschaninow neugierig.

»Schon vor etwa vier Monaten.«

»Nun, jetzt ist mir alles verständlich: Sie sind also Jugendgespielen! Wie ist's? Haben Sie eine Anstellung?«

»Ja, eine private, im Bureau eines Notars, mit fünfundzwanzig Rubeln monatlich. Natürlich ist das nur vorläufig; aber als ich bei ihren Eltern um ihre Hand anhielt, hatte ich auch das noch nicht. Ich war damals bei der Eisenbahn angestellt, mit zehn Rubeln, aber alles nur vorläufig.«

»Haben Sie denn wirklich um ihre Hand angehalten?«

»In aller Form, und schon vor längerer Zeit, vor drei Wochen.«

»Nun, und wie wurde es?«

»Der Alte fing furchtbar an zu lachen; dann aber wurde er sehr ärgerlich, und sie wurde oben im Entresol eingeschlossen. Aber Nadeschda hielt heldenmütig stand. Übrigens war das ganze Mißlingen darauf zurückzuführen, daß er schon von früher her eine Pike auf mich hatte, weil ich in seinem Ressort eine Stelle aufgegeben hatte, in die er mich vor vier Monaten hineingesetzt hatte, noch vor der Beschäftigung bei der Eisenbahn. Er ist ein prächtiger alter Mann, ich wiederhole es noch einmal, in seiner Häuslichkeit schlicht und vergnügt; aber sowie er in sein Amtslokal kommt, da können Sie sich gar nicht vorstellen, was er für eine Miene aufsetzt! Wie ein Jupiter sitzt er da! Ich habe ihm natürlich zu verstehen gegeben, daß seine Manieren nicht mehr meinen Beifall hätten; aber der Hauptstreit kam von dem Gehilfen des Tischvorstehers her; dieser Herr hatte die Dreistigkeit, sich über mich zu beschweren, weil ich ihm grob gekommen wäre; und dabei hatte ich doch nur zu ihm gesagt, seine geistige Entwicklung sei eine mangelhafte. Da warf ich ihnen denn die Geschichte vor die Füße und bin jetzt bei dem Notar.«

»Haben Sie denn in jener amtlichen Stellung ein hohes Gehalt bekommen?«

»Ich bitte Sie, als Außeretatmäßiger! Der Alte legte zu, was ich für meinen Lebensunterhalt brauchte – ich sage Ihnen, er ist ein guter Mensch, aber wir geben trotzdem nicht nach. Allerdings gewähren einem fünfundzwanzig Rubel keine gesicherte Existenz; aber ich hoffe, bald bei der Verwaltung der verschuldeten Güter des Grafen Sawilejski mitbeschäftigt zu werden; dann bekomme ich ohne weiteres dreitausend Rubel; sonst aber werde ich Sachwalter. Heutzutage werden Leute, die etwas leisten können, gesucht . . . Hören Sie nur, wie das donnert; es kommt ein Gewitter; nur gut, daß ich noch vor dem Gewitter hergekommen bin; ich habe nämlich den Weg von dort zu Fuße zurückgelegt und bin fast immer rasch gelaufen.«

»Aber erlauben Sie, wann haben Sie denn unter diesen Umständen Zeit gefunden, mit Nadeschda Fedossejewna zu sprechen, noch dazu, wenn Sie dort keinen Zutritt haben?«

»Ach, das geht ja doch über den Zaun! Haben Sie vorhin die Rothaarige bemerkt?« fragte er lachend. Na, die ist uns behilflich, auch Marja Nikititschna; nur ist Marja Nikititschna eine Schlange! ... Warum runzeln Sie denn die Stirn? Sie fürchten sich doch nicht vor dem Donner?«

»Nein, ich bin krank, sehr krank ...«

Weltschaninow empfand tatsächlich auf einmal einen heftigen Schmerz in der Brust, stand vom Lehnstuhl auf und versuchte im Zimmer auf und ab zu gehen.

»Ach, dann störe ich Sie gewiß ... Seien Sie unbesorgt, ich gehe sofort!«

Der junge Mensch sprang von seinem Platze in die Höhe.

»Sie stören mich nicht; es tut nichts«, sagte Weltschaninow höflich.

»Wie soll denn das nichts tun, ›wenn Kobylnikow Leibschmerzen hat‹ ... erinnern Sie sich an die Stelle bei Schtschedrin? Lieben Sie Schtschedrin?«

»Ja.«

»Ich auch. Na also, Wassili ... ach so, richtig, Pawel Pawlowitsch, lassen Sie uns zum Ende kommen!« wandte er sich fast lachend an Pawel Pawlowitsch. »Ich formuliere, damit Sie es besser verstehen, die Frage noch einmal: Erklären Sie sich bereit, gleich morgen in aller Form vor den beiden Alten und in meiner Gegenwart auf alle Ihre Ansprüche in bezug auf Nadeschda Fedossejewna zu verzichten?«

»Dazu bin ich durchaus nicht bereit«, erwiderte Pawel Pawlowitsch ungeduldig mit zorniger Miene und erhob sich ebenfalls von seinem Platze, »und ich ersuche Sie noch einmal, mich nicht weiter zu belästigen ... denn das ist doch alles nur törichte Kinderei.«

»Nehmen Sie sich in acht«, versetzte der junge Mann mit einem hochmütigen Lächeln und drohte ihm mit dem Finger; »verrechnen Sie sich nicht! Wissen Sie auch wohl, welche Folgen ein solcher Rechenfehler haben wird? Ich sage Ihnen als Warnung: Nach neun Monaten, wenn Sie sich dort schon werden Mühe und Ausgaben gemacht haben und hierher zurückkehren, werden Sie sich genötigt sehen, hier selbst auf Nadeschda Fedossejewna zu verzichten; und wenn Sie nicht verzichten wollen, wird es für Sie um so schlimmer sein; dahin werden Sie es bringen! Ich muß Sie darauf hinweisen, daß Sie es jetzt machen wie der Hund auf dem Heu (entschuldigen Sie, es ist nur ein Vergleich): Er selbst kann das Heu nicht fressen, gönnt es aber keinem andern. Ich sage Ihnen das aus Humanität: Denken Sie über die Sache nach; zwingen Sie sich dazu, wenigstens einmal in Ihrem Leben gründlich über etwas nachzudenken!«
»Ich bitte Sie, mich mit Ihren guten Lehren zu verschonen!« schrie Pawel Pawlowitsch wütend. »Und was Ihre gemeinen Andeutungen anlangt, so werde ich gleich morgen meine Maßregeln ergreifen, energische Maßregeln!«
»Gemeine Andeutungen? Wovon reden Sie denn? Sie sind selbst ein gemeiner Mensch, wenn Sie solche Gedanken haben. Übrigens bin ich damit einverstanden, bis morgen zu warten; aber wenn . . . Ach, schon wieder dieser Donner! Auf Wiedersehen, ich habe mich sehr gefreut, Ihre Bekanntschaft gemacht zu haben!« rief er Weltschaninow mit einem Kopfnicken zu und lief eilig davon, offenbar um dem Gewitter noch zuvorzukommen und nicht in den Regen hineinzugeraten.

XV

Quitt

»Haben Sie gehört, haben Sie gehört?« rief Pawel Pawlowitsch, auf Weltschaninow losstürzend, sowie der junge Mann das Zimmer verlassen hatte.

»Ja, Sie haben kein Glück!« entfuhr es Weltschaninow unversehens.

Er hätte das nicht gesagt, wenn ihn nicht dieser immer wachsende Schmerz in der Brust gequält und geärgert hätte. Pawel Pawlowitsch zuckte zusammen, als hätte er sich verbrannt.

»Na, und Sie haben mir ja wohl aus Mitleid das Armband nicht zurückgegeben, he?«

»Ich bin nicht dazu gekommen ...«

»Weil Sie als wahrer Freund mit einem wahren Freunde von Herzen Mitleid hatten?«

»Nun ja, ich hatte Mitleid«, antwortete Weltschaninow, der ärgerlich wurde.

Jedoch erzählte er ihm in Kürze, wie er vorhin das Armband erhalten und wie Nadeschda Fedossejewna ihn beinah mit Gewalt gezwungen hatte, sich an der Sache zu beteiligen ...

»Sie müssen doch begreifen, daß ich es sonst unter keinen Umständen genommen hätte; ich habe ohnehin schon genug Unannehmlichkeiten!«

»Aber Sie haben sich doch überreden lassen und es genommen!« kicherte Pawel Pawlowitsch.

»Sie reden töricht; aber man muß Ihnen etwas zugute halten. Sie haben ja selbst soeben gesehen, daß nicht ich bei dieser Sache die Hauptperson bin, sondern ein andrer!«

»Aber Sie haben sich doch überreden lassen.«

Pawel Pawlowitsch setzte sich hin und goß sich sein Glas voll.

»Meinen Sie etwa, daß ich sie diesem Milchbart abtreten werde? Ich werde ihm schon Angst machen; das sollen Sie sehen! Gleich morgen werde ich hinfahren und das besorgen. Der soll mir nicht die Luft in der Kinderstube verderben . . .«

Er stürzte fast auf einen Zug das Glas hinunter und füllte es von neuem; überhaupt begann er sich mit einer Ungeniertheit zu benehmen, die ihm bisher fremd gewesen war.

»Nun seh einer diese lieben Kinderchen an: Nadeschdachen und Alexanderchen, hi-hi-hi!«

Er kannte sich nicht vor Wut. Wieder flammte ein blendender Blitz, dem ein furchtbarer Donner folgte, und dann goß der Regen wie aus Eimern herab. Pawel Pawlowitsch stand auf und machte das offenstehende Fenster zu.

»Er fragte Sie vorhin: ›Sie fürchten sich doch nicht vor dem Donner?‹ Weltschaninow sollte sich vor dem Donner fürchten! Und dann: ›Wenn Kobylnikow . . .‹, wie war das doch . . ., ›wenn Kobylnikow . . .‹ Und ob Sie fünfzig Jahre alt seien, wie? Erinnern Sie sich?« fragte Pawel Pawlowitsch boshaft.

»Sie haben sich hier wohl häuslich niedergelassen?« bemerkte Weltschaninow, der vor Schmerzen kaum reden konnte. »Ich lege mich hin . . . tun Sie, was Sie wollen!«

»Aber bei solchem Wetter jagt man doch nicht einmal einen Hund aus dem Hause!« erwiderte Pawel Pawlowitsch gekränkt; indes schien er sich beinah darüber zu freuen, daß er ein Recht hatte, sich beleidigt zu fühlen.

»Na, dann bleiben Sie sitzen, und trinken Sie weiter . . . meinetwegen können Sie hier auch übernachten!« murmelte Weltschaninow, streckte sich auf dem Sofa aus und stöhnte leise.

»Übernachten? Werden Sie sich auch nicht fürchten?«

»Wieso?« fragte Weltschaninow, den Kopf in die Höhe hebend.

»Ich meine nur so. Das vorige Mal schienen Sie Angst zu haben; oder ob es mir nur so vorkam?«

»Sie sind ein Narr!« konnte sich Weltschaninow nicht enthalten zu antworten und drehte sich ärgerlich nach der Wand hin.

»Ich nehme es nicht übel«, erwiderte Pawel Pawlowitsch.

Fünf Minuten, nachdem er sich hingelegt hatte, war der

Kranke bereits eingeschlafen. Die ganze unnatürliche Anspannung seiner Nerven an diesem Tage, noch dazu da seine Gesundheit in der letzten Zeit ohnehin schon stark angegriffen gewesen war, hatte plötzlich gewissermaßen zum Zerreißen geführt, und er war so kraftlos geworden wie ein kleines Kind. Aber der Schmerz gewann doch die Oberhand und trug über die Müdigkeit und das Schlafbedürfnis den Sieg davon; nach einer Stunde wachte er wieder auf und erhob sich in arger Pein vom Sofa. Das Gewitter war verstummt; das Zimmer war voll Tabaksrauch; die Flasche stand leer da, und Pawel Pawlowitsch schlief auf dem andern Sofa. Er lag auf dem Rücken, mit dem Kopf auf dem Sofakissen, ohne etwas von seinen Kleidern ausgezogen zu haben, und in Stiefeln. Die Lorgnette war ihm aus der Tasche geglitten und hing an der Schnur beinah bis auf den Fußboden. Sein Hut lag daneben auf der Diele. Weltschaninow blickte ingrimmig nach ihm hin; aber er weckte ihn nicht. Sich vor Schmerz zusammenkrümmend ging er, weil er das Liegen nicht mehr aushalten konnte, im Zimmer hin und her, stöhnte und dachte über seinen Schmerz nach.

Er fürchtete diesen Brustschmerz, und nicht ohne Grund. Diese Anfälle waren bei ihm schon vor langer Zeit zum erstenmal aufgetreten, hatten ihn aber nur sehr selten heimgesucht, in Abständen von einem oder zwei Jahren. Er wußte, daß sie von der Leber herrührten. Zuerst sammelte sich gleichsam an irgendeinem Punkte der Brust, unter der Herzgrube oder höher hinauf, ein noch dumpfer, nicht besonders starker, aber aufregender Druck an. Der Schmerz wuchs dann, mitunter zehn Stunden hintereinander, fortwährend an, erreichte schließlich eine solche Stärke, und der Druck wurde so unerträglich, daß der Kranke glaubte, er müsse sterben. Bei dem letzten Anfalle, den er vor einem Jahre gehabt hatte, war er, nachdem der Schmerz zehn Stunden lang gedauert und sich dann gelegt hatte, so matt geworden, daß er, auf dem Bette liegend, kaum eine Hand rühren konnte und der Arzt ihm wie einem Säuglinge für einen ganzen Tag nur ein paar Teelöffel schwachen Tees und ein wenig in Bouillon aufgeweichtes Brot erlaubt hatte.

Dieser Schmerz stellte sich infolge sehr verschiedener Zufälligkeiten ein, aber immer nur, wenn die Nerven bereits vorher angegriffen waren. Eigentümlich war auch die Art, wie er wieder verging: Manchmal gelang es, ihm gleich beim Anfang, in der ersten halben Stunde, durch einfache warme Umschläge Einhalt zu tun, und alles war dann wie mit einem Schlage vorbei; manchmal aber (und so war es bei dem letzten Anfall gewesen) wollte nichts helfen, und der Schmerz verging erst nach zahlreichen, stufenweise gesteigerten Dosen eines Brechmittels. Der Arzt gestand nach dem letzten Anfall, daß er an eine Vergiftung geglaubt habe. Jetzt war es bis zum Morgen noch lange hin; in der Nacht den Arzt holen zu lassen hatte er keine Lust; er mochte überhaupt von den Ärzten nicht viel wissen. Zuletzt aber konnte er es nicht mehr aushalten und fing an laut zu stöhnen. Dadurch wurde Pawel Pawlowitsch aufgeweckt; er richtete sich auf dem Sofa auf und saß eine Weile da, indem er ängstlich horchte und mit seinen Blicken Weltschaninow verfolgte, der beinah im Laufschritt in beiden Zimmern auf und ab ging. Die Flasche Champagner, die er getrunken hatte, hatte offenbar ungewöhnlich stark auf ihn gewirkt, und er konnte lange Zeit seine Gedanken nicht sammeln; endlich begriff er, was vorging, und stürzte mit einer Frage zu Weltschaninow hin; dieser murmelte etwas als Antwort.

»Das kommt bei Ihnen von der Leber her; ich kenne das!« sagte Pawel Pawlowitsch, der auf einmal sehr lebendig geworden war. »Das war bei Pjotr Kusmitsch Polossuchin ganz dieselbe Geschichte; das kommt von der Leber. Da muß man warme Umschläge machen. Pjotr Kusmitsch machte sich immer warme Umschläge ... Daran kann man ja sterben! Soll ich zu Mawra hinunterlaufen, ja?«

»Nicht nötig, nicht nötig!« wehrte Weltschaninow in gereiztem Tone ab. »Es ist gar nichts nötig.«

Aber Pawel Pawlowitsch war, Gott weiß warum, ganz außer sich, als wenn es sich um die Rettung seines eigenen Sohnes gehandelt hätte. Er hörte auf keine Ablehnung und bestand hartnäckig darauf, daß warme Umschläge nötig seien und außerdem noch zwei, drei Tassen schwachen Tees, schnell hintereinander getrunken, »aber nicht einfach heiß, sondern kochend!« Er lief, ohne eine Erlaubnis abzuwarten, zu Mawra, machte mit ihr zusammen in Weltschaninows sonst nie benutzter Küche Feuer und brachte den Samowar in Gang. Bis dieser kochte, hatte er auch schon den Kranken ins Bett gebracht, ihm die Oberkleider ausgezogen, ihn in die Bettdecke gewickelt, und es waren kaum zwanzig Minuten vergangen, als er den Tee und den ersten warmen Umschlag fertiggestellt hatte.

»Das ist ein gewärmter Teller; er ist glühend!« sagte er ordentlich begeistert und legte einen erhitzten, in eine Serviette geschlagenen Teller auf Weltschaninows kranke Brust. »Andere Umschläge sind nicht da, und ihre Beschaffung würde zu lange dauern; aber Teller sind sogar, darauf gebe ich Ihnen mein Ehrenwort, das allerbeste: Ich habe es bei Pjotr Kusmitsch erprobt, mit eigenen Augen und Händen. Daran kann man ja sterben. Trinken Sie den Tee; schlucken Sie nur gehörig; es schadet nichts, wenn Sie sich auch dabei verbrennen; das Leben ist wertvoller – als alles Großtun.«

Er trieb die verschlafene Mawra eifrig an; die Teller wurden alle drei, vier Minuten gewechselt. Nach dem dritten Teller und der zweiten, schnell hinuntergestürzten Tasse siedend heißen Tees fühlte Weltschaninow plötzlich eine gewisse Erleichterung.

»Wenn nur der Schmerz erst einmal ins Wanken kommt, dann können wir Gott danken; das ist ein gutes Zeichen!« rief Pawel Pawlowitsch und lief erfreut hin, um einen neuen Teller und neuen Tee zu holen.

»Wenn wir nur erst den Schmerz gebrochen haben! Wenn es uns nur gelingt, den Schmerz zurückzutreiben!« wiederholte er alle Augenblicke.

Nach einer halben Stunde hatte der Schmerz fast ganz aufgehört; aber der Kranke fühlte sich so zermartert, daß er trotz der inständigsten Bitten Pawel Pawlowitschs sich nicht dazu verstand, »noch ein einziges Tellerchen« auszuhalten. Die Augen fielen ihm zu vor Müdigkeit.

»Schlafen, schlafen«, sagte er mit schwacher Stimme.
»Auch das!« stimmte ihm Pawel Pawlowitsch bei.
»Bleiben Sie die Nacht über hier . . . Was ist die Uhr?«
»Bald zwei, drei Viertel auf zwei.«
»Bleiben Sie die Nacht über hier!«
»Gut, gut, das werde ich tun.«
Eine Minute darauf rief der Kranke Pawel Pawlowitsch wieder zu sich heran.
»Sie, Sie«, murmelte er, als dieser herbeigelaufen kam und sich über ihn beugte, »Sie sind besser als ich! Ich verstehe alles, alles . . . ich danke Ihnen.«
»Schlafen Sie, schlafen Sie!« flüsterte Pawel Pawlowitsch und begab sich so schnell wie möglich auf den Zehen zu seinem Sofa.
Der Kranke hörte im Einschlafen noch, wie Pawel Pawlowitsch rasch und leise sein Bett zurechtmachte, sich auszog und endlich, nachdem er die Kerze ausgelöscht hatte, kaum atmend, um nicht zu stören, sich auf seinem Sofa ausstreckte.
Ohne Zweifel schlief Weltschaninow und war nach dem Auslöschen der Kerze sogar sehr schnell eingeschlafen; er erinnerte sich daran nachher deutlich. Aber während der ganzen Dauer seines Schlafes, bis unmittelbar zum Augenblicke des Erwachens, träumte ihm, daß er nicht schlafe und trotz all seiner Schwäche absolut nicht einschlafen könne. Schließlich träumte ihm, daß er in wachem Zustande zu phantasieren beginne, und daß er die ihn umdrängenden Truggestalten schlechterdings nicht verscheuchen könne, trotz des vollen Bewußtseins, daß es eben nur Produkte seiner irren Phantasie seien und keine Wirklichkeit. Diese Vision selbst war ihm vollständig bekannt: Es schien ihm, daß sein ganzes Zimmer voll Menschen sei und die Tür nach dem Flur offenstehe; ganze Scharen von Menschen kamen herein und drängten sich auf der Treppe. An einem mitten im Zimmer stehenden Tische saß ein Mensch, genau so wie damals, in einem ebensolchen Traume, den er vor einigen Monaten gehabt hatte. Wie damals, so saß dieser Mensch mit aufgestützten Ellbogen am Tische und wollte nicht

reden; aber jetzt hatte er einen Zylinderhut mit einem Trauerflor auf dem Kopfe. »Wie? Sollte das wirklich auch damals Pawel Pawlowitsch gewesen sein?« dachte Weltschaninow; aber bei einem Blicke in das Gesicht des schweigsamen Menschen überzeugte er sich, daß das ein ganz anderer war. »Warum trägt er denn einen Trauerflor?« fragte sich Weltschaninow verwundert. Der Lärm, das Reden und das Geschrei der Menschen, die sich beim Tische drängten, war furchtbar, Diese Menschen schienen auf Weltschaninow noch mehr ergrimmt zu sein als damals in jenem Traume; sie drohten ihm mit den Armen und schrien ihm aus voller Kehle etwas zu; aber was es eigentlich war, das konnte er durchaus nicht verstehen. »Aber das ist ja nur eine Fieberphantasie; das weiß ich ja!« ging es ihm durch den Kopf; »ich weiß, daß ich nicht einschlafen konnte und jetzt aufgestanden bin, weil ich vor Beklemmung nicht liegen konnte!« ... Aber doch war das Geschrei der Menschen und ihre Gestikulationen und alles so deutlich, so wirklich, daß ihm manchmal ein Zweifel kam: »Ist das auch wirklich nur Fieberphantasie? Was wollen diese Menschen von mir, mein Gott? Aber ... wenn das nicht Fieberphantasie wäre, wie wäre es dann möglich, daß ein solches Geschrei Pawel Pawlowitsch noch nicht aufgeweckt hätte? Aber er schläft ja dort, dort auf dem Sofa!« Endlich ereignete sich auf einmal etwas, wieder wie damals in jenem Traume; alle wandten sich nach der Treppe hin, und es entstand in der Tür ein furchtbares Gedränge, da von der Treppe her sich eine neue Menschenschar ins Zimmer hereinwälzte. Diese Menschen brachten etwas getragen, etwas Großes, Schweres; es war zu hören, wie die Tritte der Träger schwer auf die Treppenstufen aufstampften, und wie sie sich untereinander mit keuchender Stimme etwas zuriefen. Im Zimmer schrien alle: »Sie bringen es, sie bringen es!« Alle Augen funkelten und richteten sich auf Weltschaninow; alle wiesen drohend und triumphierend nach der Treppe. Er zweifelte jetzt in keiner Weise mehr daran, daß das alles nicht Fieberphantasie, sondern Wahrheit war, und stellte sich auf die Zehen, um über die Köpfe der Leute weg schneller zu sehen, was sie da

eigentlich brächten. Sein Herz pochte gewaltig, und auf einmal wurde, genau wie damals in jenem Traume, dreimal mit größter Heftigkeit an der Klingel gezogen. Und wieder war dies ein so deutlicher, so bis zur Greifbarkeit wirklicher Ton, daß er einen solchen Ton unmöglich nur träumen konnte! . . . Er schrie auf und erwachte.
Aber er stürzte nicht wie damals zur Tür hin. Welcher Gedanke seine erste Bewegung lenkte, und ob er überhaupt in jenem Augenblicke irgendwelche Gedanken hatte, das ist schwer zu sagen; aber es war, als ob ihm jemand zuflüsterte, was er tun müsse: Er raffte sich vom Bette auf und schickte sich an, mit vorgestreckten Armen, wie um sich vor einem Angriff zu schützen, gerade nach der Seite hin zu stürzen, wo Pawel Pawlowitsch schlief. Aber plötzlich stießen seine Arme mit einem Paar anderer Arme zusammen, die schon über ihm ausgestreckt waren, und er packte sie mit kräftigem Griffe; es hatte also jemand bereits neben ihm gestanden und sich über ihn gebeugt. Die Gardinen waren zugezogen; aber es war nicht ganz dunkel, da aus dem andern Zimmer, in welchem keine solchen Gardinen vorhanden waren, schon ein schwacher Lichtschimmer herüberdrang. Auf einmal zerschnitt ihm etwas äußerst schmerzhaft die Innenfläche und die Finger der linken Hand, und er begriff sofort, daß er in die Schneide eines Dolches oder Rasiermessers gegriffen und sie sich stark in die Hand gedrückt hatte. In demselben Augenblicke fiel etwas Gewichtiges, einmal aufschlagend, auf den Fußboden.
Weltschaninow war vielleicht dreimal so stark wie Pawel Pawlowitsch; aber das Ringen zwischen ihnen dauerte dennoch lange, volle drei Minuten. Er drückte ihn zwar bald zu Boden und zwängte ihm die Arme nach hinten; aber aus irgendwelchem Grunde wollte er ihm diese zurückgezwängten Arme durchaus zusammenbinden. Während er mit der verwundeten linken Hand den Mörder festhielt, tastete er mit der rechten nach der Schnur des Fenstervorhanges und konnte sie lange Zeit nicht finden; aber endlich bekam er sie doch zu fassen und riß sie vom Fenster ab. Er selbst wunderte sich später über die außergewöhnliche Kraftan-

strengung, die dazu erforderlich gewesen war. Während dieser ganzen drei Minuten sprach weder der eine noch der andere ein Wort; man hörte nur ihr keuchendes Atmen und das dumpfe Geräusch des Ringens. Endlich war es ihm gelungen, seinem Gegner die Arme auf dem Rücken zusammenzubinden. Weltschaninow warf ihn auf den Fußboden, stand auf, schob den Fenstervorhang zur Seite und zog das Rouleau in die Höhe. Auf der menschenleeren Straße war es schon hell. Nachdem er das Fenster geöffnet hatte, blieb er an demselben ein Weilchen stehen und zog, tief atmend, die Luft ein. Es war schon vier Uhr durch. Er schloß das Fenster wieder, ging schnell zu einem Schranke, nahm ein reines Handtuch heraus und wickelte es ganz fest um seine linke Hand, um das daraus hervorquellende Blut zu stillen. Zufällig kam er mit dem Fuße an das geöffnete Rasiermesser, das auf dem Teppich lag; er hob es auf, klappte es zusammen, legte es in seinen Rasierkasten, den er am Vormittag auf einem kleinen Tischchen, dicht neben dem Sofa, auf dem Pawel Pawlowitsch schlief, aus Vergeßlichkeit hatte stehen lassen, und schloß den Kasten in seinen Schreibtisch ein. Und nachdem er das alles ausgeführt hatte, trat er zu Pawel Pawlowitsch und betrachtete ihn.

Unterdessen hatte dieser es mit Anstrengung fertiggebracht, vom Teppich aufzustehen und sich auf einen Lehnstuhl zu setzen. Er war nur mit dem Unterzeuge bekleidet und hatte auch keine Stiefel an. Sein Hemd war am Rücken und an den Ärmeln mit Blut befleckt; aber dieses Blut war nicht das seinige, sondern stammte aus Weltschaninows zerschnittener Hand. Allerdings war dies Pawel Pawlowitsch; aber jemand, der ihn unversehens erblickt hätte, würde ihn im ersten Augenblicke kaum haben erkennen können, so hatte sich sein Gesicht verändert. Er saß auf dem Lehnstuhl in gezwungener gerader Haltung infolge der auf dem Rücken zusammengebundenen Arme; sein qualvoll verzerrtes Gesicht war grünlich geworden und zuckte von Zeit zu Zeit. Unverwandt, aber mit trübem Blicke, als ob er alles noch nicht deutlich unterscheiden könne, sah er Weltschaninow an. Auf einmal lächelte er stumpfsinnig, deutete mit dem Kopfe nach der Wasserkaraffe, die auf dem Tische stand, und flüsterte kurz:

»Bitte, Wasser!«

Weltschaninow goß ihm ein Glas voll ein und hielt es ihm an den Mund. Pawel Pawlowitsch machte sich gierig daran, zu trinken. Nachdem er etwa drei Schlucke genommen hatte, hob er den Kopf in die Höhe, blickte den mit dem Glase in der Hand vor ihm stehenden Weltschaninow starr an, sagte aber nichts und trank das Wasser zu Ende aus. Darauf seufzte er tief. Weltschaninow nahm sein Kopfkissen, ergriff seine Kleider und begab sich in das andere Zimmer, nachdem er Pawel Pawlowitsch in dem ersten Zimmer eingeschlossen hatte.

Der Schmerz von vorhin war vollständig vergangen; aber nach der jetzigen, momentanen Anspannung seiner Kraft (er wußte nicht, wo er auf einmal so viel Kraft hergenommen hatte) empfand er eine außerordentliche Schwäche. Er machte einen Versuch, sich das Geschehene im Kopfe zurechtzulegen; aber er vermochte seine Gedanken nur sehr mangelhaft miteinander zu verknüpfen; der Schock war gar zu stark gewesen. Manchmal fielen ihm die Augen zu, mitunter sogar für zehn Minuten; dann wieder zuckte er zusammen, erwachte, besann sich auf alles, erinnerte sich an seine schmerzende, mit dem blutgetränkten Handtuche umwickelte Hand und begann eifrig und fieberhaft nachzudenken. Nur eines war ihm vollkommen klar: Daß Pawel Pawlowitsch ihn tatsächlich hatte ermorden wollen, daß er aber vielleicht noch eine Viertelstunde vorher nicht gewußt hatte, daß er das tun würde. Der Rasierkasten war ihm vielleicht erst am Abend flüchtig vor die Augen gekommen, ohne bei ihm irgendwelche Gedanken zu erwecken, und war ihm nur im Gedächtnis geblieben. (Das Rasierzeug lag sonst immer eingeschlossen im Schreibtisch, und nur am vorigen Vormittage hatte Weltschaninow es herausgenommen, um einige überflüssige Haare neben dem Schnurrbart und dem Backenbarte zu entfernen, wie er das manchmal tat.)

»Hätte er schon seit längerer Zeit die Absicht gehabt, mich zu töten, so würde er sicherlich einen Dolch oder eine Pistole bereitgehalten und nicht auf mein Rasiermesser gerechnet haben, das er vor gestern abend noch nie gesehen hatte«, dachte er unter anderem.

Endlich schlug es sechs. Weltschaninow riß sich von seinen Gedanken los, kleidete sich an und ging zu Pawel Pawlowitsch hin. Als er die Tür aufschloß, konnte er nicht begreifen, warum er ihn eigentlich eingeschlossen und ihn nicht vorhin einfach aus dem Hause hinausgelassen hatte. Zu seiner Verwunderung war der Gefangene schon vollständig angekleidet; offenbar hatte er eine Möglichkeit gefunden, sich der Fesseln zu entledigen. Er saß auf dem Lehnstuhle, stand aber bei Weltschaninows Eintritt sogleich auf. Den Hut hielt er schon in der Hand. Sein unruhiger Blick schien eilig zu sagen:

»Fang nicht an zu reden; das ist zwecklos; wir haben einander nichts zu sagen.«

»Gehen Sie weg!« sagte Weltschaninow. »Nehmen Sie Ihr Etui mit!« fügte er, ihm nachrufend, hinzu.

Pawel Pawlowitsch kam von der Tür noch einmal zurück, nahm das Etui mit dem Armband vom Tische, steckte es in die Tasche und ging auf die Treppe hinaus. Weltschaninow stand an der Tür, um hinter ihm zuzuschließen. Ihre Blicke begegneten einander ein letztes Mal; Pawel Pawlowitsch blieb auf einmal stehen; beide blickten einander etwa fünf Sekunden lang, wie unschlüssig, in die Augen; schließlich winkte Weltschaninow ihm matt mit der Hand, er möchte gehen.

»Nun, dann gehen Sie!« sagte er halblaut und schloß die Tür zu.

XVI

Versuch einer psychologischen Erklärung

Das Gefühl einer außerordentlichen, gewaltigen Freude bemächtigte sich seiner; es hatte jetzt etwas seinen Abschluß, seine Lösung gefunden; eine furchtbare Sorge war von ihm gewichen und hatte sich ganz verflüchtigt. So schien es ihm wenigstens. Fünf Wochen lang hatte diese Sorge gedauert. Er hob seine Hand in die Höhe, besah das blutgetränkte Handtuch und murmelte vor sich hin: »Nein, jetzt ist alles vollständig zu Ende!« Und an diesem Vormittage dachte er zum erstenmal in den letzten drei Wochen auch an Lisa fast gar nicht, als ob das Blut aus den zerschnittenen Fingern ihn auch mit diesem Kummer »quitt gemacht« hätte.

Er war sich dessen klar bewußt, daß er einer furchtbaren Gefahr entgangen war. »Diese Menschen«, sagte er sich, »eben diese selben Menschen, die noch einen Augenblick vorher nicht wissen, ob sie morden werden oder nicht, wenn die erst einmal das Messer in die zitternde Hand genommen haben und den ersten Spritzer warmen Blutes an ihren Fingern fühlen, dann morden sie nicht nur, nein, sie schneiden auch gleich den Kopf vollständig ab, machen ›ganze Arbeit‹, wie sich die Sträflinge ausdrücken. Ja, so ist das.«

Er konnte es bei sich zu Hause nicht aushalten und ging auf die Straße, in der Überzeugung, daß er notwendigerweise sofort irgend etwas tun müsse, oder daß mit ihm selbst ganz bestimmt sich sofort irgend etwas begeben werde; er ging durch die Straßen und wartete. Er hatte die größte Lust, jemanden zu treffen, mit jemandem ein Gespräch anzuknüpfen, sei es selbst mit einem Unbekannten, und nur dies brachte ihn endlich auf den Gedanken an einen Arzt und daran, daß seine Hand ordnungsgemäß verbunden werden müsse. Der Arzt, sein Bekannter von früher, fragte ihn neugierig, wie das nur habe passieren können. Weltschaninow umging eine Antwort durch einen Scherz, lachte und hätte ihm beinah alles erzählt; indes beherrschte er sich doch noch. Der Arzt hielt für nötig, ihm den Puls zu fühlen, und als er von dem Beklemmungsanfall in der Nacht hörte, riet er ihm, unverzüglich eine beruhigende Arznei einzunehmen, die er zur Hand hatte. Was die Schnittwunde anlangte, so beruhigte er ihn ebenfalls: Besonders schlimme Folgen könne die Sache nicht haben. Weltschaninow lachte und versicherte ihm, sie habe schon ganz vorzügliche Folgen gehabt. Der lebhafte Wunsch, jemandem alles zu erzählen, wiederholte sich bei ihm an diesem Tage noch mehrere Male, einmal sogar einem ganz unbekannten Menschen gegenüber, mit dem er selbst als erster in einer Konditorei ein Gespräch angeknüpft hatte. Bisher hatte es ihm immer widerstanden, mit unbekannten Leuten an öffentlichen Orten eine Unterhaltung zu beginnen.

Er ging in einige Läden hinein, kaufte sich eine Zeitung, sprach bei seinem Schneider vor und bestellte sich einen neuen Anzug. Der Gedanke, Pogorelzews zu besuchen, war ihm dauernd unangenehm, und er mochte nicht an sie denken; auch konnte er gar nicht zu ihnen aufs Land fahren, da er gewissermaßen immer noch etwas in der Stadt erwartete. Er speiste mit Genuß zu Mittag, knüpfte ein Gespräch mit dem Kellner und mit einem Tischnachbar an und trank eine halbe Flasche Wein. An die Möglichkeit einer Wiederkehr des gestrigen Anfalls dachte er überhaupt nicht; er war davon überzeugt, daß die Krankheit in dem Augenblicke vollständig geschwunden war, wo er, trotz der großen Schwäche beim Einschlafen, nach anderthalb Stunden vom Bette aufgesprungen war und seinen Mörder mit solcher Kraft auf den Boden geworfen hatte. Gegen Abend jedoch wurde ihm der Kopf etwas schwindlig, und es bemächtigte sich zeitweilig seiner etwas, was mit dem gestrigen Fieberwahn im Schlafe Ähnlichkeit hatte. Er kehrte schon zur Dämmerzeit nach Hause zurück und erschrak beinah vor seinem Zimmer, als er es betrat. Mehrere Male ging er darin auf und ab und trat sogar in die Küche, in die er sonst fast noch nie gekommen war. »Hier haben sie gestern die Teller gewärmt«, sagte er sich. Die Tür schloß er fest zu und zündete früher als gewöhnlich Licht an. Beim Zuschließen der Tür erinnerte er sich daran, daß er eine halbe Stunde vorher, als er bei der Wohnung des Hausknechts vorbeigekommen war, Mawra herausgerufen und sie gefragte hatte, ob etwa Pawel Pawlowitsch während seiner Abwesenheit dagewesen sei, als ob dieser wirklich hätte vorsprechen können.

Nachdem er die Tür sorgfältig zugeschlossen hatte, schloß

er den Schreibtisch auf, nahm den Kasten mit dem Rasierzeug heraus und klappte das »gestrige« Rasiermesser auf, um es zu besehen. Auf dem weißen knöchernen Griffe waren geringe Blutspuren zurückgeblieben. Er legte das Rasiermesser wieder in den Kasten und schloß diesen wieder in den Schreibtisch. Er hatte Lust zu schlafen; er fühlte, daß er sich unverzüglich hinlegen müsse, sonst werde er »morgen zu nichts zu gebrauchen sein«. Der morgige Tag erschien ihm aus nicht recht klarem Grunde als ein verhängnisvoller, »entscheidender« Tag. Aber dieselben Gedanken, die ihn auch auf der Straße während des ganzen Tages keinen Augenblick verlassen hatten, drängten sich auch jetzt unermüdlich in seinem kranken Kopfe umher und vollführten dort einen unerträglichen Lärm, und er mußte immerzu denken, denken, denken und vermochte lange Zeit nicht einzuschlafen.

»Wenn es also feststeht, daß er den Versuch, mich zu töten, nicht auf Grund eines vorbedachten Planes unternahm, ist ihm dann dieser Gedanke schon früher wenigstens einmal in den Sinn gekommen, wenigstens als Spiel der Phantasie in einem Augenblicke des Ingrimms?«

Er beantwortete sich diese Frage in einer ganz seltsamen Weise so: Pawel Pawlowitsch habe ihn töten wollen; aber der Gedanke daran sei dem künftigen Mörder nie in den Sinn gekommen. Kürzer: Pawel Pawlowitsch haben töten wollen, aber nicht gewußt, daß er töten wollte. »Das klingt paradox«, dachte Weltschaninow, »aber es ist doch so. Nicht um eine Stelle zu suchen, und nicht um Bagautows willen ist er hierher gekommen, wiewohl er sich sowohl hier um eine Stelle bemüht hat als auch zu Bagautow herangegangen ist und sich wütend geärgert hat, als dieser starb. Aber Bagautow verachtete er als einen ganz unbedeutenden Menschen. Um meinetwillen ist er hierher gereist, und deshalb hat er auch Lisa mitgebracht . . .«

»Aber habe ich selbst erwartet, daß er einen Mordanschlag auf mich unternehmen werde?« Auf diese Frage antwortete er halb und halb mit Ja; er habe gleich von dem Augenblicke an, wo er ihn bei Bagautows Begräbnis in der Kutsche gesehen habe, etwas Schlimmes erwartet. »Ich habe etwas erwartet, aber selbstverständlich nicht gerade das, selbstverständlich nicht, daß er versuchen werde, mich zu ermorden! . . .«

»Und war denn wirklich«, rief er wieder, indem er plötzlich den Kopf vom Kissen erhob und die Augen öffnete, »war denn wirklich alles das Wahrheit, was dieser verrückte Mensch mir gestern von seiner Liebe zu mir auseinandersetzte, als ihm das Kinn zitterte und er sich mit der Faust gegen die Brust schlug?«

»Vollständige Wahrheit«, urteilte er, sich unermüdlich in seinen psychologischen Erklärungsversuch vertiefend. »Dieser wunderliche Kauz aus T. besitzt wirklich Dummheit und Edelmut genug, um sich in den Liebhaber seiner Frau zu verlieben, bei der er in zwanzig Jahren nichts Schlimmes wahrgenommen hat! Er hat mich neun Jahre lang hochgeschätzt, mein Andenken in Ehren gehalten und meine ›Aussprüche‹ seinem Gedächtnisse eingeprägt – Herr Gott, und ich habe nichts davon gemerkt! Es ist unmöglich, daß er gestern gelogen hat! Aber hat er mich gestern geliebt, als er mir seine Liebe erklärte und sagte: ›Lassen Sie uns erst noch miteinander quitt werden‹? Ja, er hat mich aus Grimm geliebt; diese Liebe ist die stärkste! . . .«

»Aber es ist ja sehr möglich oder vielmehr sicher, daß ich auf ihn in T. einen kolossalen Eindruck gemacht habe, einen kolossalen und angenehmen Eindruck, und gerade bei einem solchen verschrobenen Idealisten, wie dieser wunderliche Kauz einer ist, konnte das passieren! Er hat mich durch ein hundertfaches Vergrößerungsglas gesehen, weil ich ihm in seiner philosophischen Abgeschiedenheit gar zu gewaltig imponierte . . . Es wäre interessant zu erfahren, wodurch ich ihm eigentlich imponiert habe. Wahrhaftig, vielleicht durch meine neuen Handschuhe und meine Geschicklichkeit im Anziehen derselben. Solche wunderlichen Käuze schwärmen für Ästhetik, und wie schwärmen sie dafür! Ein Paar Handschuhe sind für manche edle Seele, noch dazu wenn es die eines ›lebenslänglichen Ehemannes‹ ist, mehr als hinreichend, um sie in Begeisterung zu versetzen. Tausenderlei anderes denken sie sich dann selbst hinzu und schlagen sich sogar für den Betreffenden, wenn er es wünscht. Wie hoch muß er meine Fähigkeit zu verführen veranschlagt haben! Vielleicht war gerade diese meine Fähigkeit zu verführen dasjenige, was ihm am meisten imponierte. Und sein damaliger Ausruf: ›Wenn auch der, wem soll man dann überhaupt noch trauen!‹ Nach einem solchen Ausrufe wird man ja zum wilden Tiere! . . .«

»Hm! Er ist hierher gekommen, um ›mich zu umarmen und sich mit mir auszuweinen‹, das ist sein eigener ganz unwürdiger Ausdruck; das heißt, er ist hergekommen, um mich zu ermorden, dachte aber, er käme, um ›mich zu umarmen und sich mit mir auszuweinen‹ . . . Er hat auch Lisa mitgebracht. Und wer weiß: Wenn ich mit ihm geweint hätte, würde er mir vielleicht wirklich verziehen haben; denn es war sein größter Wunsch zu verzeihen! . . . Alle diese Empfindungen haben sich beim ersten Zusammentreffen in betrunkene Schauspielerei, in Karikiertheit und in garstiges weibisches Geheul über die ihm angetane Beleidigung verwandelt. (Hörner machte er sich selbst an der Stirn, Hörner!) Darum kam er auch in betrunkenem Zustande, um, wenn auch unter Schauspielerei, sich auszusprechen; in nüchternem Zustande hätte er das nicht fertiggebracht . . . Und er schauspielerte so gern, ach, so gern! Ach, wie freute er sich, als er mich dahin gebracht hatte, mich mit ihm zu küssen! Nur wußte er damals nicht, wie er die Sache zu Ende bringen sollte: Ob mit einer Umarmung oder mit einem Morde. Er kam dann zu dem Resultate, daß es das beste sei, sowohl das eine als auch das andere zu tun. Eine ganz natürliche Lösung! – Ja, die Natur liebt die Mißgeburten nicht und macht ihnen durch ›natürliche Lösungen‹ den Garaus. Die häßlichste Mißgeburt aber, das ist die Mißgeburt mit edlen Gefühlen; das weiß ich aus eigener Erfahrung, Pawel Pawlowitsch! Die Natur ist für die Mißgeburt nicht eine zärtliche Mutter, sondern eine Stiefmutter. Die Natur erzeugt die Mißgeburt; aber statt mit ihr Mitleid zu haben, richtet sie sie hin – und mit Recht. Umarmungen und tränenreiche Verzeihung alles Geschehenen werden in unserem Zeitalter nicht einmal ordentlichen Leuten umsonst zuteil, geschweige denn solchen wie ich und Sie sind, Pawel Pawlowitsch!«

»Ja, er war dumm genug, mich auch zu seiner Braut mitzunehmen; o Gott, diese Braut! Nur in dem Kopfe eines so wunderlichen Kauzes konnte der Gedanke an eine ›Auferstehung zu einem neuen Leben‹ vermittels der Unschuld dieses Fräuleins Sachlebinina entstehen! Aber Sie können nichts dafür, Pawel Pawlowitsch; Sie können nichts dafür: Sie sind eben eine Mißgeburt, und darum muß auch alles bei Ihnen mißgeboren sein, auch Ihre Träumereien und Hoffnungen. Aber obgleich er eine Mißgeburt ist, so kamen ihm doch Zweifel, ob seine Träumerei sich auch werde verwirklichen lassen, und daher war die hohe Sanktion des andächtig verehrten Weltschaninow erforderlich. Er brauchte Weltschaninows Beifall, eine Bestätigung von seiten desselben, daß die Träumerei nicht eine bloße Träumerei sei, sondern im Gebiete der Wirklichkeit liege. Er hat mich aus andächtiger Verehrung hingeführt und im Glauben an den Edelmut meiner Gefühle, vielleicht in dem Glauben, wir würden uns dort in der Nähe der Unschuld unter einem Strauche umarmen und miteinander weinen. Ja, es war ja doch die Pflicht und Schuldigkeit dieses ›lebenslänglichen Ehemannes‹, sich endlich einmal für alles abschließend zu bestrafen, und um sich zu bestrafen, griff er zum Rasiermesser, allerdings nur so bei einer zufälligen Gelegenheit, aber er griff doch danach! ›Er hat ihn aber doch mit dem Dolche gestochen, schließlich hat er es doch getan in Gegenwart des Gouverneurs!‹ Apropos, ob er wohl schon damals einen derartigen Gedanken im Kopfe hatte, als er mir sein Geschichtchen von dem Hochzeitsmarschall erzählte? Und ob er wirklich damals in der Nacht so etwas vorhatte, als er vom Bette aufgestanden war und mitten im Zimmer dastand? Hm . . . Nein, er stand damals nur zum Scherz so da. Er war wegen seines Bedürfnisses aufgestanden; als er aber sah, daß ich vor ihm Angst hatte, da gab er mir zehn Minuten lang keine Antwort, weil es ihm eine sehr angenehme Empfindung war, daß ich mich vor ihm fürchtete. . . . Vielleicht ist ihm damals wirklich zum ersten Male so ein Gedanke aufgeblitzt, als er in der Dunkelheit dastand . . .«

»Und doch, hätte ich gestern nicht aus Vergeßlichkeit mein Rasierzeug auf dem Tische gelassen, so wäre vielleicht nichts passiert. Nicht wahr? Nicht wahr? Er hat ja vorher jede Begegnung mit mir vermieden, ist ja vierzehn Tage lang nicht zu mir gekommen; er hat sich ja vor mir versteckt gehalten, aus Mitleid mit mir! Er hat sich ja ursprünglich Bagautow aufs Korn genommen und nicht mich! Er ist ja in der Nacht aufgesprungen, um die Teller zu wärmen, weil er glaubte, seinem Denken auf diese Weise eine andere Richtung zu geben: vom Messer zur Rührung! . . . Er wollte sich und mich retten – mit den gewärmten Tellern! . . .«

Noch lange Zeit arbeitete der kranke Kopf des ehemaligen »Weltmannes« in dieser Weise weiter (eine fruchtlose Tätigkeit!), bis Weltschaninow endlich zur Ruhe kam. Er erwachte am andern Tage mit demselben kranken Kopfe, aber mit einem ganz neuen und völlig unerwarteten Schrecken . . .

Dieser neue Schrecken wurde durch die feste Überzeugung hervorgerufen, die sich ganz unerwartet bei ihm herausgebildet hatte, daß er, Weltschaninow, er, der Weltmann, noch an diesem Tage, von selbst, freiwillig die Sache dadurch zum Abschluß bringen werde, daß er zu Pawel Pawlowitsch hingehe. Warum? Weshalb? Das wußte er nicht und mochte es auch vor Ekel gar nicht wissen; er wußte nur, daß er aus irgendwelchem Grunde den unangenehmen Weg machen werde.

Dieser verrückte Gedanke (denn anders konnte er es nicht nennen) nahm indessen bei seiner weiteren Entwicklung, soweit das überhaupt möglich war, eine vernünftige Gestalt an und fand einen ziemlich triftigen Grund: Weltschaninow hatte schon am vorhergehenden Tage so eine Art von unklarer Vorstellung gehabt, als sei Pawel Pawlowitsch nach seinem Logis zurückgekehrt, habe sich dort eingeschlossen und sich aufgehängt, wie jener Kassierer, von dem Marja Syssojewna erzählt hatte. Dieser phantastische Einfall vom vorhergehenden Tage ging bei ihm allmählich in eine zwar unsinnige, aber unerschütterliche Überzeugung über. »Warum sollte sich dieser Dummkopf aufhängen?« wandte er alle Augenblicke gegen seine Befürchtungen ein. Aber dann erinnerte er sich an das, was ihm Lisa seinerzeit gesagt hatte. »Übrigens würde ich mich an seiner Stelle vielleicht auch aufhängen . . .« ging es ihm einmal durch den Kopf.

Das Ende war, daß er, statt zum Mittagessen zu gehen, sich zu Pawel Pawlowitsch aufmachte. »Ich will mich nur bei Marja Syssojewna erkundigen«, nahm er sich vor. Aber er war noch nicht auf die Straße hinausgetreten, als er auf einmal unter dem Tore stehenblieb:

»Ist es möglich? Ist es möglich?« rief er, vor Scham errötend. »Gehe ich wirklich dorthin, um ihn zu umarmen und mich mit ihm auszuweinen? Diese sinnlose Gemeinheit hätte nur noch zu der ganzen übrigen Schande gefehlt!«

Aber vor dieser »sinnlosen Gemeinheit« rettete ihn die Vorsehung aller ordentlichen, anständigen Leute. Kaum war er auf die Straße getreten, als er mit Alexander Lobow zusammenstieß. Der junge Mann war sehr eilig und befand sich in starker Aufregung.

»Ich wollte gerade zu Ihnen! Nun, was sagen Sie zu unserem Freunde Pawel Pawlowitsch?«

»Er hat sich aufgehängt«, murmelte Weltschaninow verstört.

»Wer hat sich aufgehängt? Warum?« rief Lobow und riß die Augen weit auf.

»Nicht doch . . . ich sagte das nur so . . . fahren Sie nur fort!«

»Hol's der Teufel, was haben Sie für komische Einfälle! Er hat sich doch gar nicht aufgehängt (warum sollte er das auch tun?). Im Gegenteil, er ist abgereist. Ich habe ihn soeben auf die Bahn gebracht und bin ihm beim Einsteigen behilflich gewesen. Donnerwetter, kann der Mensch saufen, sage ich Ihnen! Wir haben drei Flaschen getrunken; Predpossylow mit – aber was kann der Mensch saufen, was kann der Mensch saufen! Im Waggon fing er an zu singen und redete auch von Ihnen; er warf uns Kußhände zu und trug uns auf, Sie von ihm zu grüßen. Aber ein Schuft ist er, meinen Sie nicht auch, wie?«

Der junge Mann war tatsächlich betrunken; sein gerötetes Gesicht, die glänzenden Augen und die ungelenke Zunge legten davon deutliches Zeugnis ab. Weltschaninow lachte aus vollem Halse.

»Also haben Sie beide zu guter Letzt doch noch Brüderschaft getrunken! Haha! Sie haben einander umarmt und miteinander geweint! Ach, Sie verstiegenen Idealisten!«

»Bitte, schimpfen Sie nicht! Wissen Sie, er hat allen Ansprüchen dort entsagt. Gestern ist er dagewesen und heute ebenfalls. Er hat abscheulich gepetzt. Sie haben Nadeschda eingeschlossen; sie sitzt im Entresol. Es hat Geschrei und Tränen gesetzt; aber wir haben nicht nachgegeben! Aber wie er saufen kann, ich sage Ihnen, wie er saufen kann! Und wissen Sie, was er für einen mauvais ton hat, das heißt, nicht eigentlich mauvais ton; aber wie soll man es bezeichnen? . . . Und immerzu redete er von Ihnen; aber er hält mit Ihnen keinen Vergleich aus! Sie sind doch immerhin ein ordentlicher Mensch und haben tatsächlich einmal zur höchsten Gesellschaft gehört und sind nur jetzt gezwungen, sich zurückzuziehen – aus Armut, denk ich . . . weiß der Teufel, ich habe nicht alles verstanden, was er sagte.«

»Also das hat er Ihnen in solchen Ausdrücken von mir erzählt?«

»Ja, das hat er; aber ärgern Sie sich nicht darüber! Ein Bürger sein, das ist besser als zur höchsten Gesellschaft zu gehören. Ich sage das mit Bezug darauf, daß man in unserm Zeitalter in Rußland nicht weiß, wen man achten soll. Sie müssen zugeben, daß es eine schlimme Krankheit eines Zeitalters ist, wenn man nicht weiß, wen man achten soll, nicht wahr?«

»Freilich, freilich; nun, und was hat er weiter gesagt?«

»Er? Wer? Ach so, ja! Warum sagte er nur immer: ›der fünfzigjährige, *aber* durch seine Verschwendung verarmte Weltschaninow‹? Warum: ›*aber* durch seine Verschwendung verarmt‹ und nicht: ›*und* durch seine Verschwendung verarmt‹? Er lachte und wiederholte diesen Ausdruck immerzu.

Als er in den Waggon gestiegen war, fing er an zu singen und zu weinen – es war geradezu widerlich; er konnte einem sogar leid tun in seiner Betrunkenheit. Ach, ich kann Dummköpfe nicht leiden! Den Bettlern warf er Geld hin; sie sollten für das Seelenheil einer Lisa beten – das ist wohl seine Frau gewesen?«

»Nein, seine Tochter.«

»Was haben Sie denn da an der Hand?«

»Ich habe mich geschnitten.«

»Nun, das macht nichts; das geht vorüber. Wissen Sie, hol ihn der Teufel, es ist gut, daß er weggefahren ist; aber ich möchte darauf wetten, daß er dort, wo er hinkommt, gleich wieder auf die Freite geht – nicht wahr?«

»Aber Sie wollen doch auch heiraten?«

»Ich? Das ist doch eine ganz andere Sache! Aber wahrhaftig, wie Sie auch reden! Wenn Sie fünfzig Jahre alt sind, dann ist er gewiß sechzig: Und da sollte er den Geboten der Logik folgen, mein Bester! Und wissen Sie, früher, schon vor langer Zeit, war ich ein reiner Slawophile, aus Überzeugung; aber jetzt erwarten wir die Morgenröte vom Westen her . . . Na, auf Wiedersehen; gut, daß ich Sie hier getroffen habe, ohne erst nach Ihrer Wohnung hinaufzugehn; ich werde nicht hinaufkommen; bitten Sie mich nicht darum; ich habe keine Zeit! . . .«

Er begann sich eilig zu entfernen.

»Ach, was mache ich denn?« rief er plötzlich und kehrte wieder um. »Er hat mir ja einen Brief an Sie mitgegeben! Da ist er! Warum haben Sie ihn nicht auch zur Bahn begleitet?«

Weltschaninow kehrte in seine Wohnung zurück und erbrach den an ihn adressierten Brief.

Das Kuvert enthielt keine einzige Zeile von Pawel Pawlowitschs Hand; wohl aber befand sich darin ein anderer Brief. Weltschaninow erkannte die Handschrift. Der Brief war alt, das Papier durch die lange Zeit gelb geworden, die Tinte verblaßt; geschrieben war er an ihn vor neun Jahren nach Petersburg, zwei Monate nach seiner damaligen Abreise aus T. Aber dieser Brief war ihm nicht zugegangen;

statt seiner hatte er damals einen anderen erhalten; das ging aus dem Inhalte des vergilbten Briefes deutlich hervor. In diesem Briefe nahm Natalja Wassiljewna für immer von ihm Abschied (ganz ebenso wie in dem Briefe, den er damals bekommen hatte) und gestand ihm, daß sie einen andern liebe, machte aber aus ihrer Schwangerschaft kein Geheimnis. Vielmehr stellte sie ihm, um ihn zu trösten, in Aussicht, daß sie die Möglichkeit finden werde, ihm das zu erwartende Kind zu übergeben, betonte, daß sie von nun an andere Pflichten hätten, daß ihre Freundschaft jetzt für das ganze Leben befestigt sei – kurz, Logik war wenig darin; aber die Absicht war klar: Er sollte sie nun mit seiner Liebe verschonen. Sie erlaubte ihm sogar, nach einem Jahre wieder nach T. zu kommen, um sich das Kind anzusehen. Gott weiß, warum sie anderen Sinnes geworden war und statt dieses Briefes einen andern abgeschickt hatte.

Weltschaninow war blaß, während er den Brief las. Aber er stellte sich auch Pawel Pawlowitsch vor, wie er diesen Brief gefunden und ihn zum erstenmal vor der geöffneten Schatulle, diesem alten Erbstück aus Ebenholz mit der eingelegten Arbeit von Perlmutter, gelesen hatte.

»Gewiß ist auch er leichenblaß geworden«, dachte er, als er zufällig sein Gesicht im Spiegel sah; »gewiß hat er gelesen und die Augen zugemacht und auf einmal wieder geöffnet, in der Hoffnung, daß der Brief sich in ein einfaches weißes Blatt Papier verwandeln werde . . . Sicherlich hat er dieses Experiment etwa dreimal hintereinander wiederholt!«

XVII

Der lebenslängliche Ehemann

Zwei Jahre waren seit den von uns geschilderten Ereignissen vergangen. Wir treffen Herrn Weltschaninow an einem schönen Sommertage in einem Waggon einer unserer neu eröffneten Eisenbahnen wieder. Er fuhr nach Odessa, um dort zu seiner Zerstreuung und Erholung einen Freund zu besuchen, und gleichzeitig auch noch aus einem andern, ebenfalls sehr angenehmen Grunde: Durch Vermittelung dieses Freundes hoffte er sich den Zutritt zu einer höchst interessanten Dame zu ermöglichen, mit der er schon längst gewünscht hatte, näher bekannt zu werden. Ohne auf Einzelheiten einzugehen, beschränken wir uns auf die Bemerkung, daß er sich in diesen letzten zwei Jahren stark verändert, deutlicher gesagt, zu seinem Vorteil verändert hatte. Von seiner früheren Hypochondrie war fast keine Spur zurückgeblieben. Von den Folgen dieser Krankheit, den mancherlei »Erinnerungen« und Beängstigungen, die ihn vor zwei Jahren in Petersburg bei dem ungünstigen Gange seines Prozesses belästigt hatten, hatte sich bei ihm nur ein gewisses geheimes Gefühl der Scham über seinen früheren Kleinmut erhalten. Als teilweise Entschädigung diente ihm die Überzeugung, daß sich dergleichen nie wiederholen und daß von dem Geschehenen nie jemand etwas erfahren werde. Allerdings hatte er damals den Verkehr mit der vornehmen Gesellschaft abgebrochen, hatte sogar angefangen, sich schlecht zu kleiden und sich vor allen Leuten zu verstecken, und das hatte natürlich die Aufmerksamkeit aller erregt. Aber er zeigte sich so bald wieder mit zwar schuldbewußter, aber gleichzeitig so neubelebter, selbstbewußter Miene, daß alle ihm seinen kurzen Abfall sogleich verziehen; sogar diejenigen von ihnen, mit denen er sich zu grüßen aufgehört hatte, machten ihrerseits den Anfang mit dem Wiedererkennen und streckten ihm die Hand entgegen, und überdies ohne alle zudringlichen Fragen, wie wenn er die ganze Zeit über in Familienangelegenheiten, die niemanden von ihnen etwas angingen, verreist gewesen und eben erst zurückgekommen wäre. Die Ursache all dieser erfreulichen Veränderungen zum Besseren war selbstverständlich der gewonnene Prozeß. Weltschaninow hatte im ganzen sechzigtausend Rubel erhalten, allerdings keine bedeutende Summe, die aber doch für ihn von großer Wichtigkeit war. Erstens fühlte er sogleich wieder festen Boden unter den Füßen, und das beruhigte ihn seelisch; er wußte jetzt bestimmt, daß er dieses ihm zuletzt zugefallene

Geld nicht »wie ein Dummkopf« verschwenden werde, so wie er seine ersten beiden Vermögen verschwendet hatte, und daß es für sein ganzes Leben vorhalten werde. »Mag auch ihr ganzes soziales Gebäude in allen Fugen krachen, und mögen sie auch noch soviel neue Lehren ausposaunen«, dachte er manchmal, wenn er all die wunderlichen Dinge sah und hörte, die sich um ihn herum und in ganz Rußland vollzogen, »wie auch immer sich die Menschen und die Ideen umgestalten mögen, jedenfalls werde ich immer dieses mein feines, schmackhaftes Diner haben, zu dem ich mich jetzt niederlasse; und somit bin ich auf alles vorbereitet.« Dieser angenehme Gedanke, den er sich mit einer gewissen Wollust wiederholte, gewann allmählich vollständig die Herrschaft über ihn und führte bei ihm sogar eine physische Umwandlung herbei, von der geistigen gar nicht zu reden: Er erschien jetzt als ein ganz anderer Mensch im Vergleich mit jener Schlafmütze, die er nach unserer Schilderung vor zwei Jahren gewesen war, und der so unziemliche Geschichten hatten passieren können; er sah jetzt vergnügt aus, hatte einen klaren Blick und machte einen würdigen Eindruck. Sogar die häßlichen kleinen Runzeln, die angefangen hatten sich bei ihm um die Augen und auf der Stirn zu sammeln, hatten sich fast wieder ausgeglättet; selbst sein Teint hatte sich verändert: Er war weißer und röter geworden. Augenblicklich saß er auf einem bequemen Platze in einem Waggon erster Klasse, und in seinem Kopfe bildete sich ein sehr hübscher Gedanke heraus: Auf der nächsten Station ging nämlich eine neue Zweigbahn rechts ab. Wenn er nun für kurze Zeit die gerade Route verließ und nach rechts fuhr, so konnte er nach nicht mehr als zwei Stationen noch eine ihm bekannte Dame besuchen, die soeben aus dem Auslande zurückgekehrt war und sich jetzt (was ihm sehr erwünscht, aber für sie sehr langweilig war) in einer trostlos öden Kreisstadt aufhielt; es bot sich also die Möglichkeit, die Zeit in einer nicht weniger interessanten Weise zu verbringen als bei der Odessaer Dame; und das empfahl sich um so mehr, da ihm ja auch die letztere nicht davonlief. Aber er schwankte immer noch und hatte sich noch nicht endgültig entschlossen; er wartete auf einen äußeren Anstoß. Inzwischen war die Station herangekommen, und der äußere Anstoß ließ ebenfalls nicht auf sich warten.

Auf dieser Station hatte der Zug vierzig Minuten Aufenthalt, und die Reisenden hatten Gelegenheit, ihr Mittagessen einzunehmen. Am Eingang zum Wartesaale erster und zweiter Klasse drängte sich wie gewöhnlich eine Menge ungeduldiger, eiliger Passagiere, und es kam (vielleicht ebenfalls wie gewöhnlich) zu einer Skandalszene. Eine Dame, die aus einem Waggon zweiter Klasse ausgestiegen war (sie war eine auffallend schöne Erscheinung, aber für eine Reisende gar zu reich gekleidet), schleppte mit beiden Händen einen sehr jungen, hübschen Ulanenoffizier hinter sich her, der sich fortwährend von ihr loszureißen suchte. Der junge Offizier war stark betrunken, und die Dame, aller Wahrscheinlichkeit nach eine ältere Verwandte von ihm, wollte ihn nicht von sich weglassen, jedenfalls aus Besorgnis, er werde geradewegs nach dem Büfett mit den Getränken hinstürzen. Im Gedränge stieß jedoch der Ulan mit einem jungen Kaufmann zusammen, der ebenfalls in unziemlichem Grade betrunken war. Dieser junge Kaufmann trieb sich auf dem Bahnhofe schon länger als einen ganzen Tag herum; von einem Schwarm von Kumpanen umringt, trank er und warf mit dem Gelde nur so um sich und verpaßte immer wieder den Zug, mit dem er hätte weiterfahren sollen. Es entstand ein Streit, der Offizier schrie, der Kaufmann schimpfte, die Dame war in Verzweiflung; sie suchte den Ulanen von dem Streite wegzuziehen, indem sie ihm in flehendem Tone: »Mitinka, Mitinka!«* zurief. Dem jungen Kaufmann schien das unwürdig, und allerdings lachten alle; aber der junge Kaufmann fühlte sich in besonderem Grade durch den seiner Meinung nach hier vorliegenden Verstoß gegen den Anstand verletzt.

»Hört nur: ›Mitinka!‹« rief er entrüstet, indem er die hohe

* Eine Koseform für Dmitri. (A. d. Ü.)

Stimme der Dame nachäffte. »Nicht einmal vor dem Publikum schämt sich so eine!«
Schwankenden Schrittes trat er auf die Dame zu, die auf den ersten Stuhl niedergesunken war und den Ulanen glücklich dahin gebracht hatte, sich neben sie zu setzen, betrachtete die beiden mit verächtlicher Miene und sagte in gedehntem, singendem Tone: »Du Schlumpe, du Schlumpe, du hast dir ja deine Schleppe dreckig gemacht!«
Die Dame kreischte auf und blickte kläglich um sich, ob ihr nicht jemand helfen wolle. Sie schämte und fürchtete sich, und um das Unglück voll zu machen, sprang der Offizier von seinem Stuhle auf und wollte aufbrüllend auf den Kaufmann losstürzen, glitt aber aus und fiel auf den Stuhl zurück. Das Gelächter ringsum wurde noch stärker; aber es fiel niemandem ein, der Dame zu Hilfe zu kommen. Weltschaninow jedoch tat dies; er packte auf einmal den jungen Kaufmann am Kragen, drehte ihn herum und versetzte ihm einen solchen Stoß, daß er etwa fünf Schritte weit von der geängstigten Dame wegflog. Damit hatte der Skandal sein Ende gefunden; der junge Kaufmann war sowohl über den Stoß als auch über Weltschaninows imponierende Gestalt höchst verdutzt; seine Kumpane führten ihn sogleich fort. Das achtunggebietende Gesicht des elegant gekleideten Herrn machte auch auf die Spötter einen nicht geringen Eindruck: Das Lachen verstummte. Die Dame, die ganz rot geworden war und beinahe weinte, erschöpfte sich in Versicherungen ihrer Dankbarkeit. Der Ulan murmelte: »Da-dadanke, da-da-danke!« und wollte schon Weltschaninow die Hand reichen, kam aber statt dessen plötzlich auf den Einfall, sich auf die Stühle zu legen, und streckte sich auf ihnen mit den Beinen aus.
»Mitinka!« stöhnte die Dame vorwurfsvoll und schlug die Hände zusammen.
Weltschaninow amüsierte sich sowohl über den Vorfall selbst als auch über die daran beteiligten Personen. Die Dame interessierte ihn; sie war offenbar eine wohlhabende Provinzlerin, zwar reich, aber geschmacklos gekleidet und mit etwas komischen Manieren; somit vereinigte sie in sich

alle diejenigen Eigenschaften, die einem großstädtischen Elegant, der auf eine Frau gewisse Absichten hat, einen Erfolg verbürgen. Es entspann sich ein Gespräch; die Dame redete sehr lebhaft und beklagte sich über ihren Mann, der sich plötzlich aus dem Waggon (sie wisse nicht wohin) entfernt habe, und daher sei das alles gekommen; denn immer und immer, wenn er da sein müsse, sei er verschwunden.

»Wegen eines Bedürfnisses . . .« murmelte der Ulan.

»Ach, Mitinka!« rief die Dame und schlug wieder die Hände zusammen.

»Na, der Mann wird es gut abbekommen!« dachte Weltschaninow.

»Wie heißt er? Ich werde gehen und ihn suchen«, erbot er sich.

»Pal Palytsch«, erwiderte der Ulan.

»Ihr Gatte heißt Pawel Pawlowitsch?« fragte Weltschaninow interessiert, und plötzlich schob sich ein ihm wohlbekannter Kopf zwischen ihn und die Dame. Wie mit einem Schlage stand ihm der Sachlebininsche Garten vor Augen und die harmlosen Spiele und der zudringliche Kahlkopf, der sich beständig zwischen ihn und Nadeschda Fedossejewna geschoben hatte.

»Da sind Sie ja endlich!« rief die Gattin entrüstet.

Es war Pawel Pawlowitsch in eigener Person; erstaunt und ängstlich blickte er Weltschaninow an, vor dem er wie vor einem Gespenste erschrocken war. Seine Erstarrung war eine so arge, daß er eine Zeitlang offenbar nichts von dem verstand, was ihm seine tief verletzte Gattin in zorniger, schneller Rede auseinandersetzte. Endlich fuhr er zusammen und wurde sich auf einmal über seine schreckliche Lage in ihrem ganzen Umfange klar: Über sein Verschulden und über Mitinka und über die Rolle, die dieser »monsieur« (so nannte die Dame Weltschaninow Gott weiß warum) dabei gespielt hatte. »Er ist unser Schutzengel, unser Retter gewesen; aber Sie . . . Sie sind nie da, wenn man Sie braucht . . .«

Weltschaninow lachte plötzlich lauf auf. »Aber wir sind ja

Freunde, Jugendfreunde!« rief er der erstaunten Dame zu und legte familiär und gönnerhaft den rechten Arm um Pawel Pawlowitschs Schultern, der das Gesicht zu einem schwächlichen Lächeln verzog. »Hat er Ihnen nie etwas von Weltschaninow gesagt?«

»Nein, das hat er nie getan«, versetzte die Gattin, einigermaßen verlegen.

»Aber so stellen Sie mich doch Ihrer Gemahlin vor, Sie treuloser Freund!«

»Liebe Lipotschka,* das ist in der Tat Herr Weltschaninow, siehst du . . .« begann Pawel Pawlowitsch, blieb dann aber schmählich stecken.

Die Gattin wurde dunkelrot und blitzte ihn böse mit den Augen an, offenbar weil er sie Lipotschka genannt hatte.

»Und denken Sie sich nur, er hat mir nicht einmal Mitteilung davon gemacht, daß er sich verheiraten wollte, und mich nicht zur Hochzeit eingeladen; aber Sie, Olimpiada . . .«

»Semjonowna«, ergänzte Pawel Pawlowitsch.

»Semjonowna«, echote der Ulan, der beinah eingeschlafen war.

»Sie sollten ihm nun Verzeihung zuteil werden lassen, Olimpiada Semjonowna, um meinetwillen, um dieses freundschaftlichen Wiedersehens willen . . . Er ist ja doch ein guter Ehemann!«

Weltschaninow klopfte Pawel Pawlowitsch freundschaftlich auf die Schulter.

»Mein Herzchen, ich war nur für einen Augenblick . . . weggegangen . . .« suchte Pawel Pawlowitsch sich zu entschuldigen.

»Und dabei haben Sie Ihre Frau einer schmählichen Behandlung ausgesetzt!« fiel Lipotschka sogleich ein. »Wenn man Sie braucht, sind Sie nicht da, und wo es nicht nötig ist, da finden Sie sich ein . . .«

»Wo es nicht nötig ist, da findet er sich ein; wo es nicht nötig ist . . . wo es nicht nötig ist . . .« stimmte ihr der Ulan bei.

* Eine Koseform für Olimpiada. (A. d. Ü.)

Lipotschka war ganz außer sich vor Aufregung; sie wußte selbst, daß sich das in Weltschaninows Gegenwart nicht schickte, und errötete, konnte sich aber nicht beherrschen.
»Wo es nicht nötig ist, da sind Sie übermäßig vorsichtig, übermäßig vorsichtig!« entfuhr es ihr unbedachtsamerweise.
»Unter dem Bette . . . sucht er nach Liebhabern . . . unter dem Bette – wo es nicht nötig ist . . . wo es nicht nötig ist . . .« rief Mitinka, der auf einmal sehr hitzig wurde.
Aber mit Mitinka war nichts mehr zu machen. Alles fand übrigens einen angenehmen Abschluß; die Bekanntschaft gestaltete sich recht freundschaftlich. Pawel Pawlowitsch wurde weggeschickt, um Kaffee und Bouillon zu holen. Olimpiada Semjonowna teilte dem neuen Bekannten mit, sie führen jetzt von D., wo ihr Mann ein Amt bekleide, auf zwei Monate nach ihrem Gute; dasselbe sei von dieser Station nicht weit entfernt, nur vierzig Werst; sie besäßen dort ein schönes Haus mit einem Garten, sähen häufig Gäste bei sich, hätten auch angenehme Nachbarn, und wenn Alexej Iwanowitsch so freundlich sein wolle, ihnen in ihrer ländlichen Einsamkeit einen Besuch zu machen, so werde sie ihn wie einen Schutzengel aufnehmen; denn sie könne nur mit Schrecken daran denken, was wohl geschehen wäre, wenn . . . und so weiter, und so weiter, kurz »wie ein Schutzengel . . .«
»Und wie einen Retter, und wie einen Retter!« fügte der Ulan eifrig hinzu.
Weltschaninow bedankte sich höflich und erwiderte, er sei dazu jederzeit gern bereit, da er keinerlei ihn bindende Beschäftigung habe und über seine Zeit vollständig frei verfüge; Olimpiada Semjonownas Einladung sei ihm sehr schmeichelhaft. Darauf begann er sofort eine sehr muntere Unterhaltung, in die er geschickt ein paar hübsche Komplimente einflocht. Lipotschka wurde ganz rot vor Vergnügen, und sowie Pawel Pawlowitsch zurückkam, teilte sie ihm voller Entzücken mit, sie habe Alexej Iwanowitsch eingeladen, einen ganzen Monat bei ihnen auf dem Lande zu wohnen; er habe die Einladung angenommen und verspro-

chen, nach einer Woche hinzukommen. Pawel Pawlowitsch lächelte verlegen und schwieg. Olimpiada Semjonowna zuckte über sein Benehmen die Achseln und wandte die Augen gen Himmel. Endlich trennte man sich: noch einmal Versicherungen der Dankbarkeit, wieder der Ausdruck »Schutzengel«, wieder ein entsetzter Ausruf: »Mitinka!« und Pawel Pawlowitsch führte seine Gattin und den Ulanen davon, um ihnen beim Einsteigen in den Waggon behilflich zu sein. Weltschaninow zündete sich eine Zigarre an und begann in der Halle vor dem Bahnhofe auf und ab zu gehen; er wußte, daß Pawel Pawlowitsch gleich wieder zu ihm gelaufen kommen werde, um noch bis zum Glockenzeichen mit ihm zu reden. Und das geschah denn auch. Pawel Pawlowitsch stellte sich alsbald wieder bei ihm ein; in seinen Augen und auf seinem ganzen Gesichte lag eine ängstliche Frage. Weltschaninow lachte, faßte ihn »freundschaftlich« am Ellbogen, zog ihn zur nächsten Bank hin, setzte sich und veranlaßte ihn, sich neben ihn zu setzen. Er selbst schwieg; er wollte, daß Pawel Pawlowitsch seinerseits das Gespräch begönne.

»Sie werden uns also besuchen?« stammelte dieser, indem er ganz offen zur Sache kam.

»Hab ich's doch gewußt! Er hat sich nicht im geringsten verändert!« rief Weltschaninow lachend. »Na, haben Sie denn wirklich« (hier schlug er ihm wieder auf die Schulter), »haben Sie denn wirklich auch nur einen Augenblick lang im Ernst glauben können, daß ich tatsächlich zu Ihnen zu Besuch kommen würde, und noch dazu auf einen Monat? Haha!«

Pawel Pawlowitsch zuckte mit dem ganzen Leibe zusammen.

»Also Sie . . . werden nicht kommen?« rief er, seine Freude in keiner Weise verbergend.

»Nein, ich werde nicht kommen, ich werde nicht kommen!« erwiderte Weltschaninow mit selbstzufriedenem Lachen.

Übrigens wußte er selbst nicht recht, warum ihm so besonders lächerlich zumute war; aber seine Lachlust wurde je länger um so größer.

»Im Ernst . . . reden Sie wirklich im Ernst?«
Bei diesen Worten sprang Pawel Pawlowitsch sogar in seiner unruhigen Erwartung von seinem Platze ein wenig in die Höhe.
»Ich habe Ihnen ja schon gesagt, daß ich nicht kommen werde. Nein, was sind Sie für ein wunderlicher Kauz!«
»Aber was soll ich denn dann . . . was soll ich denn dann zu Olimpiada Semjonowna sagen, wenn Sie in einer Woche nicht kommen und sie Sie vergeblich erwartet?«
»Da können Sie sich doch leicht helfen! Sagen Sie, ich hätte das Bein gebrochen, oder so etwas Ähnliches!«
»Das wird sie nicht glauben«, erwiderte Pawel Pawlowitsch in kläglichem, langgezogenem Tone.
»Und Sie bekommen es dann gehörig ab?« versetzte Weltschaninow lachend. »Aber ich merke, mein armer Freund, daß Sie vor Ihrer schönen Gemahlin eine tüchtige Angst haben – wie?«
Pawel Pawlowitsch versuchte zu lächeln; aber das gelang ihm nicht. Daß Weltschaninow erklärte, nicht zu Besuch kommen zu wollen, war ja freilich recht schön; aber daß er mit Bezug auf die Gattin in so familiärer Weise redete, war nicht angenehm. Pawel Pawlowitsch fühlte sich verletzt, und Weltschaninow merkte das. Inzwischen ertönte schon das zweite Glockenzeichen; von weitem hörte man aus einem Waggon eine Diskantstimme, die ängstlich nach Pawel Pawlowitsch rief. Dieser bewegte sich unruhig auf seinem Flecke hin und her, folgte aber dem Rufe nicht, weil er offenbar noch etwas von Weltschaninow erwartete – gewiß die nochmalige Versicherung, daß er nicht zu ihnen kommen werde.
»Was ist Ihre Gemahlin für eine geborene?« erkundigte sich Weltschaninow, wie wenn er Pawel Pawlowitschs Aufregung gar nicht bemerkte.
»Sie ist die Tochter unseres Propstes«, antwortete dieser, wobei er ängstlich nach dem Zuge hinblickte und hinhorchte.
»Ah, ich verstehe; eine Heirat wegen Schönheit.«
Pawel Pawlowitsch fühlte sich wieder verletzt.

»Und was ist denn das für ein Mitinka, den Sie da bei sich haben?«
»Ach, das ist bloß so ein entfernter Verwandter von uns, das heißt von mir, der Sohn meiner verstorbenen Cousine; er heißt Golubtschikow. Er wurde wegen unordentlichen Lebenswandels degradiert, ist aber jetzt wieder befördert worden; wir haben seine Equipierung besorgt . . . Ein unglücklicher junger Mensch . . .«
»Na ja, da ist ja alles in Ordnung, der Haushalt vollständig eingerichtet!« dachte Weltschaninow.
»Pawel Pawlowitsch!« wurde wieder von weitem aus dem Waggon gerufen, und diesmal hatte die Stimme schon einen recht gereizten Klang.
»Pal Palytsch!« erscholl eine andere, heisere Stimme.
Pawel Pawlowitsch wurde wieder unruhig und bewegte sich hin und her; aber Weltschaninow faßte ihn mit festem Griffe am Ellbogen und hielt ihn zurück.
»Was meinen Sie? Soll ich jetzt gleich hingehen und Ihrer Gemahlin sagen, daß Sie mich haben ermorden wollen, ja?«
»Was reden Sie da, was reden Sie da!« rief Pawel Pawlowitsch tödlich erschrocken. »Um Gottes willen nicht!«
»Pawel Pawlowitsch! Pawel Pawlowitsch« ließen sich die Stimmen wieder vernehmen.
»Na, dann gehen Sie nur!« sagte Weltschaninow, ihn endlich loslassend; er fuhr immer noch fort gutmütig zu lachen.
»Also Sie werden nicht kommen?« flüsterte Pawel Pawlowitsch fast in Verzweiflung zum letzten Male und legte sogar vor ihm bittend die Hände mit den Innenflächen zusammen, so wie man es in alter Zeit beim Gebete tat.
»Mein Wort darauf, daß ich nicht komme! Laufen Sie, sonst geht es Ihnen schlimm!«
Er streckte ihm schwungvoll die Hand hin, zuckte aber im nächsten Augenblicke zusammen: Pawel Pawlowitsch hatte die Hand nicht genommen, sondern sogar die seinige weggezogen.
Es ertönte das dritte Glockenzeichen.

In einem einzigen Augenblicke war mit beiden etwas Seltsames vorgegangen: Es war, als hätten sich beide umgewandelt. Im Inneren Weltschaninows, der soeben noch so fröhlich gelacht hatte, schien gleichsam etwas zerrissen zu sein. Er packte Pawel Pawlowitsch fest und ingrimmig an der Schulter.

»Wenn ich, ich Ihnen diese Hand hier hinstrecke« (dabei zeigte er ihm die Innenfläche seiner linken Hand, auf der die starke Narbe von dem Schnitte deutlich sichtbar geblieben war), »dann könnten Sie sie nehmen!« flüsterte er mit zitternden, blaß gewordenen Lippen.

Pawel Pawlowitsch war ebenfalls blaß geworden, und auch ihm zitterten die Lippen. Krampfhafte Zuckungen liefen über sein Gesicht hin.

»Und Lisa?« stammelte er leise und hastig, und auf einmal begannen seine Lippen, seine Backen und sein Kinn zu hüpfen, und die Tränen stürzten ihm aus den Augen.

Weltschaninow stand wie erstarrt vor ihm.

»Pawel Pawlowitsch! Pawel Pawlowitsch!« wurde aus dem Waggon gekreischt, als ob da jemand ermordet würde, – und auf einmal erscholl ein Pfiff der Lokomotive.

Pawel Pawlowitsch kam zur Besinnung, schlug die Hände zusammen und stürzte Hals über Kopf davon; der Zug setzte sich schon in Bewegung; aber es gelang ihm noch, sich anzuklammern und während der Fahrt in seinen Waggon zu springen. Weltschaninow blieb auf der Station zurück und setzte erst am Abend, nachdem er einen neuen Zug abgewartet hatte, seine Reise fort, und zwar in der bisherigen Richtung. Den Abstecher nach rechts zu seiner Bekannten in der Kreisstadt machte er nicht – er war zu sehr verstimmt. Und wie sehr bedauerte er das später!

DIE WICHTIGSTEN HANDELNDEN PERSONEN

Alexéj Weltschanínow: verarmter Adliger

Páwel Páwlowitsch Trussózki: früherer Bekannter von Weltschanínow

Natálja Wassíljewna Trussózkaja: verstorbene erste Frau von Trussózki

Lísa: ihre Tochter

Stepán Micháilowitsch Bagaútow: früherer Freund von Weltschanínow und Trussózki

Alexánder Páwlowitsch Pogorélzew: Geheimrat, Freund von Weltschanínow

Kláwdija Petrówna Pogorélzewa: seine Frau

Fedosséj Petrówitsch Sachlebínin: Staatsrat, Bekannter von Trussózki

Katerína Fedosséjewna Sachlebínina: } Töchter von
Nadéschda Fedosséjewna Sachlebínina: } Sachlebínin

Alexánder Lóbow: entfernter Verwandter von Frau Sachlebínina

Márja Nikítitschna: Freundin von Nadéschda Fedosséjewna Sachlebínina

Máwra: Aufwärterin bei Weltschanínow

Márja Syssójewna: Zimmerwirtin von Trussózki

Olimpiáda Semjónowna: zweite Frau von Trussózki

INHALT

DOSTOJEWSKI
ALPHABETISCHES VERZEICHNIS DER ROMANE UND ERZÄHLUNGEN

Fjodor Dostojewski
Sämtliche Romane und Erzählungen
Aus dem Russischen von Hermann Röhl
16 Bände in Kassette.
Jeder Band ist als Einzelausgabe erhältlich

Band 1: Arme Leute. Roman. it 961
Band 2: Der Doppelgänger. Netotschka Neswanowa. it 962
Band 3: Onkelchens Traum. Roman. it 963
Band 4: Das Gut Stepantschikowo und seine Bewohner. Roman. it 964
Band 5: Erniedrigte und Beleidigte. Roman. it 965
Band 6: Aufzeichnungen aus einem Totenhause. it 966
Band 7: Aus dem Dunkel der Großstadt. it 967
Band 8: Der Spieler. Roman. it 968
Band 9: Schuld und Sühne. Roman. it 969
Band 10: Der Idiot. Roman. it 970
Band 11: Der lebenslängliche Ehemann. Erzählung. it 971
Band 12: Die Teufel. Roman. it 972
Band 13: Werdejahre. it 973
Band 14: Die Brüder Karamasow. Roman in 2 Teilbänden. Aus dem Russischen von Karl Nötzel. it 974
Band 15: Der ehrliche Dieb und andere Erzählungen. it 975
Band 16: Der Traum eines lächerlichen Menschen und andere Erzählungen. it 976